누이

누

김정현

장편소설

에

학고재

1

악―! 반듯하게 누운 여자의 입에서 소스라치는 비명이 터져나오자 영순은 움찔했다. 채 뭐라 입술을 떼기도 전에 젊은 여자는 눈부터 흘겼다. 영순은 여자의 짜증 가득한 눈길을 피하며 고개를 숙이고 허리를 굽혔다.

"때 밀다가 무슨 생각을 하는 거예요!"

"아유, 미안해요, 정말 미안해요."

"아이, 아파. 어서 끝내기나 해주세요!" 젊은 여자는 다시 두 눈을 감고 사지를 늘어트렸다.

눈이 부시도록 뽀얗고 윤기로 반질거리는 젊은 여자의 속살에, 그것도 탱탱한 사타구니에 때수건을 갖다 댈 때는 언제나 긴장부터 했는데 그만 깜빡했던 것이다. 영순은 생각을 털어버리기라도 하려는 듯 도리질을 쳤다.

 털어버리려 한다고 털릴 일이 아니었다. 바로 아래 남동생 강우가 기어이 회사 문을 닫은 것이 겨우 보름쯤 전이었다. 명퇴인가 뭔가로 잘 다니던 투자회사에서 나온 뒤로도 꽤 오랫동안 주식거래만으로 별반 다르지 않은 생활을 유지하기에 역시 배운 사람은 뭐가 달라도 다르구나, 흐뭇했다. 그런데 채 3년을 넘기지 못하고 문제가 생겼다.

 얼핏 들은 이야기로는 가지고 있던 주식 중에 한 종목이 갑작스레 상장폐진가 뭔가가 되어 휴지 조각이나 다름없이 되었다는데 그게 꽤 큰 액수였던 모양이다. 그래도 강우는 미국에 유학 가 있던 딸 혜미만 돌아오게 했을 뿐 중국에 있는 아들 동빈은 그대로 두었고, 곧 광고 기획사라는 걸 만들어 문을 열었다. 나이 들어 뒤늦게 무슨 사업인가 은근히 걱정했는데 막상 개업식 날 가보니 사무실은 작아도 문턱이 닳도록 찾아오는 손님과 줄지어 늘어선 화환을 보고 마음을 놓았었다. 암, 역시 배운 사람은 뭐가 달라도 다르지. 그런데 그게 또 3년을 넘기지 못하고 문을 닫은 것인데, 이번에는 아무래도 이전과는 다른 듯 보였다.

 "마사지하시려오?"

 비누칠을 마친 영순이 묻자 여자는 튕기듯 일어나며 또 눈을 흘겼다.

"됐어요. 때를 무슨 힘으로만 밀어요. 미련한 건지. 아유, 아직도 알알하네."

여자는 제 사타구니를 한 손으로 매만지며 비누 거품 가득한 몸으로 샤워기를 향했다.

처음에는 마사지까지 받을 것 같더니, 자신의 실수로 놓친 것이니 어쩔 수 없는 노릇이었다. 영순은 벌써 40년이 다 돼가는 그날이 떠올라 눈자위가 시렸다. 얼른 손바닥으로 가리려는데 이미 얼굴은 눈물이 쏟아져도 모를 만큼 땀방울로 흥건했다. 시장기가 밀려들었다. 영순은 서둘러 목욕 침대 주변에 물을 퍼부어 비누 거품이며 때 찌꺼기들을 씻어내고 대기실로 갔다.

배 속의 창자들이 아우성을 치다 못해 꼬이기까지 했다. 새벽바람에 집을 나서기 전, 도시락에 식은 밥을 퍼 담다가 주걱에 묻은 밥풀 몇 알과 미지근한 물 한 사발 들이켠 게 정오가 넘은 지금까지 배 속에 넣어준 전부였으니 그럴 만도 했다. 영순은 더운물 한 컵을 밥 위에 부어 허겁지겁 걸어 넣으며 반찬통을 열었다. 어제 밤늦게 아들 동호 놈이 소주병을 비우느라 펼쳐놓은 밥상에서 주워 담은 뜯다 만 치킨 세 조각과 절인 무 몇 조각이 뒤섞여 있었다. 그나마 제일 큰 치킨 한 조각을 집어 입 안에 구겨 넣는데 울컥 목이 메어왔다.

"지랄······."

영순은 얼른 도리질을 치고 꿀꺽 목구멍 속으로 밥을 넘겼다.

새삼 서러울 게 뭐 있다고. 내내 그래 온 인생인 것을.
 하지만 아무래도 강우의 일이 마음에 걸렸다. 그래도 배운 사람인데······.

2

 자식은 미울 수 있어도 어린 손자와 손녀는 그렇지 않은 게 인지상정이었다. 살아오는 줄곧 어려움에 부닥치거나 길이 막히면 제 부족이나 불성실을 깨우치거나 반성하기보다는 누군가를, 대부분 어미인 자신을 원망하는 것으로 얼버무려온 게 아들 동호의 삶이었다. 그러니 어찌 제 처인들 제대로 간수할 수 있었겠나. 어린 자식 둘을 내팽개치고, 한 줄 속내조차 남겨놓지 않은 채 새벽 댓바람에 사라진 며느리가 밉지 않은 것은 아니었다. 하지만 같은 여자의 입장으로 냉정하게 생각하면 마냥 원망만 할 수도 없는 노릇이었다. 제 아비처럼 손찌검만 안 했다 뿐이지 무능이 죄라면 아비의 중죄에 결코 모자라지 않을 테니 말이다. 더구나 정말로 무능이 죄가 되는 세상 아닌가.

연년생으로 태어난 하늘과 한솔은 그새 다섯 살과 네 살이 되었다. 제 어미 품을 잃은 지 어느덧 두 해가 다 되어가는데 그간 탈 없이 자라준 것만도 고맙고 다행한 일이었다. 영순이 집에 돌아가는 길마다 과자 봉지라도 잊지 않는 것은 그런 마음이었다.

"뭐요, 또? 어디 일이라도 나가는 모양인데, 애들 과자야 체면치레일 테고……."

영순이 대답 대신 눈을 흘기자 동호는 언성을 높였다.

"아니, 그렇잖아요. 새벽같이 나가 밤늦게 들어오는 걸 보니 뭔가 일을 하기는 하는 모양인데, 어디 무슨 일이오? 날마다 말 끔해서 들어오는 걸 보니 험한 일은 아닌 것 같고?"

"이놈아, 남이야 어디서 뭘 하든."

"하긴, 자식 취급 못 받는 게 한두 해가 아니니. 그런 마음으로야 남이겠지. 그렇지만 하늘이 한솔이 할머넌 건 분명하니, 아무리 그러고 싶어도 영 남이 되지는 못하는 겁니다."

"뭔 소리가 하고 싶어서 몸뚱이 늘어져 들어온 어미 붙잡고 이죽거려!"

기어이 영순의 언성도 높아졌지만 동호는 능글거리는 눈빛으로 입술을 비틀었다.

"허, 그래도 엄마가 되신다는 건 아직 기억하고 있나 보네. 그럼 어디서 무슨 일을 하는지 정도는 얘기해줘야 하는 거 아니오? 그 나이에 어디서 무슨 일이라도 있으면……."

"왜, 어미 쓰러지면 보상금 받을 일 있을까 봐?"

"저, 저 봐, 사람을 이렇게 쓰레기 취급하니……."

너무 심하게 말했구나 싶어 영순은 눈길을 아래로 내려뜨렸다.

"그러게 왜 이죽거려. 이 나이, 이 몸뚱이로 무슨 큰돈 벌 일이 있다고. 그저 심심풀이로 아이들 과잣값이나 만들려는 거니까 관심 둘 거 없다. 나쁜 일 하는 것도 없고."

"누가 나쁜 짓 한다고 그랬수? 괜히 제 발에 저려서."

"뭐……."

영순은 터져 나오려는 고함을 억눌렀다. 어미와 자식이 입에 담고 다툴 거리는 아니었다. 저 역시 멈칫하는 기색이더니 동호는 다시 입술을 비틀었다.

"뭐요? 이번에도 그 잘난 외삼촌이오? 듣자 하니 드디어 회사 문도 닫고 아무런 대책도 없는 모양이던데."

영순은 단박에 파르르했다.

"이놈아, 가만있는 강우는 왜 끌어들여! 네 외삼촌이 언제 네놈한테 못할 짓 한 게 있냐, 왜! 네놈은 강우 잘못되기를 학수고대라도 한 모양이구나, 못된 종자! 하지만 턱도 없는 소리다! 아무렴, 배운 사람인데. 잠시 저러고 있어도 금방 또 뭔가 하고, 반드시 보란 듯이 일어나지, 암."

동호는 또 부아가 치밀었다. 외삼촌이라면 언제나 역성을 들고 나서는 엄마이기는 하지만, 그 '배운 사람'은 또 그만큼 동호의 아픈 곳을 찌르는 소리이기도 했다.

"그래요, 예. 아주 대단히 잘난 배운 사람이지요. 그런데 평생 제 누나 등쳐서 학교 다니고 호의호식했다는데, 언제 한번 그 누나라는 사람 제대로 돌아본 적은 있고요? 자기 배부르고 잘나갈 때, 제대로 보답 한번 해준 적이 있냐고요? 아니, 잘나가기는 개뿔, 뭐가 그리 잘나갔고. 그만큼 공부하고 그렇게도 못사는 놈이 어디 있어서. 그런데도 뭐 그리 대단한 인사라고, 그 몸뚱이로 또 꾸역꾸역 얼마라도 벌어서, 그 뒷주머니 채워 주시려고?"

"주기는 뭘 준다고! 그리고 이놈아, 네가 그런 거 샘내고 탓할 자격이나 있어서? 아무리 빌어먹고 살아도 네놈 학비 한번 늦은 적 없고, 공부 그만하란 소리 입 박에 낸 적 없어. 다 네놈 탓이야."

"학비? 그까짓 학비면 전부야!"

"네 외삼촌도 그렇게 공부했어. 변두리 자취방에서 라면 끓여 먹어가며, 학원이라고는 모르고 공부해서 대학 들어갔고, 대학에서는 내내 가정교사 하며 제가 벌어서 공부했어."

"그때하고 나 때하고 세월이 같아!"

"뭐가 달라서? 종자라도 달라진 거냐? 흥, 그래, 설령 종자가 달라졌대도 그건 네 아비에게 따질 일이지. 나는 내 종자 남의 종자 가리지 않고, 조금도 다르지 않게 해줬어."

"에이, 씨! 그럼 지금도 여전히 같이 대해야 할 거 아니오! 왜 어떤 놈에게는 뒷주머니 채워주고, 어떤 놈은 쳐다보지도 않는 건데!"

"네가 뒷주머니 채워주는 거 봤냐? 봤어! 그래, 설령 그럴 능력이 된다 해도, 정말이지 너 같은 종자에게는 이제 그럴 생각 없다."

"아휴, 도대체 그 종자는 뭐가 그리 대단해서! 기껏 누나 몸뚱이 뜯어먹은 종자밖에 더 돼!"

동호는 아차 싶었지만 이미 쏟아진 물이었다. 하얗게 바랜 낯빛이 되어 잠시 두 눈을 감았던 영순의 앙다문 입술이 파르르 떨리며 들먹거렸다.

"개새끼…… 개만도 못한 놈의 새끼……."

싸늘하게 뇌까리고, 허우적거리듯 일어나 방을 나가는 영순의 두 다리가 후들거리고 있었다.

으으—— 아——! 동호는 제 머리통을 쥐어뜯으며 방바닥을 뒹굴었다.

술에 취하거나 엄마의 주머니에서 양에 찰 만큼의 돈이 나오지 않으면 언제나 벌어지던 일이었지만, 그날 아버지의 주먹질 발길질은 유별나게 모졌다.

'개 같은 년! 개처럼 몸뚱이 내돌리던 니나놋집 작부년 거둬 놓으니, 제 버릇 개 못 주고 드나드는 놈만 보면 침 질질 흘리고 헤헤거려!' 비슷한 욕설을 열두 살 나이에 벌써 귀에 딱지가 지도록 들었던 터라 그대로 돌아설 수도 있었는데, 아버지의 모진 발길질 때문에 동호는 머뭇거리고 있었다. 그렇다고 가운데에 끼어들어 엄마를 감싸거나 아버지의 손발에 매달리는 것도 아니었다. 그저 눈에 띄지 않는 어두운 구석에 몸을 감추고 슬며시 사라져도 될 때만을 기다리는 것이었다.

이상했다. 눈자위가 아리다가 눈물이 흐르기는 했지만, 아주 어린 날부터 제 몸을 던져 구원해줘야 한다는 생각은 도무지 들지 않았다. 어쨌거나 엄마인데도. 그것은 아마도 단 한 번도 도망은커녕 뭐라 대꾸조차 없이 온몸을 옹동그려 그 모진 수모를 감당하던 엄마에게서 알 수 없는 원죄 같은 걸 느꼈기 때문인지도 몰랐다.

그렇다고 아버지에게 어떤 의지를 한 것도 아니었다. 그 무지하고 우악스럽기만 한 이에게 아무리 어린 나이라지만 의지 같은 것을 느낄 리 있었겠는가. 그래도 엄마에게는 의지는 아니어도 어떤 연민 같은 것이 있었다. 그런데 기어이 그 연민마저 아주 사라지고 말았다. 바로 그날. '이년아! 벌이가 안 되면 빚 놓은 거라도 받아 와야 할 거 아니야! 몸 팔아 그만큼 가르쳤으면 이젠 네년 보지 값 받아 와야지! 도대체 번지르르한

그놈에게 무슨 약점이 잡혔기에, 서방은 이 꼬락서닌데 꿈쩍을 않는 거야!'

'몸뚱이 내돌렸다'는 말의 의미는 그저 어렴풋이 짐작하는 정도였기에 도리질을 치면 털어버릴 수 있었지만, 그 물리적인 소리는 동호의 머릿속과 두 다리의 핏기를 한순간에 빼내버렸다. 그리고 이어지던, '좋아, 그럼 내가 이강우, 그 새끼한테 직접 찾아가서 빚을 받아오지!' '안 돼! 안 돼, 이 개만도 못한 새끼야!' 저주와 증오가 소름 끼치도록 느껴지던 그 처절한 고함. 처음이었다, 최소한 열두 살 동호의 기억만으로도.

그 우악스러운 아버지도 흠칫했지만 동호가 더욱 놀란 것은 어느새 엄마의 손에 들려 있던 파랗게 날 선 식칼이었다. 입에 담지는 않았지만 엄마의 두 눈에서 번득이던 그것은 확고한 살기임을 어린아이 눈으로도 분명히 알 수 있었다. 파랗게 질린 얼굴로 주춤주춤 뒤로 물러서던 아버지를 향해 한발 한발 다가서던 그 체념의 몇 발자국.

엄마가 걸음을 멈추고, 정신을 차리고, 후들거리기 시작한 것은 한쪽 구석에서 웅크리고 있던 동호와 눈길이 마주치고서였다. 아버지는 금세 그 상황의 의미를 알아챘고, 엄마의 팔을 걸어차 칼을 떨어트리고는 정말이지, 사람이 저렇게 맞아 죽을 수도 있겠구나 생각이 들 만큼 무자비한 폭력을 휘두른 뒤 식식거리며 사라졌다. 이상한 일이었다. 도망치고 사라져야 할 사람은 엄마인 것 같은데 언제나 집을 비우는 것은 아버지였고 엄마는 변함없는 붙박이였다. 무슨 거래 같은 것이었을까? 아니, 더 이상한 거래가 곧 시작되었다.

  보름 가까이 지난 뒤 돌아온 아버지는 겨우 몸을 추스르기 시작한 엄마에게 조금도 변하지 않은 행패와 폭력을 다시 시작했고, 엄마는 또 죽은 듯이 옹동그려 그 모진 뭇매를 고스란히 감당했다. 다만 아버지 입에 다시 외삼촌이 오르는 일은 없었기에 동호의 눈자위가 시려지는 일도 더는 없었다. 하지만 동호는 지금껏 후회하고 있었다. 아무리 아버지의 발길이 모질어도 그날, 좀 더 일찍 빠져나오지 못한 것을. 그리고 과연 그것이 거래였는지도 알지 못하고 있었다.

3

 영순은 오래전에 끊었던 담배까지 다시 사 들고 낡은 블록집들이 내려다보이는 언덕배기에 쭈그려 앉았다. 봄은 진작 왔다는데 밤바람은 여전히 싸늘하게 느껴졌다. 온종일 목욕탕 안에서 진땀까지 다 빼는 일상이니 여린 바람에도 한기가 드는 건 어쩔 수 없는 노릇이리라.
 이제는 생의 허망 따위는 생각지도 않는다. 그래도, 개만도 못한 놈! 어느 구석에서 자식이 들을 줄도 모르는데, 그래서 그 모진 매질에도 대꾸 한 번, 신음 한 번 토해내지 않고 죽은 듯이 버텼는데, 기어이 그걸 입에 담다니! 마지막 생의 지푸라기마저 무참하게 끊어지던 그날, 영순은 머릿속이 하얗게 비고 두 발이 얼어붙은 듯 더는 뗄 수 없던 그 순간을 오랫동안 원망했다. 그러나 점점 시간이 흐르면서, 칼부림으로 죽이고 죽어 끝냈더라면 남은 자식의 삶은 더욱 피폐하지 않았을까 생각되기도 했다. 오냐! 더는 자식의 눈길을 바로 보지 못하고, 평생을 죄인으로 살아야 하지만 그게 운명이라면, 죄의 벌이라면 기꺼이 받아들이리라 마음먹은 까닭이었다. 하지만 그래도 자식의 입에서 여태도 또렷이 기억하고 있다는 고통의 소리를 들으면 차마 죽지 못한 삶이 서럽고, 이미 죽어 영혼이 된 종자이지만 온전히 보낸 것이 새삼 원통하기까지 했다. 그렇지만 그마저도 스스로 선택한 운명이었으니 원통하다 할 수도 없는 노릇이었다. 그저 더럽게 타고난 팔자려니 할밖에.

처음에는 몰랐어도 오래지 않아 알았다. 결코 구겨진 팔자를 다시 펴줄 위인은 되지 못한다는 것을. 번들거려 더 천박해 보이는 옷차림에 변변한 직장도 없는 듯한데 출처 모를 돈으로 뻔질나게 '전주집' 문턱을 드나들던 인간. 기다리지 않았어도 거부할 수는 없으니 찾으면 들어가 곁에 앉아야 했다. 술잔이 비면 채워줘야 했고 눈길을 보내면 쓴웃음이라도 지어줘야 했다. 노래를 부르면 젓가락 장단이라도 두드려 흥을 돋워야 했고, 네가 부르라 시키면 억지로라도 불러야 했다. 옷고름을 풀어도 소름 끼치는 손길을 거부할 수 없었고, 잠자리를 원할 때쯤이면 술에 절어 징그럽던 감정은 까맣게 망각된 뒤였다. 아침이 돌아와 소스라쳐 정신을 차리면 널브러진 행색이 치욕스러워 혀를 깨물고 싶었지만, 기껏 슬며시 이불 속을 빠져나와 집에 돌아가는 것으로 치욕을 잊었다.

 죽어도 같이 살겠다고, 그깟 과거쯤은 까맣게 지우겠다고, 도둑질을 하더라도 집 밖에 내놓지는 않겠다고, 번듯한 아파트는 훗날에 장만하더라도 하루 세끼 밥은 굶기지 않겠다고, 사내놈들과 싸움질은 했어도 여자에게 손을 대본 적은 없다고……. 그게 다 되잖은 헛소리라는 것을 모르지 않았지만, 그때 강우에게 여자가 있었고 혼삿말이 오갔다.

 고향에 있는 부모 형제는 그렇다고 하더라도 같은 서울 하늘 아래에 산다는 누이가 불투명해서는 안 되었다. 더구나 번듯하게 대학을 나온 남동생에, 또 그만큼 배운 여자라니. '전주집' 골목 끝에 있는 반지하 월세방이야 산동네라도 술집 먼 곳으로 옮기면 그뿐이지만, 무얼 하느냐고 물으면 대답할 말이 없었다. 공순이 노릇이나마 그대로 해왔으면 작업반장이야 됐겠지만 그마저도 배운 동생 얼굴에 먹칠하기는 마찬가지. 그렇다고 고향으로 되돌아갈 처지도 못 되었다. 아버지 어머니만 모를 뿐, 고향에 남아 있는 동생들도 언니의 안부나 연락처를 묻지 않은 지 오래였다. 아니, 어쩌면 그때 벌써 몇 년째 명절 걸음마저 끊은 딸자식 팔자를 부모님도 아예 모르지는 않았으리라.

 혼인인지 동거인지, 강우에게 해줄 수 있는 유일한 도피처였기에 영순은 팔자로 여기며 선택하고 순응했다. 예식을 치르지 않아서 혼인인지 동거인지 모르겠다는 것도 아니었다. 어차피 식을 치르자 해도 초대할 사람이 없었다. 무슨 낯으로 고향에……. 다행인지 불행인지 그 인간도 아쉽다는 듯 고개를 내젓는 척은 했지만 내심 그러기를 원한 듯했다.

그 길만이 오로지한 것은 아니었다. 한 사람, 처음 청계천의 봉제 공장에서 보았을 때부터 은근하더니 구로동 공장으로 옮기자 어느새 쭈뼛거리는 모습으로 언저리를 맴돌던 사람. 공장을 그만두고 신길동 술집으로 도망치듯 숨어들자 보름이 못 되어 손님으로 찾아와 한숨만 내뿜던 사람. 기어이 종로 요정으로까지 나아가 몸뚱이로 살아가자 처음으로 입술을 떼고 두 손을 맞잡으며 눈물짓던 사람. 그 눈물에 더는 버틸 수 없어 다시 허름한 곳을 찾아 숨었지만 또다시 언저리를 맴돌며 내쉬던 한숨……. 하지만 어찌 그런 이에게. 그 마음에 무슨 뻔뻔함과 염치로…….

기대하지도 않았지만 역시나 그 인간은 타인의 팔자를 맡을 종자가 못 되었다. 겨우 봉천동 언저리에 방 한 칸은 마련했지만 동거를 시작한 지 한 달이 못 되어 그동안 '전주집'에 갖다 바친 돈이 전부 빌린 돈이었다고 태연하게도 말했다. 역시나 변변한 직장은커녕 제대로 되지도 못한 날건달이었지만 영순의 올케 될 여자에게 뻔뻔한 너스레를 떨어 강우를 난처하지 않게 해준 것은 진심으로 고마웠다. 하지만 본성이 드러나는 데는 그리 오래 걸리지 않았다.

강우의 결혼식장에서 처음 만난 아버지와 어머니가 자신은 커녕 딸자식에게도 눈길을 피하자 사흘 만에 독한 술 냄새를 풍기며 집에 들어와 '딸 몸뚱이로 밥 먹고 산 주제들……'을 들먹이며 주먹질과 발길질을 시작했다. 그래도 영순은 부모님 면전에서, 결혼식장에서 입을 다물어준 것만도 고마워 고스란히 그 매를 온몸으로 받았다. 술에서 깨고 나선 한마디 대꾸조차 없는 게 더 화났다며 후회하는 기색을 띠었지만, 그마저도 오래지 않아 '몸뚱이……' 소리를 입에 달고부터는 아예 거두었다.

탓하지 않았다. 부정할 수 없었고 각오한 일이었다. 다만, 오래는 가지 않을 인연 하루라도 빨리 끊어주었으면 하고 바랄 뿐이었다.

1년이 채 못 되어 어쭙잖은 주먹질로 감옥에 들어간 인간은 뻔뻔스럽게도 합의금이든 변호사든 어서 마련하지 않고 뭐하냐며 성화였다. 하지만 무슨 돈이 있고 무슨 뾰족한 수가 있어서. 그래도 구렁텅이에 빠진 사람 외면하고 등 돌릴 수는 없었기에 식당 허드렛일로 얼마나마 벌어 꼬박꼬박 영치금을 넣어줬다.

어느 날, 문득 따져 보니 생리가 이상했다. 철렁 내려앉은 가슴으로 산부인과를 찾아가니 임신이라며, 의사는 축하한다는데 영순은 눈앞이 캄캄하기만 했다. 지우리라. 그 인간이 알기 전에, 감옥에서 나오기 전에 흔적을 없애리라 굳게 결심했다. 수술비를 만들어야겠기에 면회를 거르고 등이 휘도록 일하는데 낌새가 수상하다고 친구를 보내왔다. 어쩔 수 없이 다음 날 면회를 가니 창살 너머로 두 눈을 희번덕거리다가 소름 끼치는 웃음을 짓더니 '임신했구나?' 물었다. 영순은 오싹 끼치는 소름에 본능적으로 머리는 내저으면서도 입술이 떨어지지 않아 말로써 부인하지는 못했다. 놀란 탄성도 기쁜 기색도 없이, 인간은 그저 능글거리며 '지우려고? 내 새끼야. 건드리기만 해. 의사 놈까지 모조리 죽여버릴 테니까!' 입술을 비틀었다.

  진저리를 쳤다. 자식을, 인연을 원하는 게 아님을 단박에 알았기 때문이다. 인질로 영원히 발목을 잡으려는 속셈이었다. 영순은 그래도 마음을 다지고 다졌다. 차라리 맞서서 죽는 한이 있더라도 고리를 만들지는 않으리라. 그런데, 그게 아니었다. 씨앗이, 배 속에서 꿈틀꿈틀 생명의 박동을 보내는데 쉽사리 걸음을 떼지 못했다. 수술 비용을 장만했지만 망설이는 시간이 너무 길어 아무리 원해도 그럴 수 없는 때가 되어버리고 말았다. 오냐, 운명이고 팔자려니! 낳으마. 그러나 다시 불행을 운명으로 타고 태어날 생명은 만들지 않으리라 모질게 마음먹고 영구 피임 시술을 받았다. 그것은 또한 영순이 그 인간에게 할 수 있는 유일한 항거였고 최대의 가해였다.

  동호가 태어났는데 젖이 잘 돌지 않았다. 분유를 먹여야 하는

데 돈이라고는 씨가 말랐다. 잠깐 강우가 떠올랐지만 그럴 수는 없었다. 결혼을 앞두고 한 번 봉천동 언덕배기 단칸방을 찾아왔다가 푹 고개를 떨어뜨리고 돌아갔는데, 그보다 더 희망 없는 꼬락서니를 보여 어깨를 무겁게 할 수는 없었다. 핏덩이를 들쳐 업고 일을 나갔는데 하혈이 멈추지 않았다. 영순은 이를 악물고 '전주집' 엄마를 찾아갔다가 그만 늘어지고 말았다.

의식마저 놓은 게 며칠이었던지, 겨우 정신을 차리니 '전주집' 엄마가 봉투를 내놓았다. 그 인간 출소할 때까지 쌀값 연탄값이라도 하라는 의리였고 동정이었다. 영순은 눈물 대신 독기 서린 눈으로 돈을 빌려달라고 부탁했다. 엄마는 잠시 망설이는 기색이었지만 이내 은행을 다녀왔다. 갚든 안 갚든 줄 수 있는 전부라며 내놓은 그 돈으로 영순은 곧바로 가게 자리를 찾았다. 배운 것도 아는 것도 없으니 할 수 있는 것이라고는 먹는장사뿐이었고, 밑천이 적으니 겨우 봉천동 언덕배기 입구의 문 닫은 밥집 자리를 얻을 수 있었다.

가뜩이나 가난에 찌든 이들이 무허가로 어깨 부딪히며 사는 동네에서 밥집이 가당키나 한 일인가. 수시로 문을 닫고 주인이 바뀌는 그 사정을 뻔히 알면서도 영순은 남아서 식어 빠진 밥덩이이나마 미음으로 끓여 가여운 생명줄을 이어주리라 마음먹었던 것이다.

이전에 밥집을 열었던 통통한 중년의 여자가 버려두고 간

솥단지며 낡은 그릇들을 윤이 나도록 닦아 가마에 걸고 찬장에 차곡차곡 포갰다. 뭘 끓일까 깊이 생각할 겨를도 없이 고향 마을 읍내에서 군침을 삼키며 바라보기만 하던 순대가 생각나 순댓국을 끓였다.

안 팔리면 어쩌나 겁이 나 첫날 작은 솥에 끓였더니 역시나 이틀 동안 댓 그릇 팔고 대부분은 미친 듯이 찾아드는 허기에 영순이 모두 먹어치웠다. 두 번째도 다시 작은 솥에 순댓국을 안치며 이러다가 한 달을 못 넘기면 어쩌나 애를 태웠는데 뜻밖에도 그날 반나절 만에 모두 팔아치웠다. 다음 날부터는 큰 솥에 끓여 팔고 남은 순댓국을 오후면 작은 솥으로 옮기고 또 큰 솥에 안쳐야 될 정도였다. 하늘이 도운 건가 기적이 일어난 건가 반신반의하며 등에 업은 동호의 고개가 땅바닥을 향해 늘어져도 모를 정도로 정신없이 분주했다.

두 달 만에 전주집 엄마에게 빌렸던 돈을 갚고 한숨을 돌리는데, 무슨 대단한 벼슬살이라도 한 듯 그 인간이 당당하게도 들어섰다. 그러고는 내뱉는 첫마디가 '사내놈들 후리는 재주 하나는 타고났구먼, 타고났어'였다. 등에 업힌 아이는 들여다보지도 않은 채 소주병부터 꺼내 병나발을 불며, 제 얼굴 비치면 장사 안 될 테니 돈이나 내놓으라던 그 파렴치의 끝자락.

영순도 얼마 뒤에는 알게 되었다. 그새 벌써 동네에서는 '얼굴 반반한' 어쩌고 하는 아낙들의 뒷말이 무성해 있었다는 것을. 그래도 떠날 수는 없었다. 아니, 달리 갈 곳이 없었다. 그런데도 그 종자는 제 사정 꼬이고 주머니 채워지지 않으면 손님 탁자 위에 술병 가져다주는, 그 밥벌이를 빌미로 욕설에 주먹질 발길질까지…….

어미가 자식을 마음에서 지운다는 것은 애초에 말이 되지 않는 일일 것이다. 그러나 영순은 동호에게 이미 그날부터 스스로 어미일 수 없었다. 그녀 자신도 그랬지만 열두 살 그 어린 나이의 자식이 더 먼저 눈길이 마주칠까 전전긍긍하는 모습을 지켜보며 어찌 어미이기를 포기하지 않을 수 있었겠나. 그래도 어미는 자식을 껴안아야 한다는 것도 모르지 않았다. 원죄는 자신에게 있었고, 개만도 못한 종자의 악랄한 가해도 자신에게서 비롯된 것이었으니 더욱이. 하지만 영순은 감히 용서를 구하는 마음조차 없이 외면했다.

그것은, 그것만은 동호의 탓이었다고 영순은 말하고 싶었다. 누가 뭐라 말하든, 결코 진실일 수 없는 그것이 설령 진실처럼 여겨지더라도 강우를, 외삼촌을 미워하는 것만은 하지 말았어야 했다. 그러나 동호는 그날 이후 얼굴도 모르는 외삼촌 소리만 들어도 조막만 한 주먹을 움켜쥐고 두 눈을 부라렸다. 영순은 아팠다. 그렇지만 차라리 내 배로 낳은 자식을 외면하면 했지 강우를 구차한 입에 올리기는 싫었다. 그 많이 배우고 잘난 사람을 어찌……. 그게 얼마나 더 큰 징벌을 자초하는 길인지 알면서도, 자식을 잃어 동생을 지킨 까닭이고 경위였다.

   생각하면 할수록 기구하고 더러운 팔자였다. 이제 와서 새삼 무엇을 바라 진작 마음에서 놓은 자식의 원망에 감히 속상해하는가. 영순은 아직도 자신은 더 받아야 할 벌이 태산 같은 년이라 생각하며 내뿜는 담배 연기에 씁쓸한 한숨을 더했다.

4

 몇 차례 핸드폰으로 전화를 했지만 강우는 받지 않았다. 신호는 가고 있으니 별다른 일이야 없겠지만 그 속이 짐작 가고도 남았다.
 내성적인 강우는 제 마음이 불편하거나 사정이 여의치 않으면 연락을 피하고는 했다. 그런데 하던 사업을 접었으니 여간하랴. 아무리 배운 사람이라도 한동안은 고민을 해야 다시 뭔가를 시작할 수 있겠지만 혹시라도 금전적인 사정까지 절박한 건 아닌지 영순은 걱정이었다. 설마 그 정도야 아니겠지. 아무리 주식으로 손해를 보고 사업을 접었다고 해도, 그 잘난 사람이 아무런 제 앞가림도 해놓지 않았을 리야 없겠지. 하지만 한번 시작된 걱정은 자꾸만 꼬리를 물어 불안은 점점 커져갔다.

영순은 기어이 대기실 옷장 깊숙이 감춰두고 있던 은행 통장을 챙겨 들고 목욕탕 문을 나섰다. 잔고는 팔백오십여만 원이었다. 지난 반년 가까이 더운 목욕탕 안에서 현기증이 나도록 다른 이의 때를 밀어주고 한 푼 두 푼 모은 돈이었다.

망설이지 않고 전액을 고액권으로 찾은 영순은 그중에서 팔백만 원과 오십만 원을 따로 종이봉투에 담아 낡은 비닐 가방 안에 넣고, 남은 만 원짜리 몇 장은 바지 주머니 속에 구겨 넣었다. 한참 동안 통장이 텅 비어 있을 테니 아무래도 동호 주머니에도 미리 얼마나마 넣어줘야 할 것 같아서였다. 아이들 군것질거리야 주머니 속에 든 몇만 원이면 사나흘은 댈 수 있을 테고, 내일부터 또 때를 밀며 절약해 생활하면 그럭저럭 몇 푼씩이나마 다시 모아갈 수 있을 것이었다.

강우가 사는 아파트 단지가 보이자 영순은 또 조심스러워졌다. 걱정스러움에 허둥거리며 찾아오기는 했지만 미리 연락도 없이 불쑥 들어서면 얼마나 당황스러울까. 혹여 저희가 보여주기 싫은 모습이라도 보게 되면 얼마나 난처할까. 무엇보다도 그리 잘난 것도 없는 시누이가 무슨 유세라도 하는 것처럼 보이면 올케의 마음이 얼마나 상할까. 초라한 고모 모습이 조카에게는 또 어떻게 보일까. 무엇보다 밑바닥 인생의 누이 모습이 강우를 얼마나 부끄럽게 할까……

1층 경비실이 건너다보이는 나무 아래에서 한참을 망설이던 영순이 핸드폰을 꺼내 강우의 집 전화번호를 찾았다. 영순은 통화 버튼을 누르기 전에 심호흡부터 크게 했다. 가끔 핸드폰으로 강우와 통화할 뿐, 집으로는 한 해에 한두 차례나 전화할까 말까 한데 매번 이처럼 긴장되는 것이었다.

버튼을 누르려던 영순이 멈칫했다. 터덜터덜, 아니 휘청휘청 비틀거리며 경비실 앞을 지나가는 남자가…… 강우였다!

해가 길어지기는 했다지만 아직도 초봄인데 저녁때도 못 된 이 시간에 벌써…… 영순은 무작정 내디뎌지려는 발걸음을 멈추고 얼른 전화기 버튼을 눌렀다.

"예."

신호가 가자 금방 올케 목소리가 흘러나왔다.

"올케, 나야. 동호 엄마."

"예, 형님. 오랜만이시네요. 어쩐……."

영순은 다급하게 올케의 말을 잘랐다.

"지금 아비 올라가는 것 같았어. 들어오면 나한테 전화 왔다는 소리 하지 말고, 술 마신 것 같으니 쉴 자리 봐주고 살짝 좀 내려와. 아파트 단지 입구에…… 아, 작은 빵집이 있는 것 같은데, 내 그 앞에서 기다릴게."

"예? 아, 지금 애들 아빠 들어오는 거 같네요."

"얼른 끊어. 쉴 자리부터 잘 챙겨주고."

영순은 대답도 듣지 않고 전화를 끊었지만 벌렁거리는 가슴은 쉬 가라앉지가 않았다. 무엇이든, 강우에게 감추는 일이 되면 이처럼 가슴이 벌렁거리는 것이었다.

빵집 앞 보도 위를 서성거리며 연신 건너편 아파트 입구를 돌아보는 영순의 낯빛은 초조하다 못해 창백했다. 도대체 뭐가 얼마나 잘못되었기에, 그 배우고 능력 있는 사람이 해도 마저 지기 전에 술에 취해 허정댄다는 말인가. 아니, 술을 즐기기나 하던 사람인가. 눈자위 시릴 겨를도 없이 억장부터 무너졌다. 쉰 살도 되기 전부터 머리가 세었지만 언제나 염색으로 단정하던 사람이 오늘은 더부룩한 반백이 제멋대로 헝클어진 채, 화요일 평일에 등산복 차림으로……. 직장을 그만두고 갈데 없는 중년들이 등산을 낙으로 삼는다는 이야기를 듣기는 했지만 그게 동생 강우에게 해당될 줄이야. 도무지 믿을 수가 없었다. 설마하니. 그래, 새로운 사업 생각하다가 오랜만에 친구들 만나고 등산에 나섰다가, 못 먹는 술이기에 몇 잔에 취해 흐트러졌던 게지. 어쩌면 벌써 새로운 일거리 찾아놓고 다시 시작하기 전에 각오 다지느라 나섰던 걸음인지도 모르는데……. 그런데 아무리 좋은 쪽으로 생각하고 또 생각해도 마음은 점점 더 불안해지니 무슨 까닭인지.

한참 만에 길 건너편에서 올케의 모습이 보였다. 영순은 무작정 횡단보도 쪽으로 가려다가 걸음을 돌려 그제야 빵집으로 들어갔다. 혹시 사정이 나쁘더라도 자신까지 초조한 기색을 보이면 더욱 기가 죽을 테니…….

 영순은 또 가슴이 철렁했다. 유리문을 열고 들어서는 올케의 행색이 이전과 많이 달랐던 것이다. 언젠가 전라도 법성포에 간다는 사람이 있어 강우 좋아하는 보리굴비 한 두름을 부탁해 그걸 전해주려 근처에 왔다가 우연히 올케와 마주친 적이 있었다. 그때 올케는 잠깐 단지 내 과일 가게에 다녀오는 길이라고 했는데도 옷차림은 여느 자리에 나가도 흉잡히지 않을 만큼 단정했다. 영순은 역시 배운 사람들은 뭐든 다르구나, 슬며시 고개를 끄덕였다. 그런데 단지 안도 아닌 큰길을 건너온 사람이 무릎 튀어나온 추리닝 바지에 철 지난 겨울 점퍼 차림으로. 게다가 머리에 쓴 모자는 머리 빗질할 시간을 줄이기 위해서라 해도, 때 묻은 운동화 속 맨발까지…….

"형님, 뭐 드실래요? 빵 좀 드실래요?"

 의자에 앉으며 묻는 올케의 눈길은 계산대 위쪽의 차림표를 향하고 있었다.

"아니야, 빵은 무슨. 자네 먹으려면 그러던가."

"저도 빵은 생각 없어요. 그럼 우유 드세요."

"응, 그러던가."

 영순도 힐끔 차림표를 보며 건성 대답했다.

"아줌마, 여기 우유 두 잔 주세요, 따뜻하게요."

 올케가 우유를 마셨던가? 언제나 커피를 마셨던 것 같은데.

차림표에 커피도 있는데…….

"어쩐 일이세요, 형님?"

영순은 그제야 올케의 얼굴을 바로 들여다봤다. 그 곱던 피부는 어디로 가고 푸석푸석해진…….

"아비는?"

"들어오자마자 옷도 안 벗고 침대에 쓰러졌어요."

"이불이라도 제대로 덮어주지?"

"덮어주기야 하지만 술 냄새 땀 냄새에 절어 매일 내다 널어야 해요."

"응…….." 말문이 막혔다. 매일이라니…….

"집에는 별일 없으시고요?"

"응, 우리야 뭐. 그런데 아비가 매일 그렇게 술을 마셔?"

"아유, 말도 마세요."

올케의 인상이 여지없이 찌푸려졌다. 영순은 가슴이 미어졌다.

"원래 술도 잘 못하는 사람이 웬걸 그렇게……."

한숨 깊은 시누이의 반응에 올케도 새삼 한숨을 내쉬었다.

"그러게 말이에요. 하긴, 그 사람도 답답하긴 하겠죠. 뭐든 다시 해보려면 돈이 있어야 하는데…… 처음부터 이런 베이커리 체인이나 하자니까 고집을 부리더니."

"이제라도 해보지 그래? 그 능력으로 빵 장사하려면 좀 서글프긴 하겠지만, 이젠 아비 나이도 적지 않으니 사람 두고 편하게…….."

"아유 형님은. 서글프기는, 이게 돈이 얼마나 드는데요. 아무리 조그맣게 차려도 이삼 억은 더 있어야 될걸요."

말만으로도 단박에 환한 표정이 되어 새삼스레 가게를 휘둘러보는 올케의 모습에 영순은 뜨악했다.

"그 정도는 할 수 있지 않아?"

"예에? 아유, 그럼 걱정이 아니라 펄쩍 뛰게요. 이젠 정말 아무것도 없어요. 오죽했으면 제가 직접 조그만 길거리 커피 가게를 해볼까 알아봤는데 그것도 돈이 모자라요. 못할 말로 변두리 골목길에서 통닭집 하나라도 차리려면 아파트 팔고 월셋집 들어가야 돼요."

영순은 두 눈이 휘둥그레져 벌어진 입을 다물지 못했다. 이게 무슨 소린가! 그 멀쩡하고 잘난 사람이 통닭집이라니! 아니, 그마저도 월셋집으로 옮겨야 할 수가 있다니! 얼마를 벌어 얼마만큼의 재산을 가지고 있었는지도 모르고, 얼마를 날리고 또 얼마나 손해를 봤는지는 몰라도 그럴 리가 없었다. 그 배운 사람이, 그 잘난 사람이, 통닭집 할 돈도 변변치 않다니! 아니, 어떻게 통닭집을! 그럴 리가, 그럴 리가 없다. 아파트만 해도 얼마나 크고, 얼마나 예쁘게, 영순은 꿈에서도 생각해본 적 없이 꾸며놓고 살지 않았던가!

"그게, 그게 무슨 소린가? 아파트만 해도 그게 얼마짜린데, 도무지……."

뒤집어질 것 같은 영순의 눈빛에 올케는 고개를 떨어트렸다.

"죄송해요, 형님. 이런 소리 안 해야 되는데, 괜히……."

"그런 게 문제가 아니라, 그래, 괜히 해본 소리지? 아비 술 마신 모습 때문에 민망해서 변명해주느라?"

"죄송해요. 애들 아빠도 절대 형님에게는 이야기하지 말라고 했는데……."

"말라니? 도대체 뭘?"

다시 짙은 한숨을 내뱉은 올케는 조심스레 입을 열었다.

"지난번 회사 할 때 벌써 그이 독이 잔뜩 올라 있었어요. 주식으로 큰 손해 보고 나서야 그간 형님에게 아무것도 해드리지도 못하고, 조금 더 벌어서 하자며 욕심부리다가 그렇게 됐다면서……. 어떻게든 큰돈 벌어보겠다고, 저도 몰래 아파트까지 담보 잡혀서 회사 끌고 왔던 모양이에요. 그러다가 더는 버틸 수 없어서 직원들 내보내고 문을 닫았는데, 그래도 본인 생각에는 얼마라도 남아 있겠지 생각했었나 봐요. 그만큼 제정신이 아니었던 거죠. 그러니 이제는 당장 담보 잡힌 이자부터 막 막하고……. 아무튼 아파트는 곧 정리할 거예요. 어떻게든 버티다가 경기 좀 풀려서 집값 오르면, 그때 팔아 얼마라도 건졌으면 했는데 어휴……."

"아파트 팔면? 작겠지만, 어디 살 만한 아파트로 갈 수는 있고?"

올케는 쓸쓸한 웃음부터 지었다.

"웬걸요, 언감생심이죠. 그마저 거래까지 한가하니……. 팔려봐야 알겠지만 아파트 전세라도 살려면 그이가 직장을 구해야 되는데……."

"직장? 어디? 아니, 말이 오가는 데는 있고?"

"여기저기 이야기는 있는 모양인데…… 별로 마땅치가 않은 모양이네요."

그럼 그렇지. 그 잘난 사람이, 이제 쉰 중반인데, 찾으려고 들면 그까짓 번듯한 일자리 하나 못 잡으려고. 영순은 비로소 조금 정신이 드는 기분이었다.

"뭐, 정 안되면 진짜 통닭집이라도 해야죠."

영순은 올케의 비관적인 소리는 귀에 담기도 싫었다.

"용돈이나 좀 여유 있게 줘."

"어휴, 그런 돈이 어디 있어요. 은행 이자까지 밀려 있는데요."

그제야 여기까지 찾아온 목적이 생각났다. 영순은 비닐 가방을 들고 일어나 고개를 두리번거렸다.

"왜요, 가시게요?"

"아니, 나 화장실 좀."

"예에, 이 집 화장실, 밖에 나가서 건물 현관으로 들어가면 있어요."

"응, 내 금방. 가지 말고 여기 꼭 있어."

시누이의 새삼스러운 당부에 올케는 피식 웃었다.

"그럼요, 가긴 왜 가요."

화장실을 찾아 들어간 영순은 가방 속에서 오십만 원이 들어 있는 봉투를 꺼내 얼른 이십만 원을 세어 주머니 속에 구겨 넣었다. 아무래도 동호에게는 이십만 원만 줘야 할 것 같았다. 봉투를 가방에 넣고 나오려던 영순은 또 걸음을 멈췄다. 그래, 동호야 필요하면 그때그때 몇만 원씩 주면 될 일인걸. 한꺼번에 줘봐야 또 어디서 술이나 진탕 퍼마실 테지. 영순은 주머니 속에서 십만 원을 더 꺼내 삼십만 원이 든 봉투에 보탰다.

돌아오는 영순을 향해 올케는 멋쩍은 웃음을 지어 보였다. 메말라 있던 입술이 촉촉했고 우유 한잔이 그새 다 비어 있었다. 영순은 제 앞에 놓인 우유 잔을 들어 올케의 빈 잔에 부었다.

"아니, 저는 됐어요. 형님……."

"난 우유 마시면 설사해서."

"저도 그랬는데 따뜻하게 해서 마시니까 괜찮더라고요."

"아니야, 난 이미 속을 버려놔서."

영순이 손끝으로 잔을 더 밀어주자 올케는 마지못한 듯 잔을 들어 홀짝거렸다. 잔이 비기를 기다린 영순은 비닐 가방에서 봉투 두 개를 꺼내 올케 앞에 내려놓았다.

"이게, 뭐예요?"

"얼마 안 돼. 두꺼운 봉투에 든 건 자네가 가지고 있으면서 아비 매일 아침에 용돈 줘. 아무리 잘난 사람도 주머니가 비면 기가 죽어서 될 일도 안 돼. 안 써도 하루에 십만 원씩이라도 꼬박꼬박 줘. 얇은 봉투에 든 건, 내가 사정이 그것밖에 안 되니까 생활비로 아껴 쓰고. 아비 속 깊으니까 용돈 줘도 남으면 내놓을 거야. 그럼 그걸로 생활비 보태고."

"형님, 형님이 무슨 돈이 있으시다고……."

올케의 눈자위가 빨개지며 목소리가 떨렸다.

"이 사람아, 여기 자네들 사는 동네야. 혹여 아는 사람이라도 보면 아비 체면 상해. 그리고 절대 내가 줬다는 말은 입 밖에도 꺼내지 말고."

"그럼 갑자기 무슨 돈이 생겼다고……?"

"이런! 친정에서 빌렸다고 하든지. 하여간 그건 자네가 알아서 하고. 자 그만……."

돈을 내놓았으면 빨리 일어나야 서로가 민망하지 않는데 때마침 핸드폰까지 울려줬다. 영순은 번호도 확인하지 않고 얼른 버튼을 눌렀다.

"예."

"나요."

"……."

영순은 올케의 눈치부터 살폈다. 다행히 올케는 눈물을 훔치느라 고개를 숙인 채였다.

"전화받기가 불편한 모양이네? 다시 걸지요."
"아니, 괜찮아요. 어쩐 일로?"
"서울 온 김에. 목욕탕에 전화했더니 일찍 나갔다더군. 볼 수 있겠소?"
"어디세요?"
"뭐, 언제나 목욕탕에서 가까운 거기지, 허허."
"알았어요, 금방 갈게요."

전화를 끊자 올케는 고개를 들었다. 영순은 억지웃음을 지어 보이며 먼저 의자에서 일어섰다.

"아는 사람이 일, 아니, 집 근처에 와 있다네."
"예, 그럼."

올케는 버스 정류장까지 따라와 영순의 두 손을 포근하게 잡았다.

"형님, 고마워요. 이 은혜를……."
"그런 소리 마, 동기간에 은혜는 무슨. 오히려 작아서 내가 미안하지. 힘들어도 그 사람 잘 위해 줘. 여린 사람이라서 어려울 땐 자네가 위로를 해줘야 해."
"예, 잘할게요."

버스가 도착했다.

"저희, 집 옮기고 나면 한번 오세요. 변변찮지만 식사 한 끼 같이해요."

버스에 오르는 영순의 등 뒤에다 혼잣말처럼 중얼거린 올케는 차가 움직이고도 한참 동안 그 자리에서 손을 흔들며 서 있는 게 보였다.

처음으로 올케에게서 사람대접을 받은 듯싶었다. 아무렴 어떠랴, 저희만 잘살면 고마운 것을. 그런데 살면서 벼락도 이런 날벼락이 없지 않은가. 도대체 저승에 계시는 아버지 어머니는 뭘 하시기에 강우 하나 제대로 보살펴주지 않는 것인지, 엉뚱한 원망이 밀려들었다.

5

한 사내에게 오래도록 연모한 여인이 있다. '잘살아보세!'라는 구호가 이 땅을 휩쓸던 그때, 정말로 잘살아보려고 무작정 서울로 올라왔던 시대의 여인들 중 한 사람이었다. 충청도 면소재지의 논 몇 마지기 소작에 손바닥만 한 밭뙈기로 다섯 남매 입에 풀칠하기도 어려운 집안의 장녀. 자신은 여자이니 초등학교나마 마친 것도 감지덕지지만 바로 아래 남동생이자 집안의 장남은 일찍부터 영리함을 보여 가르치면 앞날이 밝을 것으로 굳게 믿었다. 그녀 자신은 아무리 고달파도 동생이 공부를 계속해 남부럽지 않을 수 있다면 그것만으로 행복할 수 있다고 생각했다. 하긴, 그 시절에는 비단 그녀만이 그런 사연을 안고 있는 것은 아니었다. 서울역이나 용산역, 혹은 청량리역에 어정쩡한 가방이나 보따리 하나 껴안고 내려서 잔뜩 겁에 질리고 어리둥절한 눈으로 주변을 둘러보며 누군가를 찾던 시대의 여인 대부분이 그와 비슷한 사연을 가슴에 안고 있었다.

사내 역시 별반 다르지 않은 사연이었다. 경상도 산골의 똥구멍이 찢어지도록 가난한 집안에서 태어나 형 한 사람만 중학교에 들어갈 수 있었기에 일찌감치 기술을 배워 돈을 벌리라 마음먹고 무작정 서울로 올라온 터였다. 그런 사내가 그녀를 연모한 것은 처음에는 빤한 얘기지만 고운 자태에 반해서였다. 크지도 작지도 않은 키에 뚱뚱하지도 마르지도 않은 몸매, 달빛같이 고운 피부에 앵두 같은 입술 어쩌고의 빼어난 미모는 아니지만 이목구비 반듯하고 결코 천하게는 보이지 않는 단정함. 게다가 여인은 열 몇 살 어린 나이에 고향을 떠나온 처녀들 중 일부에서 보이던 도시의 화려함에 빠져든 경박함과는 거리가 멀었고, 대부분의 여인들이 겪던 외로움에도 의연했다.

처음 청계천 봉제 공장에서 그녀를 보았을 때는 이제 막 상경해 '시다'라는 이름으로 불리던 미싱공 보조였다. 조금 더 지난 뒤에는 눈썰미 좋고 손끝 맵다는 소리를 들으며 미싱을 돌리더니, 그 열악한 환경에서 하루 스무 시간이 넘는 중노동을 군소리 한마디 없이 버텨나갔다. 아니, 그때 그녀는 오히려 일이 많으면 많을수록 기꺼워했다. 돈 때문이었다. 한 푼이라도 더 벌어 동생이 고등학교는 반드시 서울에서 다니도록 해야 한다는 일념이었다.

사내는 어찌어찌한 인연으로 청계천보다 나은 조건의 구로동 공장과 인연이 닿게 되자 마음에 담은 그 여인도 옮길 수 있도록 슬며시 다리를 놓아줬다. 여인은 그런 사내의 마음을 아는지 모르는지 어쩌다 길에서라도 마주치면 가벼운 목례만 건넬 뿐 별말은 없었다. 그래도 사내는 여인의 그 목례만으로도 가슴이 뛰어 하늘을 날 것 같았다.

마침내 동생이 고등학교를 서울로 오게 되자 그녀는 동료와 함께 살던 가리봉동을 떠나 학교 가까운 곳에서 동생을 데리고 자취를 시작했다. 꽤나 거리가 멀어 제시간에 출근하려면 새벽부터 설쳐야 했을 텐데도 피곤은커녕 얼굴에는 늘 행복감이 가득했다. 참으로 곁에서도 보기에 좋은 날들이었다. 하지만 몇 달을 넘기지 못하고 그녀는 동생에게 하숙을 잡아주고 자신은 다시 동료의 가리봉동 좁은 자취방으로 돌아왔다. 얼핏 듣자니 동생이 공부하러 친구 하숙방을 드나들다가 점점 자고 오는 날이 많아지자 아예 그 친구 하숙집으로 들여보냈다는 것이었다. 사내는 금방 속사정을 짐작할 수 있었다. 제법 이름난 명문학교 학생으로 흔하고 천한 이름의 대명사처럼 되었던 '공순이' 누나와 함께 자취하는 모습이 내키지 않아 집 밖으로 떠돈 것이 분명했다. 어쩌면 그녀도 어렴풋이나마 짐작할 수 있었을 테지만 겉으로는 조금의 서운한 기색도 없이 여전히 행복한 얼굴이었다.

동생이 대학에 들어가자 그녀의 생활은 더욱 쪼들렸다. 그동안 꽤 경력도 쌓였고 기술도 인정받았지만 그게 곧바로 월급과 연결되는 세상은 아니었다. 그녀는 그동안 한 푼 두 푼 억척같이 모아온 통장을 헐어 동생을 뒷바라지했다. 계절이 바뀌어도 자신은 시장통 허름한 옷 한 벌 제대로 사 입지 않은 채 회사에서 내주는 유니폼으로 지내면서도 동생에게는 달마다 용돈이며 때맞춰 옷가지까지 거르지 않았다. 그럼에도 그녀는 언제나 더 많이 못해 줘서 안타까운 기색일 뿐 피로감조차 내보이지 않았다. 하지만 오래지 않아 그녀의 인생이 뒤집히는 사건이 벌어지고 말았다.

어느 날 그녀는 회사로 걸려 온 전화를 받고 다급하게 뛰쳐나간 뒤 다시 모습을 보이지 않았다. 이미 그녀에 대한 연모가 깊었던 사내는 미친 듯이 여인을 찾아 헤맸다. 그리 오래지 않아 여인의 소식을 알아냈다. 뜻밖에도 신길동의 한 주점에서 한복 차림으로 손님을 상대하고 있다는 것이었다. 그럴 리가! 하지만 먼발치에서 지켜본 여인은 틀림없는 그녀였다. 그래도 사내는 제 눈을 뽑아버리고 싶을 만큼 믿을 수가 없었다. 그래서 그녀를 만나보기 전에 먼저 까닭부터 알아보았다.

그날 회사로 전화를 걸었던 사람은 경찰서의 형사였다. 동생이, 그녀의 전부나 다름없던 동생이 전날 밤 술에 취해 싸움을 벌였고, 돌에 맞은 상대는 상해가 깊었다. 아무리 전과 없는 대학생이 취중에 벌인 일이라지만 엄연히 피해자가 있는 이상 피해 보상이나 합의 없이는 구속될 수밖에 없는 처지라는 것이었다. 그녀는 눈이 뒤집혔다. 곧 그녀 자신이고 꿈이고 희망인 동생을 그대로 감옥에 보낼 수는 없었다. 미친 듯이 돈을 구하러 쫓아다니던 그녀에게 검은 유혹이 손을 내밀었다. 어쩔 수 없었다. 그녀가 알고 만나는 사람들은 모두 비슷한 처지였으니 누구 하나 목돈을 손에 쥔 사람은 없었다. 고향에서는 알아봐야 오히려 놀라 달려올 부모님의 여비까지 부담으로 늘어날 뿐이었다. 여인은 맥없이 손을 들었다. 그렇다고 사내도 여인이 이미 버린 몸이어서가 아니라, 어찌해 볼 도리가 없었다.

그래도 사내는 여인에 대한 연모를 접지 못했다. 그런데 한번 길을 엇나간 여인은 점점 대담해져 종로 어느 요정에서 일본인 관광객을 상대하기까지 했다. 사내는 더욱 미칠 것 같았지만 여인에게는 또 나름대로의 연유가 있었다. 처음에는 빚만 갚고 돌아가자 했다. 하지만 막상 빚을 갚고 나니 돌아갈 곳이 없었다. 무슨 낯으로 다시 공장으로 돌아가 동료들을 보겠는가. 반드시 그 공장으로 돌아가지 않는다 하더라도 그 바닥 사람들에게는 그 바닥 인연들이 있으니 금방 사연이 드러나고 소문이 퍼질 터였다. 그렇다고 새삼스레 다른 기술을 배운다고 하더라도 이미 돌아가지 못할 고향에 돌아갈 길이 열릴 것도 아니었다.

그새 강우는 군대를 갔다 와 복학을 했지만 대학을 졸업한다고 당장 모든 것이 바뀔 것은 아니었다. 뒤늦게 고향의 부모님과 다른 동생들이 떠올랐다. 매달 생활비 조로 얼마씩 부쳐 주고는 있었지만 가난은 여전히 조금도 나아지지 않고 있었다. 여차하면 그 모든 것이 대학을 졸업한 강우에게 짐이 될 터였다. 그녀는 작심했다. 자신은 이미 망가진 인생. 다른 가족까지 제대로 살게 해서 강우의 어깨에 날개를 달아주리라. 여인은 몸을 던져 받은 돈이 목돈이 되면 논마지기라도 사도록 고향으로 부쳤다.

사내는 몸조차 팔 수 없는 제 무능을 탓하며 처음으로 여인의 두 손을 부여잡았다. 그날, 여인은 앞장서 사내를 여관으로 데려갔다. 아무런 말 한마디 없이, 한참 동안을 서럽게도 울더니 먼저 사내의 옷을 벗겨주고 자신도 옷을 벗은 뒤 욕실로 들어갔다. 이제는 영원히 마음에서 지우라며, 소리 없는 눈물 속에 정성스레 사내의 몸을 받아 주던 그 밤······.

그 후부터 여인은 사내가 눈에 띄어도 모르는 척했지만 다시 종로를 떠난 삶은 더욱 험했다. 그래도 사내는 여전히 여인을 곁을 맴돌았다. 오냐, 아무리 망가져도 내게 오는 그날까지 난 오직 당신을 맞을 준비만 하리라. 그런데 어느 날 불쑥 여인이 남자와 살림을 차렸다. 식을 올리지는 않았지만 온전히 한 남자의 여자가 된 것이니 결혼인 것이었다. 모든 것이 다 끝난 듯한 아픔 속에 그래도 미련이 남아 또 사연을 알아보니 더욱 억장이 무너졌다. 그런 까닭이라면 영원이 아니라 잠깐이라도 자신이 더 잘할 수 있었는데. 아니, 그 억지 춘향의 눈가림이 아니라 자신은 이미 어지간히 준비까지 되었는데. 그러나 비로소 여인의 마음을 알았다. 결코 그녀는 자신을 받아들일 수 없었다는 것을.

사내는 그만 다른 삶으로 돌아갔다. 고향으로 내려가 땅을 장만하고 결혼을 하고 자식을 낳고 꾸역꾸역 살았다. 그녀를 잊기는커녕 목구멍에 걸린 가시처럼 무시로 떠올랐지만 아내에게 도리가 아니기에 지우려고, 지우려고 애를 썼다. 사람이란 존재가 그리도 별스럽지 않은 것인지 지우려고 애를 쓰다 보니 어느 날부터인가는 미안하게도 그녀 생각이 나지 않았다. 아이들이 얼마만큼 자란 뒤 아내에게 그간 몹쓸 병이 찾아들었다. 할 수 있는 모든 노력을 다했지만 아내는 그만 병을 이기지 못하고 세상을 저버렸다. 화장을 해 농장 한쪽 소나무 아래에 수목장樹木葬으로 묻고 아침저녁으로 들르는데 몇 해가 지난 뒤 어느 날, 먼 산마루로 곱게 번지는 붉은 석양 가운데에서 문득 그녀가 떠올랐다. 사내는 그 길로 아내의 소나무에 소주 한잔을 부어주고 용서를 빌었다.

그렇다고 새삼 다른 마음이 일어난 것은 아니었다. 어찌 살고 있는지 마지막으로 먼발치에서 그림자나마 한번 보고 싶다는 마음뿐이었다. 목에 걸린 가시를 빼내지 않고 묻어둔 까닭이었다. 여기저기 백방으로 수소문해 어렵사리 찾았더니, 그 기구한 운명은 여태도 끝나지 않은 채 상처 깊은 몸 온전히 쉬어도 편치 않을 판에 목욕탕에서 남의 때를 밀어주고 있었으니…….

사내는 다시 집으로 내려가 아내의 소나무 앞에서 무릎을 꿇었다. 벌은 죽어 저승에 가서 받겠으니 이승에서의 일에는 눈 감아달라고 눈물로 빌었다. 그리고 다시 서울로 올라와 목욕탕 앞에서 반나절을 기다려 하얗게 바랜 몸으로 퇴근이라고 하는 여인 앞에 불쑥 모습을 드러냈다. 놀라고 당황스러워 어찌할 바 모르는 여인을 다짜고짜 차에 태워 한강변 한적한 곳으로 데려갔다.

겁이 났지만 죽을 용기로 소리쳤다. 그만 함께하자고, 이젠 자신도 다르지 않은 처지라고. 여인은 또 눈물을 흘리며 고개를 내저었다. 사내는 여인의 어깨를 움켜잡아 피하려는 눈길을 붙잡고, 그 마음 바뀌는 날까지 찾아다닐 거라 맹세처럼 말했다. 여인은 그날 또 옷을 벗고 욕실로 들어갔다.

이젠 만나면 잠자리를 나누고, 이런저런 삶의 이야기들도 주고받기는 한다. 하지만 여인의 마음은 여전히 요지부동이었다. 그래도 사내는 한 번씩 여인을 만나고, 집으로 내려가면 또 하나씩 그녀를 위한 준비를 한다. 땅을 이미 일부 팔아 자식들 각자의 앞날을 준비해주었고, 요즘에는 언제든지 그녀의 마음이 돌아서면 함께 내려가 살 터전을 꾸미고 있다.

식당 문이 열리고 그녀가 들어섰다. 사내는 빈 잔에 따르던 소주병을 든 채 반갑게 손을 흔들어 보였다. 여인은 안색이 몹시 어두웠다.

6

"무슨 일이오? 얼굴이 왜 그래요?"
"아무 일 없다니까요."
"어허, 귀신을 속이지."
"그럼 귀신이 일을 한번 만들어보던가요."
 영순은 웃음까지 지어 보이며 농담으로 넘기려 하지만 종배의 눈에는 그 웃음기가 더 서글프게 느껴졌다. 그렇다고 더 캐묻는다고 속을 열어놓을 사람도 아니었다.
 "집을 새로 지었소. 통나무 기둥과 서까래에 짚과 숯을 섞은 황토로만. 두 사람 살기에 적당한 스무 평 남짓한데, 잠잘 방에는 구들을 깔고 밖에서 장작으로 불을 지피도록 했소. 어지간히 건강치 못한 사람도 그 방에서 며칠 쉬고 나면 개운해질 거요."

"좋으시겠네요. 날마다 그렇게 사세요."

"부엌하고 텔레비전 놓는 거실, 욕실은 보일러를 놓았소. 기름보일러라 난방비가 좀 들기는 하겠지만 기름값 비싸면 거실은 잠가두면 얼마 안 들 거요. 봐서 올겨울 전에 장작 넣는 벽난로 같은 걸 하나 놓아볼까 생각 중이오."

"운치도 있겠네요."

"내가 그 골짜기에서 오래 살아 바람 길을 대충 아니까 연통만 잘 세우면 큰 문제 없을 거요. 뭐, 거꾸로 연기가 좀 들이치면 어떻소. 가끔 얼굴 마주 보며 콜록거리고 눈물 찔끔거리는 것도 재미있겠지."

"그래서, 그거 자랑하러 불쑥 온 거예요?"

"이제 트럭 말고 작고 예쁜 승용차만 한 대 사면 거의 다 되는 거요."

"트럭 한 대 있으면 되지 돈이 넘쳐나요."

"그래도 새색신데 빨간색으로 살까?"

"원, 참."

"내일 차 보러 가지 않겠소?"

"그만한 조건이면 길거리 넘쳐나는 게 여자니 같이 갈 사람 금방 찾을 수 있을 거예요."

"……."

종배의 침묵에 너무 심했나 싶었다.

"그러게 왜 자꾸 괜한 애는 쓰고……."

"앞마당에 채송화 씨를 좀 뿌려놓았소."

억지 대꾸라도 이어가려던 영순의 말문이 막혔다. 채송화는 그녀가 제일 마음 가는 꽃이었다. 가리봉동에서 공장 동료와 자취할 때 작은 나무 상자에 채송화를 심어 가꾼 적이 있었다. 그때 그걸 보고는 여태 기억하고 있는 모양이었다.

"꽃에도 꽃말이라는 게 있더구먼. 가련, 순진이라고 하던가. 순진은 좋은데 가련은 왜……. 그래도 그 키 작은 놈들이 마당에 소복하게 꽃을 피우면 예쁠 것 같기는 하더구먼."

"일찍 들어가 봐야 해요."

영순은 슬며시 일어나 욕실을 향해 돌아섰다.

"씻을 거 없어요. 만날 목욕탕에서 일하는 사람이."

"나온 지 한참 됐어요."

"그래도 괜찮아요."

"아니에요. 옷 벗고 있어요."

"괜찮다고요! 아니, 씻지 마요!"

갑작스러운 종배의 고함에 영순은 하얗게 질린 얼굴이 되어 돌아섰다. 남자의 두 눈에 눈물이 그렁했다.

"이제 다 되었다고! 아무도 살지 않은 새 집이 다 되었고! 마음에 안 들까 봐 당장은 밥그릇 둘, 국그릇 둘, 수저 두 벌, 접시 몇 개지만 그것도 준비되었고! 그런 거야 천천히 마음에 드는 걸로 하나씩 사들이면 될 테니까! 중요한 건 이제 조금 더 있으면 옛날 나무 상자에 가꾸던 좋아하는 꽃이 움틀 테고, 텃밭에는 좋아하는 상추와 쑥갓 씨도 뿌릴 수 있다는 거요! 아직 부족한 것도 많지만 어때요! 살면서 필요할 때, 그때그때 만들고 다듬으면 되는 거지!"

"……"

무슨 대꾸를 하랴. 영순은 머릿속이 하얗게 비어가는 듯했다.

"그러니 이제 그만해요. 언제까지 그렇게 생살이 벗겨지도록 씻기만 할 거요? 뭘 그렇게 씻을 게 있어서! 세상에 그만한 사연 없는 사람이 누가 있소. 모두가 저마다 감춰야 할 것들이 있고 부끄러운 구석이 있는 거요. 그래도 사람들은 아무렇지도 않게 살아가요. 그런 사람들이 모두 염치없고, 눈뜬 소경처럼 앞사람 그림자를 보지 못해서 그런 것 같소? 아니오. 살아 있는 사람이기에 그림자가 있는 거고, 그 그림자마저 받아들이기에 살아가는 거요. 그 사람이 너그러워서 아니라 자신에게도 그림자가 있기에 말이오. 당신…… 첫날에도 벗은 몸으로 욕실에 들어가 한참이 지나서야 나왔소. 20년이 더 지나서 다시 만났을 때도 또 그랬소. 이렇게 가끔씩 만나도 그것만은 여전하고. 무엇 때문인지…… 내가 몰랐던 것 같소? 아니오. 처음부터 알았소. 그렇지만 내가 떳떳이 말할 수 없었기에, 한 번 준비가 덜 되어 지키지 못했었기에, 서둘다가 또 놓치게 될까 봐, 그 말도 안 되는 자학을 지켜보고만 있었던 거요. 그러나 이제는 아니오. 나 이제 다시는 당신을 놓치지 않을 수 있소. 지킬 수 있다는 말이오. 이제 더는 그렇게 여린 생살 괴롭히듯 당신 살아온 인생 괴롭히지 마요. 제발, 그만……."

영순은 허물어지듯 방바닥에 주저앉고 말았다. 종배는 가여운 그녀를 안아 가슴에 품었다.

"이제 그만 과거는 내려놔요. 당신에게 손가락질할 수 있는 사람은 세상에 누구도 없소. 당신처럼 지성으로 누군가를 사랑한 사람이 어디 있겠소. 당신은 누구에게도 제대로 해준 게 없다고 하지만 아니요. 당신의 그 지극한 사랑은 동생이나 가족뿐 아니라 나까지 세상을 미워하지 않고 살 수 있게 해줬소. 당신을 지키지 못해 세상을 탓한 적이 있기는 하지만, 당신이 살아 있는 세상이기에 작은 것 하나도 부술 수 없었소. 그래서 오히려 모든 것을, 더 많이 사랑했기에 이렇게 당신을 다시 만날 수 있었던 거요. 난 당신이 살아 있다는 그것만으로도 고맙고 축복으로 여기고 있소. 다시는 자신을 학대하지 마요. 당신이 스스로 생채기를 낼 때마다 내가 열 배 백 배 더 아프단 말이오. 날 위해서라도 제발……."

아무리 주변을 맴돌아도 언젠가는 스스로 떠나리라고 생각했다. 그러나 기어이 두 손을 부여잡고 눈물을 흘리는 데는 모질게 먹었던 마음이 흔들렸다. 특별히 감정을 품은 것까지는 아니었지만 저런 사람이면 온전히 기댈 수 있겠구나 생각은 했다. 그렇지만 아무리 뻔뻔해도 자신의 몸으로 그에게 기댈 수는 없었다. 차라리 미련을 버릴 수 있게 해주자. 결국은 아무것도 아닌, 내던져진 몸뚱이에 불과하다는 것을 실감하면 마음을 접으리라 여겼다. 담담하게 치르자 생각했는데 뜻밖에도 한 공간의 둘이 되자 눈물을 주체할 수가 없었다. 비로소 알았다. 적지 않은 그 시간 동안 어느새 마음속 깊이 자리 잡고 있었구나. 그래도 돌이킬 수 없는 운명이고 팔자였다. 단 한 번으로 끝이겠지만, 그것으로 그의 마음은 돌아서서 영원히 잊히겠지만 깨끗한, 가능한 만큼이라도 깨끗한 몸이 되어 그를 받아들이자.

그녀는 익숙한 듯 옷을 벗기고, 벗은 몸을 드러내 보였지만 처음인 일이었다. 등을 돌려 서자 더욱 솟구치는 눈물로 욕실에 들어가 오랫동안 부끄럽고 더러운 그곳을 살갗이 벗겨지도록 씻고 또 씻었다. 그래도 감히 그를 받아들인다는 것이 염치없어 눈을 뜨지 못했는데, 자신만의 마음이라 여겼던 그 마음까지 품었던 모양이다.

따뜻한 입술이 갈라진 입술을 위로하더니 촉촉한 기운이 메마른 가슴을 적셔오고 있었다. 천천히 부드럽게, 축축하게 식은땀에 절어 있는 낡고 볼품없는 셔츠 속으로, 따뜻한 손 하나가 들어와 거친 등을 어루만져 설움을 위로하고 상처를 쓰다듬었다. 기이하게도 상처는 금세 흉터도 없이 사라진 듯싶었고 설움이 밀려간 자리에는 서서히 설렘과 기쁨이 들어서고 있었다.

다시 만나게 된 그날부터 영순은 종배의 품에서 여자로 살아나고 있었다. 깜짝 놀라 이게 무슨 말도 안 되는 짓인가, 더러운 몸뚱이가 그예 염치마저 잃고 미쳐버렸구나 생각하며 입술을 깨물었지만 몸은 생각을 따라주지 않았다. 더욱 부끄럽고 치욕스러워 다시는 더 볼 수 없겠구나 안타까웠는데 종배는 그런 그녀를 더욱 사랑스럽게 쓰다듬어주었다. 뒤늦게 아직 한 번도 느껴보지 못한 느낌이었다는 것을 깨우쳤다. 아, 사람의 몸이 이렇게도 되는구나. 여자가 된다는 것이 이런 것이었구나……. 그래도 강제로 벗겨지고 발길에 차이던 날들이 떠오르면 소스라쳐 금세 몸은 얼어붙었지만 문득문득 남자인 그가 생각나는 때가 있었고, 찾아오면 기다렸다는 듯 뒤를 따르게 되었다.

몸이 불덩이처럼 뜨거워지며 숨이 막혀 목구멍 끝까지 밭은 숨이 차올랐다. 그러나 영순은 아직도 그것만은 토해내지 못했다. 그때마다 종배는 하얗게 타버린 뜨거운 혀로 입술을 열려고 하지만 영순은 이를 악물었다. 마침내 영순의 두 눈이 뒤집어지는가 싶은데 종배도 밭은 숨과 참아 내지 못한 신음을 한꺼번에 토하며 천천히 허리의 움직임을 멈춰갔다.

폭풍에 휩쓸린 파도가 가라앉아 세상이 멈춘 것인가 싶어지자 종배는 다시 부드러운 손바닥으로 등과 허리를, 배와 가슴을 나비의 날갯짓처럼 느릿느릿 쓸어갔다. 살아 있다는 것의, 살아난다는 것의 기쁨이 그처럼 절절하게 느껴지는 순간이 또 있을까?
"손이 어떻게 그렇게 부드러워요?"
"내 손이? 무슨, 농사꾼 손인데."
가슴에서 떼 영순의 눈앞에 내민 종배의 손은 거짓말처럼 거칠고 투박한 농부의 손이었다.
"마술하는 것 같네요."
"허허. 내 손이 아니라 당신 몸이 부리는 마술이겠지."
영순이 침대에서 등을 일으키자 종배는 안타까운 눈빛으로 어깨를 붙잡았다.
"조금만 더……."
"집에 어린애들뿐이에요."
"알아요. 그래도 조금만……."
애원하듯 하는 눈빛에 영순은 어쩔 수 없다는 듯 다시 등을 붙였다.
언젠가 하루만이라도 당신과 같이 아침밥을 먹고 싶다는 종배의 부탁에 영순은 다음 날 일찍 식당 앞으로 오겠다고 대답했다. 그리고 상처 입힌 자식 앞에, 또 언제 눈치라도 챌지 모를 어린 손자 손녀에게 밤을 보내고 들어오는 기억만큼은 주고 싶지 않다고 했다.

"무슨 일이 있었는지는 더 묻지 않을 테니 이제 생각을 해보겠다는 약속이라도 줘요."

"그만해요. 나만으로도 그럴 수 없지만, 자식 가슴에 기어이 못을 박을 수는 없어요."

"그게 왜 못이라는 거요. 아무리 그렇더라도 당신의 그 고단한 삶을 고스란히 봐온 사람인데, 아마 마음 한구석에는 당신의 평안을 바라는 마음도 있을 거요."

"그만해요."

다시 등을 떼려는 영순의 어깨를 누르며 종배는 고개를 끄덕였다.

"알았소. 내 언제까지라도 기다리겠소."

"부질없는……."

핸드폰 벨 소리가 영순의 말을 끊었다.

집이었다. 잠시 잊고 있던 강우네 일까지 생각나며 불안감이 해일처럼 밀려들었다.

"여보세요."

"할머니."

어린 손자의 목소리에는 울음기가 가득했다.

"응, 하늘아. 왜? 할머니 이제 들어갈 거야."

"빨리 와요. 한솔이가 아파요."

"뭐, 뭐? 한솔이가 왜?"

"몰라요. 막 뜨거워요."

며칠 전부터 감기 기운이 있었다. 아침에도 나오면서 동호에게 병원에 데려가 보라고 했는데 한 귀로 흘린 모양이었다.

"같이 가요. 내가 데려다 줄게요."

"됐어요. 누가 보면 어쩌려고."

"무슨 소리요. 당장 병원에라도 가야 하면 그 언덕배기에서 어떻게 하려고. 어서 가요."

이 시간까지 들어오지 않았다면 동호는 또 술판에 끼어 있을 게 뻔하니 딴은 그랬다. 영순은 앞장서 모텔 방문을 열고 나서는 종배의 뒤를 따랐다.

7

 불덩이가 따로 없었다. 생각할 것도 없이 영순은 아이를 등에 둘러업었다. 다섯 살짜리 하늘이 따라나서려 했다.
 "아니야, 넌 집에 있다가 아빠 오면 할머니에게 전화하라고 해."
 "아빠 전화기 꺼져 있어."
 "그러니까."
 "혼자서? 무서워."
 "병원에 가면 다른 병 전염될지도 몰라. 할머니가 빨리 돌아올게."
 골목 밑에서 누군가가, 기댈 수 있는 사람이 기다리고 있다는 것이 이렇게 든든할 줄이야. 걸음이 후들거렸지만 조금만 더 내려가면 된다는 사실이 그녀를 버티게 했다.

"급성폐렴입니다. 몇 가지 검사하고 입원해야겠습니다."
"다른 일은?"
"그래도 곧바로 데려와서 별일은 없을 겁니다."
"아이고, 고맙습니다, 선생님."
"어서 수속부터 하고 오십시오."

영순은 허둥지둥 수납처로 갔지만 검사비에 병실비까지 청구된 금액이 적지 않았다. 생각 없이 가방을 열던 영순은 뒤늦게 아차 했다. 수중에 돈이라고는 십 몇만 원이 전부가 아니던가. 떠오르는 것은 목욕탕뿐이었다. 주인에게 얼마라도 빌려야겠다는 생각에 또 황급한 걸음을 내디뎠다.

"왜요? 어딜 가게요?"

병원 마당에 트럭을 세워두고 기다리고 있던 종배가 한걸음에 달려왔다.

"나 목욕탕에, 목욕탕에 좀 데려다 줘요."
"아이는 어떻대요?"
"폐렴, 급성폐렴이래요."
"그런데 아이는 두고 목욕탕에는 왜?"

문득 떠오르는 생각이 있었다. 종배는 얼른 지갑 속에서 신용카드를 꺼내 내밀었다.

"우선 이걸로 해요."

"아니에요. 주인에게 얘기하면……."

"어허, 애기가 아파요!"

버럭 내지르는 고함에 영순은 정신이 들어 쭈뼛거리면서도 카드를 받아들고 다시 접수처로 달려갔다.

이상한 일이었다. 은행도 아니고 목욕탕으로 가서 주인에게 이야기를 하겠다는 것은 돈을 빌려야 한다는 뜻이었다. 아이의 급성폐렴에 돈이 필요해야 얼마나 필요하다고. 더구나 이처럼 다급한 일에 쓸 얼마간의 돈도 마련해두지 않을 사람이 아니지 않은가.

도무지 가시지 않던 그 어두운 표정이 무슨 까닭인지 알 것 같았다. 그러나 아무래도 아들 동호는 아닌 것 같았다. 그렇다면 또 그 동생에게……?

한참 만에 검사를 끝내고 한솔을 잠재운 영순은 현관 앞으로 나와 또 안절부절못했다.

"왜요? 또 무슨?"

"손자요. 하늘이를 혼자 둬서……."

"아드님은 연락이 안 되고요?"

"집에 왔으면 전화를 했을 텐데……."

"그런데 뭘 망설여요. 어서 가서 데려와요. 병실이 염려스러우면 내가 근처 모텔에라도 데려가서 재울 테니까요."
"모르는 사람인데……."
무엇 때문에 망설이는 것인지 비로소 알았다. 종배는 허탈한 웃음을 감추지 않았다.
"허허. 그래서, 그것 때문에 이렇게 계속 발만 구르고 있으려고요? 알았어요. 내가 능청스럽게 거짓말을 해주리다. 뭐라고 할까……? 그래, 내가 당신 일하는 데 사장이라고 합시다. 아마 목욕탕에서 일한다는 말은 안 했을 테니 찾아올 일도 없을 테고. 안 그래요?"
"그래도……."
"뭐가 그래도예요. 어서 가요."
이번에도 종배는 앞장서 트럭을 향해 걸어갔다.

아침부터 햄버거 가게라니, 영순은 황당했지만 하늘은 신이 났다. 아이를 생각한 종배의 배려였다.
"할머니, 우리 매일 아침마다 이거 먹으면 안 돼요?"
영순이 뭐라고 대답을 하기 전에 종배가 나섰다.
"아마, 할머니가 절대 허락 안 해주실걸."
"왜요?"
"이런 음식은 자주 먹으면 건강이 나빠지기 때문이지. 햄버거는 가끔 한 번씩 먹는 게 좋아."

"그런데 오늘은 왜 먹어요?"

"으응…… 오늘은 동생이 아파서 걱정도 할 것 같고, 또 하늘이도 집에서 편하게 못 잤기 때문에 내가 할머니한테 특별히 허락받은 거지."

"아닌데, 나 잘 잤는데. 그런데 할아버진 누구세요?"

"응, 할아버지? 난 아직 할아버지 아닌데."

"그럼 뭐라고 불러요?"

"아, 내가 할머니 친구니까 넌 그렇게 부를 수밖에 없겠구나. 그래, 할아버지라고 하자."

"할머니한테 친구가 있었어요?"

"아, 아니, 그건……."

하늘의 초롱초롱한 눈길에 당황한 영순이 말까지 더듬거리자 또 종배가 나섰다.

"당연히 할머니에게도 친구가 있지. 학교 동창생도 있고."

"학교요?"

"그럼. 난 할머니 학교 동창생 친구야."

"그런데 그동안은 왜 한 번도 할머니 만나지 않았어요?"

"할아버지는 시골에서 살거든. 그런데 어제 서울에서 동창 친구들이 모인다기에 모처럼 올라왔다가, 아주 오랜만에 네 할머니도 만나게 된 거야. 때마침 하늘이 동생이 아프다는 전화를 받고 할머니가 놀라기에 할아버지가 따라왔던 거고."

"아……."

제대로 이해가 되었는지 하늘은 고개를 끄덕였고 영순은 안도했다.

"아이들과 잘 통하네요."

"허허, 자식 셋을 키웠는데."

"잘 컸겠어요."

"뭐 그럭저럭. 아마 영순 씨를 보면 아주 좋아하고 잘할 거예요."

영순은 또 말문이 막혀 고개를 돌렸다.

모처럼 좋아하는 음식을 먹은 하늘이 배를 두드리며 일어나자 종배는 슬며시 영순을 돌려세우고 재빨리 가방 속에 봉투를 넣었다.

"이게 뭐……?"

벌써 질색을 하며 봉투를 꺼내려는 영순의 손목을 잡으며 종배는 낮은 목소리로 속삭였다.

"병원비 걱정하면서 어떻게 손녀 곁에 있으려고요. 우선 쓰고 천천히 갚아요. 이자는 비싸게 안 받을 테니, 허허."

"그래도 아니에요, 이건……."

"내가 이렇게 계속 손잡고 있는 거 손자가 보면 어쩌려고요. 얘, 하늘아!"

영순은 화들짝 한 걸음 뒤로 물러설 수밖에 없었다. 돌아서는 하늘을 향해 성큼 걸어간 종배는 아이를 번쩍 들어 안고 또 앞장을 섰다.

8

　10시가 지나자 남편은 또 주섬주섬 등산복을 차려입기 시작했다. 오늘도 별다른 약속이나 갈 곳이 없는 모양이었다. 신애는 저절로 터져 나오려는 한숨을 억누르며 슬며시 거실로 나왔다. 광고 기획사 문을 닫고도 한동안은 뭔가 모색하려는 듯 부지런히 나다니더니 벌써 열흘이 넘게 이 시간쯤이면 등산복을 꺼내 입었다. 밀린 이자며 앞으로 살아갈 일이 막막하기도 하지만 저러다가 남편이 먼저 지쳐서 폐인이 되지 않을까 신애는 걱정이었다.
　등산을 가겠다기에 이참에 그동안 소홀히 했던 건강을 챙겨 놓는 것도 괜찮겠다 여기며 도시락을 싸줬다. 처음 며칠은 말없이 받아 배낭에 넣더니 이제는 아예 쳐다보지도 않았다. 산을 가는 것인지, 버스를 타고 하염없이 돌아다니다가 해 저물녘이 되면 어디서 막걸리나 몇 잔 마시고 오는 것인지 알 수 없었다. 거의 매일 취해 들어오는 편이지만 술은 별로 걱정하지 않았다. 본래부터 별로 즐기지도 않는 데다 워낙 술에는 약한 편이었다. 가장 큰 걱정은 내성적이고 소심한 그 성격에 기가 죽다 못해 섣불리 모든 것을 포기해 버리지나 않을까 하는 것이었다.

신애는 영순에게서 받은 봉투에서 오만 원짜리 두 장을 꺼내 쥐고 강우가 나오기를 기다렸다.

"뭐야?"

신애가 불쑥 돈을 내밀자 강우의 두 눈이 휘둥그레졌다.

"용돈 쓰라고."

"됐어, 무슨 여유가 있다고."

"괜찮아, 아무리 어려워도 당신 그렇게 축 처진 거 보기 싫어."

"처지긴 누가 처졌다고."

아무래도 받을 기색이 아니었다. 신애는 영순의 말을 떠올렸지만 친정은 들먹여봐야 믿지도 않을 것이었다. 친정도 오빠의 사업 실패로 어려워진 지 이미 오래였다.

"어제 혜숙이한테서 좀 빌렸어."

"뭐? 왜?"

"지난달 은행 이자 밀린 건 우선 막아야지, 그래서."

"혜숙 씨가 그렇게 선뜻 빌려줘?"

믿을 수 없다는 강우의 눈빛에 신애는 목청을 높였다.

"당신은 혜숙이라면 항상 왜 그렇게 까칠해? 나도 걔 설치는 게 마음에 안 들기는 하지만 그래도 내가 얘기하면 그 정도는 들어주는 사이야."

강우는 아무래도 믿을 수 없다는 듯 고개를 외로 꼬더니 신애의 두 눈을 정시했다.

"혹시…… 누나 만난 거 아니야?"

신애는 하마터면 움찔할 만큼 뜨끔했다.

"형님을 내가 어떻게? 형님이 언제 당신 없을 때 집에 오시기나 해? 여태 살면서도 난 형님한테 명절이나 제사 일 아니면 전화 한 통 받아본 적 없다 뭐."

그건 그랬다. 강우는 비로소 신애의 손에 들린 돈을 받더니 다시 안방으로 들어갔다.

신애의 입술 사이로 저절로 안도의 한숨이 새나왔다. 무슨 커다란 죄를 지은 것도 아닌데, 시누이와 남편 강우 사이에서 신애는 언제나 그렇게 살얼음판 위를 걷는 것처럼 조마조마했다.

시누이가 공장을 다닌 소위 말하는 '공순이'였다는 것은 알았다. 하지만 신애나 그녀의 친정에서는 별반 대수롭게 여기지 않았다. 그 시대, 한 묶음은 되는 많은 형제들 중에서 서울로 유학 온 가난한 농민의 아들들 뒤에는 대부분 그런 누이나 여동생의 희생이 있었다. 일찍 서울로 올라오기는 했지만 월계동 언저리에서 한참 동안 넉넉지 않은 생활을 꾸렸던 그들에게는 그리 흉이 될 일도 아니었다. 그럼에도 남편 강우는 좀체 누나의 이야기를 입에 담으려 하지 않았다. 어쩌다가 함께 시누이를 만나 식사를 하게 되는 경우에도 언제나 곧바로 식당에서 만났지 집으로 찾아간 적은 없었다. 간혹 남편이 시누이의 집을 찾아가는 때도 있는 눈치였다. 그러나 이미 세상을 떠났지만 시누이의 남편은 결혼식 때 이후 다시 얼굴을 본 적이 없었고, 조카나 또 그 조카의 아이들까지도 그랬다.

신애는 처음에는 그런 남편이 이상하게 생각됐고 심지어는 무슨 감춰야 할 나쁜 사정이라도 있는 것인가 하는 의심이 들기도 했다. 하지만 결혼 초기 충청도 시집으로 명절 나들이를 하면서 남편의 태도를 이해할 수 있었다. 시누이네 살림이 어렵고 그 남편도 행실이 바르지 않은 까닭에 친정 걸음까지 끊고 사는 눈치였으니. 사실 그 시절, 그만한 사연과 곡절은 시집뿐 아니라 흔히 들을 수 있는 일이었다. 어쨌거나 신애로서는 굳이 더는 신경 쓸 필요 없는, 솔직하게 말하자면 어려울 수 있는 손위 시누이에 무심해도 되는 나쁘지 않은 일이었다.

남편 강우도 중견 기업을 거쳐 투자회사까지, 남부럽지 않게 성장하는 동안 다른 한눈은 팔지 않았다. 월급이나 특별 상여금은 물론이고 무리하지 않은 조건에서 받은 떳떳지 못한 사례금까지 모두 신애에게 내놓았고, 주식이니 뭐니 하는 개인적인 투자에서도 상당한 수익을 올렸다. 아무리 벌이가 좋아도 새나가는 다른 구멍이 있으면 푼돈이 되고 마는 법인데 강우는 그 부분에서도 아주 엄격했다. 누이는커녕 부모님에게도 매달 보내드리는 일정액의 생활비 이외에는 좀처럼 지갑을 열지 않았다. 그러니 신애도 간혹 친정의 눈총을 받기도 했지만 내심은 조금도 불만이 없었다.

중학교 시절부터 동생을 뒷바라지해줬다는 시누이였으니 신애도 한참 동안은 은근한 채무감을 가졌다. 그러나 생색은커녕 안부를 빌미로 한 전화조차 없었고 오히려 가끔씩 남편의 입에 맞는 특별한 먹거리를 구해 보내주기까지 했다. 그마저도 직접 들고 집으로 오는 것이 아니라 아파트 경비실에 맡겨놓고 남편에게 전화를 해 찾도록 했으니, 처음의 무겁던 채무감은 어느새 까맣게 멀어지고 매사가 당연한 것처럼 무심해져버렸다.

강우가 안방 문을 열고 다시 나왔다. 시간이 걸리기에 무얼하나 했는데 양복으로 옷을 갈아입었다.

"왜? 산에는 안 가고?"

"응, 누굴 좀 만나보려고."

무심하게 대답하고 현관으로 향하는 강우의 표정이 조금은 편안해 보였다. 신애는 눈가가 시렸다.

주머니가 비어서 산과 거리를 헤맸던 것이다. 생각을 정리하기 위해서라는 건 핑계였고 사람을 만나는 일조차 여의치 않았던 것이다. 소심한 성격이기도 했지만, 어려워지면 돌아보지 않고 행색에 그 티까지 나면 아예 피하는 것이 세상인심이니. 그런데도 아내라는 사람은 몇 푼 아낄 생각만 했지 남편의 발을 묶는 것이라는 생각은 못 했다. 신애는 얼른 십만 원을 더 꺼내 신발을 신고 허리를 펴는 강우에게 내밀었다.

"……?"

강우의 두 눈이 아까보다 더 휘둥그레졌다.

"그깟 십만 원 가지고 누굴 만나려고."

"됐어. 충분해."

"그래도 주머니에 넣어둬. 차만 마시라는 법 있어? 혹시 밥 먹고 술이라도 한잔하게 되면 어쩌려고."

"카드 있어."

"당신 카드, 다 한도 초과야."

피차 모르지 않는 상황을 입에 담기는 싫었지만 어쩔 수 없었다.

"……."

"자, 나가봐야 한다면서."

신애가 턱 밑까지 돈을 들이밀자 강우도 마지못한 듯 받아 현관을 나갔다.

현관문에 등을 기대고 엘리베이터 문이 닫히기를 기다린 신애는 기어이 그 자리에 주저앉아 눈물 바람을 했다. 어쩌다가 이 지경이 된 것인지. 제대로 한번 마음에 둔 적조차 없는, 아니 기실은 업신여기는 마음마저 없지 않았던 시누이가 내미는 손까지 덥석 잡아야 하는 현실이라니. 창피했고 수모였고 억울하기까지 했다.

9

 그만하기 천만다행이었다. 그래도 죄 없는 생명인지라 한솔은 오전부터 열이 내리기 시작하더니 오후에는 퇴원시켜 집에서 돌봐도 되겠다는 의사의 말이 있었다. 하루쯤 더 병원에서 상태를 지켜볼까도 싶었지만 집에 데려다 놓은 하늘이 또 마음에 걸렸다. 어쩔 수 없이 퇴원하는 것으로 결정했다.
 "그 나이에도 남자를 만나슈?"
 퇴원 수속을 밟고 있던 영순은 등 뒤에서 들려온 동호의 목소리에 고개를 돌렸다.
 "하여간 대단해요."
 이죽거리는 면상에 따귀라도 올려붙이고 싶었지만 '남자'라는 그 말이 명치에 걸렸다.

"병원에 왔으면 딸자식 얼굴부터 보지 여긴 왜?"

"너무 그렇게 인간 말종으로 취급 마요. 한솔인 벌써 병실에서 보고 왔으니."

말투는 여전히 이죽거리면서도 동호의 눈길은 벌써 영순의 비닐 가방을 힐끔거리고 있었다. 반사적으로 가방을 등 뒤로 감추면서도 영순은 동호의 눈을 바로 마주하지 못했다.

"그럼 잠시라도 같이 있어주지 왜 내려왔어? 도대체 어젯밤엔 전화기까지 꺼놓고 뭔 짓을 한 거야?"

"뻔하지, 돈 한 푼 없는 내가 뭘 하겠수. 친구 놈들 술판에 끼었다가 배터리 다된 줄도 몰랐지."

"잘한다. 자식 기르는 아비란 놈이 애 병원도 데려가지 않고 술이나 퍼마시고."

주변을 한 바퀴 돌아본 동호가 또 이죽거렸다.

"미안하게 됐시다. 그런데 어째 아무도 없는 것 같시다."

하늘에게 종배에 대한 이야기를 들은 것이 분명했다. 영순은 눈길을 피하며 시침을 뗐다.

"그게 무슨 소리야? 있기는 누가 있다고?"

"잠재우고, 햄버거 먹이고, 집에까지 데려다 줬다던데, 누구유?"

"누구긴 누구야. 어제 초등학교 동창회가 있어서 우연히 만난 동창이지."

"허, 언제부터 그렇게 동창회도 다니셨수?"

"뭔 소리가 하고 싶어서!"

영순의 언성이 높아지자 동호는 비실비실 웃었다.

"기왕 만날 거면 돈 많은 사람으로 만나지, 병원비도 좀 안 보태줍디까?"

"왜 보태주고 왜 받아! 빌어먹을 종자! 평생 거지 근성을 못 버리더니 자식새끼까지……."

"그만 일로 뼛가루까지 허공에 날려 보낸 사람은 왜 또……."

저도 민망했던지 동호는 슬며시 돌아섰다. 영순은 등줄기에서 식은땀이 흘러내리는 느낌이었다.

하늘의 이야기를 들을 때는 뭔가 있으리라 생각했다. 그렇지 않고서야 아무 관계도 없는 아이 때문에 일부러 모텔에서 외박까지 할 까닭이 없잖은가. 그런데 막상 엄마를 찔러보니 별건 없는 것 같기도 했다. 무엇보다 그만큼 사내에게 질린 사람이 고작 병원비 몇 푼조차 외면하는 사람을 쳐다볼 리나 있겠는가. 그것은 돈의 문제에 앞서 인간적인 자상함의 문제이기도 하니 말이다. 뭔가 야릇한 기대에 차 있던 동호는 김이 빠졌다.

엄마라지만 참으로 지독한 여인이었다. 그 우악스러운 폭력이 사흘거리로 이어지는 데도 피하기는커녕 무슨 벌이라도 자청한 사람처럼 옹동그리기만 한 채 그 여린 몸뚱이로 고스란히 다 받았다. 차라리 피하기라도 했으면 좋겠는데 그 피투성이 멍투성이 몸으로 가게 문을 닫으면 곧바로 단칸방 집으로 돌아왔다. 때로는 여전히 술에 취해 식식거리는 아버지 앞에 쓰러지듯 누웠다가 그 몸 위로 다시 주먹과 발길이 쏟아지면 또 몸뚱이만 옹동그리며. 아버지의 거친 움직임이 무섭기도 했지만 동호는 이상하게도 말려야 한다는 생각은 들지 않았다. 더구나 그날 그 이야기를 듣고 나서부터는 아버지의 고함이 시작되면 얼른 자리부터 피하기는 했지만, 아버지의 고함과 엄마의 신음이 모두 들리는 곳에서 두 귀를 기울였다.

그런 것을 천벌이라고 하나? 아버지는 몹시도 추운 겨울날 새벽, 엉망이 되도록 술에 취해 거리를 헤매다가 뺑소니차에 부딪혀 허공을 날았다가 쓰레기 더미 속에 처박혀 다음 날 아침에야 환경미화원에 의해 발견됐다. 그때 동호는 이제 엄마는 도망갈 것이라 생각하며 그 두려움에 서럽게 울었다. 하지만 엄마는 여전히 가게 문을 닫으면 집으로 돌아왔고, 학교에서 돌아와보면 변함없이 가게 안에서 순댓국을 끓이고 있었다. 기이했다. 이제는 마음 편히 남자를 만날 수도 있었고, 밤을 보내고 돌아올 수도 있었고, 아주 집을 나갈 수도 있는데…….

여자를 만나고, 여자의 임신으로 서둘러 단출한 결혼식을 치르고 아이를 낳을 무렵, 어렴풋이나마 엄마의 마음을 알 것 같았다. 엄마의 그 길고 지독한 투쟁은 아버지에 대한 항거가 아니라 아들인 자신을 향한 간절한 변명일 수도 있었다는 것을. 과거는 과거일 뿐, 나는 결코 부정하고 더러운 어미가 아니다. 너를 사랑하지는 않아도 너에게 부끄럽고 싶지는 않다. 네 피가 더러우면 그것은 네 아비의 탓일 뿐 나의 피는 아니다. 나는 네 아비의 여자가 되면서부터 정숙했으며, 네 앞에서 숨 쉬는 한은 끝까지 그럴 것이다…….

그러나 동호는 내내 속으로 비웃었다. 발버둥 친다고 지워지지도 않을 과거. 잊은 척 외면하면 그만인 것을, 기어이 부여안고 자신을 죽여가는 건 도대체 누구와 무엇을 위한 사죄인지. 오히려 비루해 보였다. 떨쳐낼 용기도 없고, 어쨌거나 자신의 선택인 현재와 미래에 아무런 책임도 지지 않으려는. 그 때문에 상처받고 골병든 건 자신도 마찬가지였으니 엄마는 이미 원죄의 대물림으로 자식에게도 멍에를 씌워놓은 셈이었다.

비겁하다 해도 좋았다. 비루한 피는 어쩔 수 없다고 해도 상관없었다. 단 한 번이라도 아버지라는 사람에게서 구원의 손길을 받고 싶었다. 엄마라는 이에게서 위로의 따스함을 느끼고 싶었다. 아직도 곱다고는 할 수 없어도 여전히 밉지는 않은 외모인데…… 정말이다. 엎어지고 깨져서 금방이라도 죽을 것 같을 때, 기어이 그곳에 가서 눈감으리라, 기어서라도 가고픈 곳 한 곳이 있으면, 이미 망가지고 뒤늦은 삶이지만 다시 한 번 제대로 살아보겠다, 발버둥 쳐보고 싶은데…….

"할머니!"

영순이 병실로 들어서자 벌써 기운을 다 차린 듯 한솔은 침대 위에서 펄쩍 뛰었다.

"그래, 한솔인 아빠랑 먼저 내려가 있어라. 할머니는 짐 챙겨서 갈 테니."

"할머니가 먼저 내려가랜다. 가자."

동호의 말이 이죽거림인지 뭔지 알 수 없었다. 영순은 눈길도 주지 않은 채 묵묵히 별것도 없는 짐들을 챙기며 머뭇거렸다.

이제는 동호의 스치는 눈길조차 마주하지 못할 것 같았다. 뒤늦게 생각해 보니 부끄럽기도 하지만 아예 피까지 더러워져 버렸구나 억장이 무너졌다. 육십을 눈앞에 둔 나이에 뒤늦게 남자를 느끼고 여자로 살아나다니. 그러면서도 창피하다는 자각도 못 한 채 기다리는 순간까지 있었으니. 도저히 미친 피가 아니고서는 있을 수 없는 일이지 않은가. 어쩌면 애초부터 그리 태어나서 그런 팔자가 되어버린 것인지도 모른다는 생각까지 들었다. 그 개만도 못한 종자의 숱한 매질에 반항조차 마음에 두지 않았던 것도 그런 까닭이었는지 몰랐다. 이 치욕스러운 몸뚱이를 당장에 갈기갈기 찢어버리고 싶은데…… 여전히 걸리는 게 있었다. 하늘이, 한솔이…… 아니, 동생 강우…….

10

 하루에도 몇 차례씩 지하철과 버스를 갈아타며 혹시 하는 기대로 찾은 사람들은 강우에게 커피값조차 내지 못하게 했다. 그것은 찾아온 사람에 대한 배려라기보다는 네가 사는 커피는 부담스러워 싫다는 거부처럼 느껴졌다. 차 한 모금을 채 마시기도 전에 벌써 손목시계를 들여다보거나 핸드폰 메시지를 확인하며 바쁘다는 기색을 드러내는 경우가 대부분이었다. 심지어는 반갑게 맞아 소파로 안내해 기다리게 해놓고, 저는 컴퓨터 앞에서 중요치도 않은 검색을 하다가 강우가 일어나면 '벌써 가려고?' 인사하며 앞장서 문을 열어주는 이도 있었다. 입술을 깨물게 하는 모멸감이야 이미 각오하고 단련이 되었지만 아무래도 길을 찾을 수 없을 것 같은 절망감은 그를 더욱 휘청

이게 했다.

 은행 지점장으로 명퇴한 대학 동창 태수의 소식을 들은 것은 그나마 점심 자리를 같이해준 보험대리점을 운영하는 성규의 입을 통해서였다. 저도 우연히 마주쳐 알게 되었는데 성동구 서민시장 근처에서 여관을 하고 있다는 것이었다. 태수라면 강우와 남다른 사연이 있었다. 사실상 상장 폐지된 주식을 추천해준 친구였으니. 그렇다고 새삼스레 태수에게 책임을 묻거나 원망하자는 것은 아니었다. 갑작스러운 상장폐지로 공황 상태에 빠졌을 때 태수도 분명 같은 상태였다. 명퇴 전 은행과의 거래 관계로 회사 속사정을 너무도 잘 안다고 큰소리쳤으니, 아마 모르기는 해도 강우보다도 훨씬 더 큰 피해를 보았을 것이었다. 그런데도 성동구의 오래된 동네라고는 하지만 여관이나마 경영하고 있다면 뭔가 흉금을 터놓고 머리를 맞댈 수 있을 것 같았다.

 강우가 그 낡은 여관의 종소리 딸랑거리는 유리문을 밀고 들어서자 계산대 좁은 창문을 열고 삐죽 고개를 내밀던 태수는 처음에는 화들짝 놀라는 표정을 지었다. 그러나 이내 방을 빌리려는 손님이 아니라 저를 찾아온 것임을 알아채고는 멋쩍은 웃음을 지으며 골목 입구 식당을 알려줬다.

 오래된 곰팡이 냄새 때문인지 주방 앞에 놓인 쓰레기통에서 나는 냄새 탓인지, 식당 안은 희뿌연 조명보다 더 지치고 게을

러 보였다. 그래도 강우는 벌써 희망이 보이고 길이 열리는 것 같아 들뜨기까지 했다.

"자, 먹어봐. 분위기는 이래도 양념 맛은 괜찮아."

번개탄 화덕 위에 놓인 불판을 뒤적이던 태수가 한 손에는 소주잔을, 다른 손에는 돼지갈비 한 점을 집어 내밀었다.

"으응, 그래."

소주잔을 부딪쳐 단숨에 비우고 고기를 젓가락으로 받아 입안에 넣었다. 들쩍지근한 데다 번개탄 글음 냄새까지 밴 고기는 소주의 쓴맛보다 조금 더 거북했다. 그래도 태수는 몇 번 씹지도 않고 목구멍으로 밀어 넣은 뒤 다시 소주잔을 채웠다.

강우는 양념과 글음의 께름칙한 맛을 씻어내느라 또 벌컥 잔을 비웠다.

"돼지갈비 맛이 좀 그렇냐? 그래, 나도 매번 먹을 때마다 생각하는 건데, 아무래도 이건 냉동실 고장 난 배로 태평양 건너온 것도 아닌 밀수로 들여온 중국산 같아, 큭큭. 그래도 자꾸 먹다가 보면 익숙해지지. 인간의 몸뚱이라는 게 워낙 오묘해서, 형편에 따라 금세 적응하거든. 아마 신토불이도 원래 뜻은 그런 게 아닌가 싶어, 큭큭."

많이 뒤틀려 있구나 생각은 들었지만 그래서 더욱 머리를 맞댈 수 있을 것 같았다. 강우는 술병을 들어 둘의 잔에 술을 채웠다.

"어지간히 고달픈가 보구나, 네가 소주를 이렇게 비우고."

"뭐, 사는 게 다 그렇지."

"갈비 입에 안 맞으면 요놈들, 껍데기 익으면 소금에 찍어 먹어. 껍데기는 국산일 거야. 아니더라도 최소한 유럽산은 될 거고."

"아니야, 갈비 맛도 괜찮은데 뭘."

"웃기지 마라, 넌 아직 거기까지 안 갔다. 내가 아무리 막장으로 살아도 그래도 한가락 한 과거가 있는데 보는 눈도 없겠냐. 여기까지 밀려와서도 가끔 정신 들 때가 있어 찬찬히 들여다보면 빌어먹는 놈은 꼭 빌어먹을 이유가 하나라도 있어. 세상 탓할 거 없다는 이야기야. 너, 이 골목 말고 들어오다가 도로변에 있는 순댓국집 봤지? 그 집은 아마 지금 시간에도 손님이 그득할걸?"

얼핏 생각이 났다. 아직 퇴근 시간도 되지 않았는데 손님들이 적지 않은 것 같았다.

"응, 그런 것 같더군."

"거봐. 초심 안 잃고 초지일관하는 놈들은 다 그래도 밥은 먹고 살아. 여기가 아무리 재개발이다 뭐다 뒤숭숭하고, 서민들 아옹다옹하는 밑바닥이라지만 그래도 다들 세끼 밥 먹어야 하고 퇴근길에는 소주도 한잔하며 살아. 입맛들도 멀쩡하고. 그런데 꼭 이런 데까지 밀려온 놈들 대부분은 처음에는 그럴듯하게 하는 척하다가 며칠 못 가서 장사가 안되네 어쩌네, 재고가 쌓이네 어쩌네 하면서 슬며시 눈속임하거든. 저며놓은 지 일주일도 더 되는 닭 쪼가리 시커먼 기름에 튀겨내고. 아니, 삶이 바닥이라고 입맛도 쓰레기인 줄 알아! 그러다가 몇 달 못 버티고 문 닫으면 또 다른 놈 들어와서 또 그 모양이고. 하지만 저 앞에 있는 순댓집은 내가 처음부터 자주 다니며 유심히 봤는데 맛이 안 변해. 처음 그대로야. 그렇다고 저 집은 처음부터 잘됐을 것 같아? 아니야, 처음에는 파리 날렸어. 나중에 들어보니 처음 한동안 눈물을 머금고 팔다 남은 음식은 모두 내버리고 다시 끓이며 맛을 지켰단다. 그러니 이제는 이 동네 사람들, 무슨 때 되고 주말에 밥하기 싫으면 자동으로 순댓국이야, 어른 아이 할 것 없이 자동으로."

"알면서도 초심 지킨다는 게 쉽지가 않지."

추임새가 아니었다. 강우는 순댓국이라면 도무지 듣고 싶지 않았던 것이다.

"그런데 넌 왜 이 집으로 가라고 했는지 아냐? 큭큭큭."

"넌 그럭저럭이라도 장사는 돼?"

"뭐, 장사? 여관?"

"응."

태수는 손바닥으로 제 이마를 치며 또 큭큭거렸다.

"큭큭, 넌 또 누구에게 사기당했냐?"

"······?"

"나 여기서 여관 한다고."

누군가의 이름을 댄다는 게 더욱 초라하게 느껴졌지만 태수에게 억지로 찾기라도 한 것 같은 인상을 주어서는 안 될 것 같았다.

"뭐, 아까 우연히 성규를 만났더니······."

태수는 단박에 야릇한 웃음을 터트렸다.

"클클클, 그 개새끼."

"왜? 둘이 무슨 일이라도 있었던 거야?"

"아니야. 그 새끼, 너 떠넘기고, 나 엿 먹이느라 사기 쳤다. 클클클."

"무슨 소리야, 그게?"

"그 새끼가 보험 하잖아. 여기, 바로 이 집 여주인에게 보험 하나 팔아먹으려고, 클클클······ 살살 꾀어서 우리 여관에 데리고 왔다가 나하고 딱 마주친 거야. 벌건 대낮에, 큭큭큭."

"아······ 뭐, 살다가 보면······."

강우는 말만 들어도 구역질이 날 것 같았지만 지금 태수 앞에서는 어쩔 수 없어 태연한 듯 고개를 끄덕였다.

"그런데 더 웃기는 게 뭔 줄 아냐?"

"······?"

영문 모르는 강우의 반응에 태수는 또 한바탕 웃음을 터트렸다.

"여기 이 집 여자, 내가 가끔 손님이 찾으면 불러주거든. 그래도 그 새끼 뻔뻔하게 방에 들어갔다가 나오기에 여자 먼저 보내놓고 알려줬지. 그랬더니 단박에 면상이 찌그러지며, 낄낄낄……."

강우는 말문이 막혔다. 그래도 명색 대학문을 나왔고, 사회에서도 한동안은 제 밥벌이 나름대로 하던 인생들이었는데, 어떻게 이렇게까지…….

"나, 저 여관 조바야, 조바. 알지? 옛날에 우리 어쩌다가 여인숙 같은 데 가면 물 갖다 주고 어쩌고 하던 아줌마를 일본말인지 뭔지 조바라고 불렀잖아, 조바. 내가 지금 그 조바야. 모르는 사람들은 내가 주인인 줄 알고 사장님이라고 부르고, 이 집 여자같이 아는 사람들은 지배인으로 부르고. 클클클."

믿기지 않으면서도 강우는 현기증에 머리가 다 어질했다.

"내가 여관 주인인 것처럼 성규가 말한 건 제 형편도 안 좋으니 슬며시 떼민 거다. 게다가 그놈도 너와 다르지 않게 그 주식으로 손해 좀 봤고. 나, 주식 개판되던 그때 마누라랑 이혼했다. 아이들까지 다 보내고. 죽으려 했는데 어찌어찌 여기 사장 놈을 만나보니 장사도 안 돼, 팔리지도 않아. 골치가 아파죽겠다며 어떻게 처분 좀 해달라더라. 이거 내가 은행에 있을 때 융자 내줬는데 그 원금이 그대로 있거든. 가만히 살펴보니 멀쩡한 인간들이 저런 냄새나는 여관에 묵으러 올 리는 없고, 그래서 돈은 없고 그건 하고 싶어 미치겠는 꼰대들에게 이 집 여자 같은 사람들 불러줬지. 덕분에 매달 이자는 꼬박꼬박 낼 수 있고, 그 덕에 난 아직 안 죽고 숨 쉬고 있는 거고, 클클클."

목숨이 뭔지 참으로 비루하고 추잡스러웠다. 그 속을 아는지 태수는 또 말을 이었다.

"희망 같은 거야 이미 진작 접었지. 그런데도 살고는 싶어, 아직은. 하루에도 수십 번씩 이 비루함에 몸서리 치지만, 그때마다 난 아직 길거리에 나앉은 노숙자는 아니니까 하며 버틴다. 혹시 아냐, 어느 날 문득 번갯불처럼 뭔가 깨우쳐 사람 노릇은 하며 살다가 죽을 수 있을지. 그도 아니라면 진짜 못된 마음의 자해가 아니라, 술에 떡이 되어서 자동차에 부딪혀 죽는 행운이라도 누리면 자식 놈들 주머니에 몇 푼이라도 들어가지 않을까 싶고. 큭큭큭."

웃음소리가 점점 흐느낌처럼 변해가고 있었다.

불판 위의 돼지 껍데기가 타닥, 비명을 내지르며 허공으로 튀어 올랐다. 강우는 제 몸도 허공으로 붕 떠오르는 듯한 어지럼증에 왈칵 목구멍을 타고 올라오는 건더기들을 되삼키지 못한다.

11

 벌써 두 달이 훌쩍 지나갔는데 아직도 모인 돈은 얼마 되지 않았다. 다시 연락을 해본 것은 아니지만 올케로부터 아무런 소식이 없는 걸 보면 여태도 뾰족한 방법이 나오지 않은 게 분명했다. 어쨌거나 그새 또 용돈마저 떨어져 집 안에 폐인처럼 처박혀 있거나, 갈 곳도 없이 길거리를 헤매는 것은 아닌지 애가 탔다. 날씨가 따뜻해지면서 목욕탕을 찾는 손님이 점점 줄어드니 때를 미는 손님도 그만큼 없었다. 목욕탕에서 조금 일찍 퇴근해 밤늦도록 하는 식당에서라도 일을 더 해볼까 생각도 했지만 이상하게 몸뚱이가 견딜 수 없이 피곤하고 잠이 쏟아져 아무래도 엄두가 나지 않았다.
 우두커니 대기실에 앉아 생각에 골몰하고 있던 영순은 갑자기 울리는 전화벨 소리에 화들짝 놀랐다. 혹시 올케인가 싶어 부리나케 핸드폰을 들었지만 상대는 종배였다. 잠시 머뭇거리기는 했지만 이내 여전히 울리는 벨 소리에도 전화기를 그대로 가방 속에 넣었다.

영순은 진작 목욕탕 일반전화를 받는 매표원에게 자신은 그만둔 것으로 말해달라고 부탁했다. 더는 만나지 않을 것이었다. 지난번 한솔이 아플 때 병원비 때문에 어쩔 수 없이 받은 돈이 마음에 걸리기는 했지만 강우의 일이 조금만 풀리면 무슨 짓으로든 마련해 은행 계좌 번호를 물어 갚을 것이었다. 그 오랜 세월 동안 자신을 잊지 않고 마음에 담아온 한 남자의 바보 같은 순정에는 조금의 의심도 없었다. 차라리 너무 과분하여 받아들일 엄두조차 낼 수 없는 순결하고 지순한 사랑이었다. 그래서 할 수 있는 모든 것으로 조금의 위로와 보답이나마 하고 싶은 마음이었다. 그런데 온전한 위로와 보답이 아니라 자신이 느끼며 설레고 있었다니, 도무지 염치라는 게 남아 있는 것인지! 게다가 무슨 기운이라도 느낀 것인지 자식의 입에서는 '대단하다'는 이죽거림이 망설임 없이 비어져 나오니 아무래도 구원받을 수 없는 원죄의 몸뚱이임에 틀림없었다.

욕탕 안에는 이제 겨우 예닐곱 명의 여자들만이 남아 마무리를 하고 있었다. 때를 밀 사람은 없을 것이었다. 진작부터 밀려든 허기도 허기였지만 왼쪽 갈비뼈에서 배 위쪽 부분까지 무엇인가 들어 있는 듯한 묵직한 기분이 가뜩이나 힘든 몸뚱이를 더욱 무겁게 했다. 아무래도 목욕탕 청소는 내일 새벽 일찍 나와서 하고 오늘은 그만 들어가 쉬어야 할 것 같았다. 옷을 갈아입고 주섬주섬 소지품을 챙기던 영순은 무심히 핸드폰을 꺼내 열었다. 종배로부터 문자메시지가 들어와 있었다.

'목욕탕 앞에서 기다리고 있어요. 천천히 나와요.'

그만두었다는 거짓말을 믿지 않는 모양이었다. 기다리겠다면 밤을 새워서라도 기다릴 사람이었다. 하지만 그렇다고 결심을 바꿔서 마주할 생각은 없었다. 어쩔 수 없다고 마주하는 그것이 그에게는 미련이 되어 결국은 아픔만 크게 할 것이었다. 영순은 다시 옷을 갈아입고 욕탕 청소를 준비했다.

얼마 전까지 중국 동포가 대부분이던 '세신사'라는 이름의 때미는 일자리마저 이제는 젊은 사람들이 밀고 들어가는 세상이었다. 오래된 동네의 낡은 목욕탕이어서 그렇지 영순의 나이에 그만한 일자리를 얻기란 쉽지 않을 테니 결코 그만둘 리 없었다. 이미 그녀의 동생 강우가 광고 기획사를 운영하다 문을 닫았다는 사실도 알고 있었다. 아직 더 자세히 알아보지는 못했지만 사정이 예상보다 더 나쁠 수도 있을 것 같았다. 그러니 더구나 영순이 일을 그만둘 리는 없었다.

목욕탕 불이 꺼지고 철제 셔터가 내려질 때도 영순의 모습은 보이지 않았다. 하지만 종배는 돌아서지 않았다. 문자메시지를 보낸 것은 갑자기 전화도 받지 않고 자신을 피하는 까닭을 모르는 때문이기도 했지만 어떤 이유에서건 달라질 건 없다는 자신의 뜻을 분명히 한 것이기도 했다. 처음에는 강우의 일 때문인 것으로 생각했다. 그러나 곰곰이 생각하니 강우에게 좋지 않을 일이 있다고 굳이 자신을 피할 까닭은 없었다. 그렇다면 도대체 무슨 일이……? 마음에 걸리는 것은 손녀가 아프던 그날, 자신이 손자 하늘에게 얼굴을 보인 일이었다. 어쩌면 그 일이 아들 동호의 귀에 들어가 무슨 분란이 있었을지도 몰랐다. 그렇다고…….

한참 만에 목욕탕 건물 뒤 골목에서 영순이 걸어 나오는 모습이 보였다. 이미 돌아갔으리라 여겼는지 주변을 살피는 기색도 없이 고개를 축 늘어트린 채 걷는 영순의 모습이 지쳐 보였다. 종배는 그녀가 가까이 다가오기를 기다렸다.

"사람, 제대로 속이려면 한 이틀 문밖으로 안 나와야지."

화들짝 놀라 고개를 든 영순은 무람없는 종배의 미소에 그만 다리가 휘청거렸다. 아니, 눈자위와 가슴이 한꺼번에 시렸던 것이다.

"왜 그렇게 힘들어 보이는 거요? 어디 아픈 거 아니오?"
"뭐하게 기다렸어요? 알아서 돌아가지 않고."

"내가 뭘 안다고? 어서 갑시다. 밥부터 먹어야겠어요."

"혼자서 가세요. 난 별생각 없어요."

"허, 뻔한 거짓말은. 나 배고파죽을 지경이오, 하고 얼굴에 써 있소. 암만 모르는 척해주려 해도 당장 내가 배고파서 못하겠소. 어서 갑시다."

벌써 등을 돌려 앞장서는 종배의 모습에 영순은 저절로 긴 한숨이 흘러나왔다. 차마 어떻게. 그래, 마지막 저녁이라 생각하고…….

종배는 연신 주변의 상가들을 두리번거리더니 꽤 비싸 보이는 한우집으로 들어가 조용한 방까지 찾았다. 이전 같으면 허름한 식당으로 붙잡아 끌었을 영순도 말없이 뒤따랐다.

"자, 나이 들어 기운 떨어진 데는 뭐니 뭐니 해도 우리 한우가 최고요. 더 익으면 질겨지니 어서 먹어요."

아직 핏기가 남아 있는 고기 한 점을 건네며 종배는 또 무람없는 웃음을 지어 보였다. 영순은 묵묵히 그가 하자는 대로 따랐다.

"아무래도 시골 우리 집에 한우도 한 마리 길러야겠소, 씨 좋은 놈으로 말이오. 날마다 산에서 좋은 풀과 약초만 캐 먹여 기르다가, 당신 지쳐 보이면 그놈에게는 미안하지만 어디 궁둥이 살이라도 한 움큼 씩 베어내서 구워 먹이게 말이오. 그놈 궁둥이에는 옥도정기나 발라주고. 너무 흉측한가? 허허…….."

종배의 멋쩍은 너털웃음에도 영순은 억지 웃음기조차 없이 그저 빈 잔에 소주를 채워주는 것으로 대답을 대신했다.

"허허. 집 옆으로 맑은 개울이 흐르니 그걸 끌어다가 조그만 연못을 만들 생각이오. 오리를 좀 기르게 말이오. 오리가 젊은 사람은 물론이고 특히 나이 든 사람 몸에 부담 없이 그렇게 좋다는군. 내년 봄에는 산에서 뱀을 잡아다 그걸 먹이로 닭도 기를 생각이오. 이것도 징그럽나? 허허. 아무튼 그동안 고생한 몸, 오래지 않아 좋아지기는 할 거요."

"어서 고기나 드세요."

마지못해 대꾸를 하고 영순은 또 고기 한 점을 상추쌈에 싸 입안에 넣었다. 염치도 없고 입맛도 없어 허기진 배나 채우리라 생각했는데 이상하게도 자꾸 손은 고기로 갔다. 그 모습이 흐뭇한 종배는 또 고기를 추가하는 데도 영순은 미처 말릴 생각도 안 들었다.

배가 터질 것처럼 부르자 전신이 나른해지고 눈꺼풀이 무거워져 갔다.

"그만 가서 좀 쉽시다."

푸근한 미소로 종배가 말하는데 영순은 뒤늦게 번쩍 정신이 들었다.

"무슨. 안 돼요. 집에 갈 거예요."

느닷없는 영순의 완강함에 종배는 뜨악했다. 무슨 일이 있었구나, 가슴이 철렁 내려앉았다.

"잘 내려가세요."

아예 고개까지 돌려 외면한 채 일어서려는 영순을 종배가 먼저 일어나 주저앉혔다.

"내가 언제 당신에게 뭘 강요한 적 있소?"

"……."

"아직도 난 그리 부족한 사람이오? 그래, 맞소. 감히 당신에게 이래라저래라 할 만큼 갖춘 것은 없소. 영원히 부족하기도 할 거요. 그렇지만 내가 당신에게 눈곱만큼의 위안도 못 되고, 한마디 상의의 상대도 못 된다는 건 당신의 진심이 아닌 것 같소. 백지장 맞들기나 하자는 이야기가 아니오. 내게 이제 더 무슨 바람이나 욕심이 있겠소. 다만 당신을 이대로 두지 않을 수 있다면 뭐든 할 거요. 꼭 나에게 오라는 것도 아니오. 최소한 이렇게 지치고 억지로 외면하며 살지는 않아야 할 거 아니오. 그건 당신이 뭐라고 해도 나는 이제 볼 수 없소. 무슨 일이 있은 거요?"

"……."

"말해요. 무슨 일이 있었던 거요?"

금방 울음이라도 터트릴 것 같은 기색이었다. 영순은 할 수 없이 고개를 가로저었다.

"일은 무슨…… 아무 일도……."

"아들과 무슨 일이 있었던 거요? 그날 일로?"

이번에는 고개만 가로젓는 영순의 두 눈에 어느새 눈물이 그렁했다.

"말해요. 당신이 당당하지 못할 까닭이 없어요. 당신에게 손가락질할 수 있는 사람도 없고. 당신이야말로 잘살아보겠다고 발버둥 치던 한 시대의 가장 앞장선 전사였는데, 이제 그 치열한 전투는 끝났고 이기기까지 했는데, 전쟁에서 상처 좀 입었다고 왜 자꾸 피하고 숨으려 들어요. 혼내요. 당신 자식이에요. 설령 당신을 오해해 상처 좀 입었다고 해도, 당신이 낳고 당신이 길렀어요. 그까짓 상처, 호되게 때려줘요. 그게 약이 되어 나을 수도 있어요. 아니, 그러길 간절히 원하는 건지도 몰라요."

"아니에요, 그런 거. 그렇게 말하지 마세요. 내가 그래요, 내가……."

"당신이 왜요? 내가 당신에게 짐이 돼요? 그래요, 그럴 수는 있어요. 처음부터 끝까지 모자라기만 한 내가 염치없고 뻔뻔하기도 하죠. 그래도 최선을 다하겠다고 애를 쓰고는 있잖아요. 그러니 말하고, 한 번쯤 지켜봐줄 수도 있잖아요."

"그렇게 말하지 마세요, 제발. 모든 사람에게 빚만 잔뜩 진 내가 도대체 뭐라고……."

"빚은 당신이 진 게 아니라 내가 지고, 다른 사람이 졌어요. 왜 여태도, 아니 그만큼 모든 걸 바쳤으면 됐지, 아직도 뭘…….

동생이 어려워진 것 같기는 하지만…….."

"무슨 소리예요! 왜 강우를, 우리 강우를 왜 종배 씨가 들먹여요! 다시는 연락하지 마세요! 돈 부칠 계좌, 문자로 보내줘요."

영순은 거칠게 일어나 방을 나갔다. 종배는 그저 우두커니 지켜볼 수밖에 없었다. 몇 번인가 동생의 이야기가 오갔지만 항상 그녀가 먼저 뿌듯한 얼굴로 이야기를 꺼냈고, 자신은 환한 표정으로 맞장구를 쳤었다. 그녀의 자존심인, 아니 전부인 동생을 기쁘지 않은 일로 입에 올린 것이 화근이었다. 그러나 이제는 그마저도 부딪쳐 깨트려야 할 때가 온 듯싶었다. 영원히 아물지 않을 상처와 아픔을 품은 그녀였기에 외면하고 조심하며 묻으려 했지만, 이미 그 상처는 그녀의 의지와 상관없이 재발하고 있는 것이었다.

12

 엄마 배 속 같았다. 햇살은 밝아 따스했고 불어오는 미풍은 전신의 솜털을 기분 좋게 간질였다. 넓지도 좁지도 않은 포근한 공간에서 자궁 속 그날처럼 무릎과 이마를 맞대니 누군가의 부드러운 숨결이 느껴졌다. 보이지는 않아도 언제나 어딘가에서 자신을 보듬어주고 있는 그 사람의 숨결이었다, 냄새였다. 냄새? 그래, 재봉틀에 치는 기름 냄새 같기도 했고, 산바람에 실려 온 붉은 황토 냄새 같기도 했다. 내가 그 남자의 냄새를 느꼈던가? 기억에는 없었다. 그런데도 냄새는 이미 몸 안 깊숙한 곳에, 가슴 한가운데 들어와 있었다. 느끼지 못한 것이 아니라 보이지 않아도 언제나 곁에 있는 사람이었기에 그 냄새에 젖어 의식하지 못했던 모양이다. 그래, 그런 거였다. 그런데 이제는 왜 새삼스레 그의 냄새가 의식되는 걸까? …… 마지막…… 맞다. 다시는 만나지 않으리라 마음먹지 않았는가.

그 사람이 강우의 일에 들어서서는 아니 되었다. 강우는 나의 전부, 아니 또 다른 나였다. 내게 있는 나는 천하고 구차하고 더럽고 욕되지만, 강우에게 스며 있는 나는 밝고 깨끗하고 귀하고 당당했다. 한 몸이 되어 가난을 넘어서고, 햇살 눈부신 대학 교정에서 환한 웃음 가운데에 배움을 익혔다. 무지하지 않았고 더럽혀지지도 않았으니 한 점 부끄러움 없이 세상을 마주할 수 있었다. 세상도 기꺼이 넓은 가슴으로 품어주었다. 희망은 푸르렀고 삶은 역동 찼다. 잠깐 구름이 든 것뿐이다. 다시 해는 뜰 것이고 밝은 햇살이 내일의 길을 열어줄 것이다. 그 사람에게 나는 더럽혀진 사람이기도 했지만 그런 정결한 사람일 수도 있었기에 감히 그를 몸으로 받을 수 있었다. 그러나 이제 그 사람은 구름마저 보았다. 다시 그를 볼 수 없었고 보아서도 아니 되는 것이었다. 더러운 반쪽을 씻어주던 성스러운 정화수도 없이 어떻게……. 그런데 다시 보지 않으리라, 볼 수 없다 생각하니 그 사람이 더욱 그리웠다. 그러고 보니 무릎과 이마를 맞댄 몸뚱이는 알몸이다. 잉태된 생명체도 아닌 여자의 몸으로 알몸이 되어 엄마의 자궁 속을 찾는 이것은 분명 슬픔이고 부끄러움이고 회한이었다. 그럼에도 몸은 어느새 달아오르기 시작한다. 목이 마르고, 갈증에 허덕거리다가 기어이 눈앞이 하얗게 바래는데 몸뚱이 깊은 한 곳은 촉촉한 샘이 되어 젖어든다.

'더러운 년!' 갑자기 벽력같은 고함이 귀청을 찢더니, 토사물로 뒤범벅된 그 개만도 못한 종자의 구둣발이 사정없이 날아들었다.

"아악─!"

제 비명에 놀란 영순이 번쩍 눈을 뜨자 드르륵 문이 열리며 동호가 삐죽 얼굴을 들이밀었다. 하늘과 한솔은 곁에서 새근새근 잠들어 있었고 동호의 얼굴은 술기운으로 벌겠다. 여태도 술잔을 비우고 있는 듯싶어 뭐라 한 소리 하고 싶었지만 무슨 신음이라도 흘리지 않았을까 민망해 얼른 이불로 몸뚱이를 감싸며 벽을 향해 돌아누웠다.

동호는 한참을 더 땀에 젖어 번질거리는 엄마의 목덜미를 지켜보다 깊은 한숨 소리를 감추며 슬며시 문을 밀었다.

방과 부엌을 가르는 문이라고 해봐야 얇은 베니어판에 유리 몇 장 끼운 것이니 아이들 이 가는 소리, 숨소리까지도 고스란히 오갔다. 동호는 또 터져 나오는 한숨 소리를 감추느라 라면 국물만 남은 냄비를 괜스레 달그락거리며 남아 있는 소주를 병째 입안에 털어 부었다.

요를 깔기도 귀찮아 맨바닥에 벌렁 드러누우며 술상은 한 발로 밀어 구석으로 치웠다. 아직도 잠이 들기에는 술이 부족했지만 소주를 사려면 산 아래 24시간 편의점까지 내려가야 하니 그건 더욱 성가신 일이었다.

가여운 여자였다. 아버지라는 사람이 그렇게 길거리 개처럼 쓰레기통에서 발견되어 장례를 치르고도 엄마는 꽤 오랫동안 악몽에 시달렸다. 숨소리보다도 고통스러운 신음이 더 잦았고 하룻밤에도 몇 번씩이나 단말마의 비명을 내지르며 이불을 박찼다. 위로를 해주고, 이제는 죽었으니 마음 놓아도 된다고 일깨워주고도 싶었지만 이미 그런 말은 건네기에도 듣기에도 피차 난감한 관계였다. 겨우 신음이 잦아들고 고요한 숨결로 잠을 이룬 게 얼마 되지 않은 듯싶은데 그새 또 악몽이라니. 어쩌면 이번에는 외삼촌 때문일지도 모른다는 생각은 하지만 그를 건드리는 의미가 무엇인지는 이미 아버지와 엄마 사이에서 섬뜩하게 새긴 바였다.

동호는 누운 채 담뱃불을 붙여 연기를 뿜어내며 한숨도 토해냈다. 그만 놓아주고 싶은 마음은 간절했다. 그토록 애면글면 하는 외삼촌에게 가든, 주먹질 발길질 못 할 두 손목 발목 모두 없는 남자를 찾아가든……. 그러나 어린 두 새끼가 문제였다. 먹이고 입히고 기르려면 취직은 언감생심, 무슨 장사라도 해야 할 테지만 무슨 밑천이 있어서……. 빌어먹을 여편네! 동호는 또 도망간 아내를 떠올리며 질끈 두 눈을 감았다.

13

 벌써 열흘 넘게 별다른 말 한마디 없이 안방 침대와 베란다 테이블 사이만을 오가는 강우는 사람들이 집을 보러 왔는데도 우두커니 창밖만 내다보고 있었다.
 "저분은……?"
 "아…… 아이들 아빤데 요즘 몸이 좀…….."
 신애는 남편의 등을 힐끔거리며 낮은 소리로 중얼거렸다. 집 보러 온 중년의 여자는 알았다는 듯 고개를 끄덕이기는 했지만 뭔가 미심쩍어하는 눈치였다.
 "당장 들어오셔도 특별히 손볼 데는 없을 거예요. 도배도 작년에 했고, 아이 하나는 외국에 나가 있는 데다 딸아이도 거의 도서관에서 지내서요."

"고등학생이에요?"

"아니에요. 미국에서 공부하고 돌아와 취업 준비 중이에요."

"어머, 아이들이 다 유학파네요?"

"아니, 유학파는 뭐……."

"좋겠다. 요즘 영어는 기본이라는데 그건 완벽하겠네요."

"뭐 요즘 다들 그 정도는 하잖아요."

강우에게서 받은 어두운 느낌을 아이들 이야기로 씻어낸 듯 여자의 얼굴이 밝아지고 있었다.

"여기 공기는 괜찮아요? 전망은 좋아도 강변도로가 눈앞에 있어서."

"고층이라서 공기는 문제없어요. 공기보다도 대부분 사람들은 소음을 걱정하는데 그것도 이중창을 두껍게 해서 조용해요. 지금도 그렇잖아요."

"창을 열면 시끄럽겠네요."

"아주 없지는 않지만 생각만큼 크지는 않아요."

"강이 보이지 않아서 그렇지 이 동네에도 급매물로 나온 게 많던데……."

"저희는 사정이 급한 건 아니에요."

신애는 다시 힐끔 남편의 등을 돌아본 뒤 낮은 소리로 말을 이었다.

"아빠 건강 때문에 한적한 곳으로 옮길까 해서 내놓은 거지."

"은행 담보가 한도까지 설정돼 있다고 하던데요?"

"사업하는 사람들이 다 그렇죠 뭐. 아무래도 은행 이자보다는 펀드 수익이 훨씬 높으니까요."

아무렇지도 않게 태연한 표정을 짓자니 신애는 낯이 다 간질거렸다.

"요즘 펀드니 뭐니 하는 게 그렇게 쉽지 않다던데요?"

"그건 사람마다 다르죠 뭐."

"무슨 사업을 하시는데요?"

"퇴직했던 투자회사의 광고를 대행하고 있어요. 다른 기업 것들도 조금씩 하고."

"아, 투자회사 경영진이셨구나……."

여자는 스스로 짐작하며 고개를 끄덕였다. 신애는 마음을 놓았다.

이만한 크기 아파트의 실구매자라면 급매물에서 차이 나는 몇천만 원의 돈보다는 망해 나가는 것이 아닌 기운 좋은 듯한 집에 더욱 마음이 끌리기 마련이었다. 적지 않은 은행 이자에도 급매물로 내놓지 않고 버틴 까닭이었다. 물론 지난 몇 달 동안 피가 마르기는 했지만 다행히 생각지도 않았던 시누이의 도움이 있어 그나마 버텨낼 수 있었다.

"집에 특별한 하자는 없는 것 같고, 좋아요. 내일 오후쯤에 계약하는 걸로 하죠."

"그러시겠어요?"

"예, 시간은 여기 부동산 사장님 통해 알려드릴게요."

"그러세요. 그럼 내일 뵐게요."

여자의 일행과 부동산 사람이 몰려 나가자 신애는 긴장이 풀리며 온몸의 기운이 한꺼번에 빠져나가는 듯했다. 맥없이 소파에 기대앉은 신애는 여전히 창밖을 향한 강우의 등을 보며 짧은 한숨을 내쉬었다.

"이제 어떻게 해?"

"……"

"정리하고 남는 돈이면 스무 평대 아파트도 서울 외곽이라야 전세로 얻을 수 있을 거야."

"……"

"내 생각엔 당신만 상관없다면 그렇게라도 전세로 옮기고, 나도 보험 설계사라도 했으면 해."

"당신이 바깥일을 뭘 안다고."

낮은 목소리였지만 억양은 완강했다.

"남들도 다 해. 우선은 아는 사람들에게 기대야 하겠지만."

"관둬! 내가 그렇게 하찮게 보여!"

돌아선 강우의 얼굴이 시뻘겋게 달아 있었다.

"무슨 말을 그렇게 해, 내가 언제 당신을…… 그리고 현실이 그렇잖아. 당신이 뭘 어떻게 할 수 있는 건 당장은 없는 실정이고."

"그래도 당신이 나설 건 없어!"

"그럼 어떻게 할 건지 얘기라도 좀 해봐. 벌써 몇 달이 지났는데 당신은 여태 아무 말도 없었잖아. 집을 내놓은 것도 나고, 당신은 거기에 가타부타 말 한마디 없었고."

강우는 대꾸할 말이 없었다. 매달 돌아오는 이자를 감당할 수 없으니 그 방법밖에는 없다는 것을 알면서도 차마 자신의 입으로 집을 내놓으라는 말은 하기 싫었다. 자존심 때문이 아니라 그다음 이어질 일들에 아무런 대책이 마련되지 않았기 때문이었다. 어쩌면 지금도 아내의 말이 맞을는지 몰랐다. 어떻게든 일어서보려면, 아니 연명이라도 해 기회를 기다려보려면 당장은 가까운 이들에게 너무 부담스럽지 않은 신세를 지는 수밖에 없지만 자신은 결코 그러지 못할 위인이었다. 그렇지만 차라리 죽으면 죽었지 아내를 집 밖으로 내보낼 수는 없었다. 믿지 못하거나 의심하는 것이 아니었다. 자신의 인생에서 어떤 경우라도 다시는 집안 여자를 밖으로 내보는 일은 없을 것이라 이미 일찍부터 수천 번도 더 다짐해온 것이었다.

"나 당신하고 30년 가까이 살아온 사람이야. 말 안 해도 당신 마음 다 알아. 때가 오면 당신은 또 금방 일어설 수도 있을 거고. 그러니까 그 시간 동안만 사소한 건 내게 맡겨줘. 그리고 천천히 뭐든 모색해 봐."

"그만해. 어떤 경우든 그건 안 돼."

"그럼? 그냥 가만히 앉아서 말라 죽어? 정 그렇게 나 못 미더우면 변두리에 월세로 방 두 칸 얻고, 남은 돈으로 무슨 장사라도 해. 나 바리스타 교육받을 테니까, 길거리 한 평짜리 가게 얻어서 둘이 같이 테이크아웃 커피점이라도 하자고."

"알았어. 조금 더 생각해서 내가 결정 내릴 테니까 당신은 더 이상 뭐든 결정하지 마."

"그래, 좋아. 얼마나?"

"……."

"내일 계약하게 되면 아마 시간 거의 없을 거야. 당장 어디로 옮겨 갈지 그것부터 결정해야 돼."

"알아, 나도 그만한 건 안다고!"

짜증이 아니라 스스로에 대한 자책임을 알기에 신애는 말을 멈췄다.

이제는 더 이상 미룰 수 없는 발등의 불이 되었다. 하지만 갈 길이 막막했다. 아니, 어디에도 갈 곳이 없었다. 남은 돈을 반 토막 내 주식 투자에 모든 것을 걸어볼까 생각도 들지만 종잣돈이 적은 만큼 실패와 회복 불가능의 위험만 클 뿐이었다. 그렇다고 머리를 굽혀 마땅한 일자리를 찾는 것도 기대할 수 없었다. 하얀 와이셔츠에 넥타이 매고 책상 앞에서 의자를 굴리는 일은 이제 점점 그 수명이 짧아지는 세상이었다. 대단한 것으로 여겼던 머릿속 지식은 이미 하루 단위도 아닌 시간 단위로 업그레이드되는 지경이었고, 그런 숨 가쁜 변화의 세상에는 또 그에 걸맞은 종種이 있기 마련이었다. 결국 땀 흘려 몸으로 익힌 기술보다도 못한 한때의 지식에 교만해져 세상을 만만히 본 업보였다.

잠깐 고향으로 낙향도 생각해보지 않은 것은 아니었다. 하지만 그것이야말로 마지막 염치까지 내버리고도 아무것도 찾을 수 없는 고사枯死의 길일 것이었다. 도회의 생활이 바빠서라는 핑계로 언제 한번 제대로 돌아본 적이나 있었던가. 아무리 그 마음속에 진정으로 업신여기는 악의는 없었다 할지라도, 떠나지 못하거나 떠나지 않아서 시대의 흐름과 어긋났던 이들에게는 앙금이 되어 남아 있을 것이었다. 더구나 그리 떳떳하지 못한 학업의 배후까지 가지고서 무슨 낯으로……. 결코 못할 노릇이었다.

14

 철저히 숨어버렸다. 아무리 오랜 시간 문밖을 지켜도 영순의 모습은 도무지 보이지 않았다. 그래도 분명히 이 목욕탕에서 여전히 일을 할 것이라는 확신은 있었다. 이러다가 미쳐버려 여탕 문을 열고 뛰어 들어가지 않고서는 다시 볼 수 없을 것 같은 두려움에 종배는 피가 다 말랐다. 그렇다고 오르막 입구에서 기다렸던 산동네 전부를 뒤질 수도 없는 노릇. 아니, 뒤져 찾아낼 수야 있겠지만 그렇게 들이닥쳐 드러내기 싫은 모습까지 함께 마주하면 그야말로 다시는 볼 수 없는, 아니 그것으로 끝나고 말 것이 뻔한 노릇이었다.
 피울 줄도 모르는 뻐끔 담배 연기가 눈에 들어가자 종배는 또 찔끔 배어나는 눈물을 손등으로 훔쳤다.

점점 주인의 눈치가 보였다. 뭐라 드러내 말하는 것은 아니었지만 마땅치 않아 하는 기색은 역력했다. 그도 그럴 것이, 새벽 일찍 나와 셔터 문을 여는 것이야 그렇다고 하더라도 저녁에 목욕탕 문을 닫고서도 버젓이 문으로 나오지 못하고 지하 보일러실을 통해 옆 건물과의 담벼락 틈새로 도둑고양이처럼 빠져나갔으니. 뭐라 상상하고 입방아에 오를까 염려하지 않은 것은 아니었지만 그래도 그 사람의 미련을 떨치려면 달리 방법이 없었다. 어쩌면 그 사람보다도 그녀 자신의 미련을 떨치려는 것인지도 모르지만.

때를 밀고 돌아와 지친 몸뚱이를 바닥에 내려놓으면서도 영순은 버릇처럼 핸드폰을 꺼냈다. 받지도 않는 그 사람의 전화를 기다리는 것인지 강우나 아이들 걱정 때문인지 그녀도 헷갈렸다.

"……!"

부재중 전화로 찍힌 번호는 강우의 집 전화였다. 영순은 가슴부터 철렁 내려앉았지만 마른침을 삼켜 마음을 다지며 얼른 통화 버튼을 눌렀다.

"예, 형님."

"응, 날세. 무슨 일이 있는 건가?"

"아니에요. 그냥 알려드릴 일이 있어서요."

애써 침착한 영순의 물음에 올케도 담담하게 대답했다.

"그래, 무슨?"

"저희 곧 이사 가요. 집 팔렸거든요."

영순은 선뜻 뭐라 대꾸할 말이 떠오르지 않았다. 벌써 가슴 한구석에서는 안타까움과 허탈함이 슬픔이 되어 치밀어 오르는데 내색을 할 수는 없지 않은가.

"이제 빚은 대부분 정리되는 거니까 걱정하지 마시라고요. 감사드려요, 형님."

"아비는?"

"모처럼 밖에 나갔어요."

'모처럼'이라는 소리가 마음을 찔러 영순은 또 마른침을 삼켰다.

"이사는 어디로 가는데?"

"아직은 몰라요."

"그게 무슨 소리야, 집은 팔렸는데 아직 모르다니?"

"혜미 아빠가 조금 기다려보래서요."

"무슨 일을 그렇게 해?"

"그러게요……."

영순은 그녀를 탓한 것인데 올케는 강우의 탓으로 돌리며 말꼬리를 흩뜨렸다. 아직 시간이 일러 저녁때로 미루려 했지만 다급해진 마음을 미룰 수가 없었다.

"내가 지금 그리로 갈게."

"아니에요, 형님. 그러실 필요……."

"집 앞에서 전화할 테니까 그때 그 빵집에서 봐."

영순은 벌써 땀과 물에 흥건하게 젖은 셔츠를 벗어내고 있었다.

벌건 대낮에 도둑고양이 짓을 할 수 없어 목욕탕 앞문으로 나오기도 했지만 설마하니 이 시간에 벌써 근처를 배회하지는 않으리라 생각했다. 주변을 두리번거려보니 역시 그 사람의 흔적은 보이지 않았다. 마음을 놓은 영순은 허둥지둥 은행부터 향했다.

반가움에 종배는 단박에 차 문을 열려고 했지만 한순간 멈칫했다. 목욕탕 앞에서 주변을 두리번거린 건 그렇다 해도 허둥지둥 내걷는 걸음은 자신을 피하려는 것이 아니었다. 영순이 자신을 찾아내지 못한 건 그사이 마련한 승용차를 알지 못하기 때문일 것이었다.

버스에서 내린 영순은 전화를 걸어놓고서도 여전히 빵집 앞을 서성거렸다. 올케는 이내 모습을 보였다. 반갑다는 기색에도 미처 미소 한번 지어 보일 겨를 없이 영순은 올케의 손목을 잡아끌고 빵집으로 들어가 데운 우유를 시켰다.

"무슨 소리야? 뭘 어떻게 하겠다고 갈 곳도 없이? 강우는?"

"강우 씨도 그것 때문에 나간 것 같아요."
"어딜?"
"모르겠어요. 무슨 생각을 하는 건지."
"자네가 모르면 어떻게 해, 부부가."
"뭐라고 말을 해야죠. 저는 남는 돈으로 변두리에 월세방이라도 얻고 커피점이라도 해보자고 했지만 그것도 안 된대고. 그래서 서울 외곽 도시에 전세 얻고 제가 보험 설계사라도 해볼 테니 천천히 길을 찾으라고 했지만 아예 펄쩍 뛰기까지 하니……."

이게 무슨 소린가. 영순은 억장이 무너졌다. 강우가 결코 제 처를 집 밖으로 내보내지 않으리라는 것은 뻔한 일이었고.

"그거야 펄쩍 뛰지 않고."
"그럼 어떡해요, 손가락 빨다가 굶어 죽어요. 우리야 어쩔 수 없다 해도 혜미는 무슨 죄가 있어서요. 중국에 있는 동빈이는 또 어쩌고요, 흐흑……."

생전 고개 숙일 줄 모르던 올케의 눈에서 눈물이 떨어지자 영순은 마음이 저렸다.

"이 사람아, 그만한 일에 눈물은. 얼른 그쳐. 그래도 아비가 배운 사람인데, 자네들 그렇게까지 두려고."

"그런 말씀 마세요. 그만큼 안 배운 사람이 어디 있고, 또 그 배웠다는 게 다 무슨 소용이에요. 솔직히 세상 어두울 때 대학 졸업장 잘 써먹었지, 이제는 기름때 묻히는 변변한 기술만도 못해요."

고개를 숙인 채 말하느라 신애는 미처 보지 못하고 있었지만 이미 영순의 눈빛에는 파랗게 날이 섰고 앙다문 입술 끝이 파르르 떨리기까지 했다. 아무리 저도 같이 대학을 나왔다지만 감히 내 동생 강우를······.

뒤늦게 고개를 든 신애는 처음 보는 영순의 모습에 기가 질려 얼른 고개부터 내저었다.

"아니, 그런 뜻이 아니라, 저도 너무 속이 상해서······."
"배운 건 뭘 배웠기에 그까짓 기술을 들먹이며 남편을······."
"죄, 죄송해요."

신애는 처음으로 시누이의 존재를 느꼈다. 아니, 그 싸늘하게 낮은 음성에는 소름이 다 돋을 지경이었다.

"할 말 안 할 말 가리지 않고서."
"······."

고개를 들지 못하는 신애 앞에 영순은 비닐 가방을 열고 부스럭거리더니 얇지 않은 은행 봉투를 내밀었다.

"아니에요, 지난번에도 신세를 졌는데 무슨. 이젠 이자도 안 나가고······."

"자네 쓰라는 거 아니야. 절대 아비 주머니에 용돈 떨어지게 하지 마. 누나가 동생한테 주는데 신세라는 말이 가당키나 해.

자네는 어떻게 살았는지…… 모르지만 우리는 아니야."

영순은 순간 너무 심하다 생각도 들었지만 단호하게 말끝을 맺었다.

"예, 알겠어요."

주눅 든 올케의 대꾸에 영순은 음성을 부드럽게 풀었다.

"자네 뜻이 고맙기는 하지만 보험 설계사니 커피 장사니 하는 그런 소리 아비에게 꺼내지 말게. 사내가 오죽 변변찮으면 제 식구를 집 밖으로 내보내겠어."

"형님, 요즘은 그렇게 살기 어렵지 않아도 다들……."

"다른 이가 한다고 꼭 같이 해야 하는 건 아니잖은가. 그리고 밖으로 나가도 할 일이 있고 안 할 일이 있는 걸세. 날보고 구식 사람이라 그래도 좋고 못 배운 탓이라고 해도 상관없네만, 자네는 아비 사람으로 그 사람에게 맞춰주게. 내 안 봐도 장담하지만 강우가 자네에게 마음으로라도 부끄러운 짓은 절대 하지 않았을 걸세. 여자로서 그렇게 믿을 수 있고 사랑받았으면 그것으로 충분한 게야. 살다가 어려워지는 일은 누구에게나 있을 수 있지만, 그런다고 모두가 똑같이 함부로 살아서는 안 되는 걸세. 내 자네에게 부탁하네. 어떤 일이 있어도 남편하고 가정을 지키게. 못 배운 사람들에게는 그 사람들이 살아가는 방식이 있고 배운 사람에게는 또 배운 사람들의 방법이 있을 걸세. 부디, 내 부탁하네."

애원 같기도 한 처연함에 신애는 코끝이 시렸다.

"얼마 안 돼서 내가 부끄럽네. 다른 건 몰라도 아비 주머니에 돈 떨어질 것 같으면 언제라도 전화하게. 아비에게는 절대 이야기하지 말고."

"형님······."

"난 그만 갈라네. 들어가는 길에 돼지고기라도 끊어가서 맛있게 먹게. 자네 얼굴이 많이 해쓱해졌어."

자리를 털고 일어난 영순은 뒤도 돌아보지 않고 빵집을 나갔다. 미처 뒤쫓지 못한 신애는 시누이의 얼굴빛이 몹시 좋지 않다는 생각이 들었다.

15

너무 기가 막혀서 쫓아가 붙잡을 수도 없었다. 그 허둥지둥한 발걸음으로 은행에서 돈을 찾더니 단걸음에 찾아온 것이 동생의 처라니. 아무리 사업이 망하고 어려워졌다고 해도 산등성이 달동네의 기울어진 단칸방에서 사는 누이보다 못하지는 않을 텐데. 게다가 그 나이에 다른 사람의 때를 벗겨 한 푼 두 푼 모았을 그 돈까지……. 아무리 자신은 모르는 일이라 할지라도 그만큼 살아왔으면서 여태까지 누이 마음 하나 편하게 해주지 못한다면 그게 무슨 배운 노릇인가. 아니, 배운 사람이기에 더욱 몰염치하다 비난받아 마땅하지 않겠는가. 종배는 부글거리며 끓어오르는 속을 겨우겨우 억누르며 어떻게 해야 그녀가 편할 수 있을지 생각을 거듭했다.

아무리 생각해도 마땅한 방법이 떠오르지 않았다. 섣불리 끼어들었다가 오해가 더 쌓이게 되면 마주치지 않으려 하는 정도가 아니라 원망과 미움을 사게 될지도 모르는 일이었다. 마음 같아서는 다시 보지 못하게 되는 한이 있더라도 마음이나마 편할 수 있도록 모든 걸 던지고 싶지만 사람의 마음이란 게 미련에서 도무지 자유롭지 못했다. 한 번만이라도 내 집 방 안에서 밥상을 사이에 두고 두 눈을 마주할 수 있다면. 여인으로서가 아니라 내 사람으로서 그 지친 몸을 포근한 이불 속에 눕혀 곤한 잠에 들 수 있게 해봤으면. 빛나는 아침 햇살을 둘이 함께 온몸으로 받으며 느긋한 기지개를 켜봤으면. 따사로운 햇살 아래에서 푹신한 황토 흙길을 느릿느릿 걸으며 콧노래 한 줄기라도 불러봤으면……. 생각만 해도 눈자위가 아리고 가슴이 벅차오르지만 그녀 동생의 일이라면 종배는 도무지 자신이 없었다. 시골 땅, 몇 푼 돈 정도로는 언 발에 오줌 누기도 못될 것 같은 알 수 없는 외경심. 배운 것과 배우지 못한 것의 차이란 그런 것인지…….

아파트 놀이터 벤치에서 좌불안석하던 종배의 눈에 낯익은 얼굴이 저 멀리서 나타났다. 벌써 20년쯤 전에 먼발치로 본 것이 마지막이지만 단박에 알아볼 수 있었다. 이, 강, 우. 한 여자의 전부이고, 잘 배우고 잘난 사람. 종배는 귀신에 홀리기라도 한 것처럼 그 수없던 망설임을 까맣게 잊은 채 그를 향해 걸음을 내디뎠다.

맞은편에서 걸어오는 강우는 고개를 푹 떨어트린 채여서 성큼성큼 다가서는 사내를 의식하지 못하고 있었다.

"영순 씨 동생, 이강우 씨?"

어깨를 스치는가 싶은데 들려오는 소리라니! 강우는 화들짝 놀라 걸음을 멈췄다.

"……?"

"얼굴은 여전하네요. 꽤 오래전에 봤었는데."

"누구신지? 저를 어떻게?"

"나, 이강우 씨 서울에서 고등학교 다닐 때부터 먼발치에서 봐왔어요. 아마 내가 마지막으로 본 게 결혼식 때일 거요."

"아, 그럼 누님과……?"

"영순 씨 그런 사람 아니잖아요. 잘 알 텐데."

"아, 예. 물론……."

"내가 혼자 영순 씨를 연모해서 오래 봐왔던 거요. 어디 가서 술이나 한잔하겠소?"

30년이 더 넘은 연모라니. 그런 이가 왜 갑자기? 강우는 누이에게 무슨 일이라도 있는 것인가 가슴이 철렁했다. 사내는 벌써 등을 돌려 앞장서고 있었으니 우선은 그저 따라갈 수밖에 없었다.

"놀랐소?"

정갈한 일식집 방으로 앞장서 들어온 사내는 술이 나오자 그제야 입을 열었다.

"아니, 그보다도 누님께 무슨 일이라도 있는 건지요?"

"글쎄요, 나도 한참 동안 보지 못해서."

"그런데 무슨 일로……?"

"하던 사업을 그만뒀다고요?"

"……."

"꽤 어려운 것 같더군요?"

사내의 말투에 거친 비난이 묻어 있었다. 강우는 비위가 뒤틀렸다.

"그게 왜 궁금한 겁니까?"

말을 하면서 강우는 주머니 속에서 핸드폰을 꺼냈다.

"지금 누나가 어떻게 사는지나 알고 있소!"

언성이 높아진 건 핸드폰 때문인 듯싶었다. 강우는 일단 테이블 위에 핸드폰을 내려놓았다. 사내는 불기운을 달래기라도 하듯 술잔을 단숨에 비웠다.

"그 산동네 누나 집에 가본 건 언제요? 아니, 여태도 거기서 그렇게 살고 있는지는 알고 있소? 어린 손자와 손녀는? 그 아이들이 엄마가 없어 누나가 거두고 있다는 건?"

불쑥 나타나 속속들이 알고 있다는 듯 거침없이 내뱉는 사내의 질책에 낯이 뜨거우면서도 반발의 마음이 먼저였다. 그러나 사내의 말처럼 아무것도 모르고 있는 자신을 생각하면 반발을 드러낼 수도 없었다. 강우는 핸드폰을 집어 들고 벌떡 자리에서 일어섰다.

"그렇게 일어나 피하는 건 양심이 아니지! 이제는 정말 돌아봐야지. 그러려면 최소한 지금 당신 누이가 무슨 일을 하며 사는지는 알아야 하는 게 아닌가!"

그래도 강우는 이를 악물고 돌아서 문을 열었다. 당장 피하지 않으면 그대로 쪼그라들어 완전히 사라져버릴 것 같았다.

"목욕탕! 목욕탕에서 때를 밀어주며 살고 있어! 그 돈으로 당신 용돈을 주고, 아직도!"

강우는 머릿속이 하얗게 비는가 싶더니 금세 까맣게 밀려드는 기운에 의식마저 가물거렸다. 휘청거리는 다리를 가누지 못해 허물어지듯 그 자리에 주저앉자 사내는 일어나 방문을 닫았다.

여전히 문을 향한 등 뒤로 사내가 연거푸 술잔을 비워내는 소리가 들렸다.

"강우 씨, 내가 평생토록 당신 누이를 연모한 사람이오. 누이가 결혼한 뒤에 나 역시 그리 해주어야 편할 것 같아서 결혼했고, 까맣게 잊었나 싶었는데 아내가 먼저 세상을 뜨자 기다렸다는 듯 영순 씨는 다시 내 마음속에서 살아났고. 그래도 딴마음은 없었소. 잘살겠지, 궁금하고 내 눈으로 한번 보고 싶어서 찾아 나섰다가……. 내가 남은 삶이나마 온전하게 지켜주고 싶은데…… 너무 안타깝고 힘이 드는구려. 그만 돌아앉아 술이나 한잔 나눕시다."

울음기 가득한 사내의 음성에 강우는 겨우 돌아앉았지만 차마 고개는 들지 못했다.

"두어 달 전에 손녀가 아파 허둥거리는 누이를 우연히 봤소. 한밤중에 혼자서 허둥거리는 게 안타까워 내가 나섰는데 병원비마저 없기에 이상하게 여겼소. 절대 그럴 사람이 아닌데. 그 뒤부터 날 피하기에 주변을 맴돌기만 했는데 오늘도 허둥지둥 목욕탕을 나서기에 또 무슨 일인가 싶어 뒤를 따라나서 봤더니 은행에 들렀다가…… 강우 씨 부인을 만납디다."

강우는 제 손으로 술을 따라 연거푸 몇 잔을 목구멍 속에 들이부었지만 달아오르는 낯도 끓어오르는 속도 식지 않았다. 어떻게 그럴 수가, 도대체 내가 무엇이길래. 아니, 나라는 이 종자는 머리와 가슴속에 무엇을 담았기에 이리도 뻔뻔하게 지난 모든 것을 외면할 수 있었는지…….

"누이는 항상 강우 씨를 배운 사람, 배운 사람 하며 자랑스러워했소. 그럴 때 누이의 모습이 너무 좋아 보여 나도 아주 흐뭇했고 말이오. 사실 진작 두 사람 사이에 끼어들고 싶은 마음도 있었지만 나 역시 별로 배운 게 없는 사람이라 마음먹을 수가 없었소. 오늘도 처음부터 이러려던 건 아니었소만 생각지도 않았던 강우 씨 얼굴을 보니 그만…… 배우지 못하고 덜된 사람들 하는 짓이 이래요, 허허."

"……."

강우는 차라리 뺨이라도 때려주었으면 진심으로 바라고 있었다.

"주제넘소만 이제 그만 누이를 놓아주면 안 되겠소? 물론 그게 강우 씨가 의도적으로 잡고 있는 게 아니라는 건 나도 잘 알지만…… 너무 안타깝소. 차라리 이리될 줄 알았으면 내가 결혼을 않고 기다렸다가 혼자가 되었을 때 곧바로 나섰어야 했는데, 내가 이렇게 부족하오. 하지만 이제라도 곁에 둘 수만 있다면 그 가슴에 맺혀 있는 한, 말끔하게 털어내고 씻어주고 싶소. 나 역시 공돌이로 맴돌다가 누이 결혼하시고 고향으로 내려가 땅을 일궜소. 운이 좋아 남달리 시작하는 작물마다 실패를 보지 않아 누이 모실 집이라고 정성 들여 짓기는 했소만, 시골 살림이란 게 도시에 비하면, 허허……. 그래도 부끄럽지만 다 내놓으라면 내놓을 수 있소. 누이 모르게 둘이서만 말이오."

"선생님!"

강우의 거친 반응에도 종배는 안온한 웃음을 지어 보였다.

"오해 마요. 누이께서 그걸 하지 못하면 떠나지 못할 거라서 궁리해본 거요. 시골이라는 데가 노는 땅도 지천이니 그까짓 황토집이야 짓자면 둘이서 벽돌 지어 쌓아 올려도 금세일 거요."

"제가 죽으면 해결될 일이군요."

그게 적대감에서 비어져 나온 원망은 아니기에 종배는 또 안온한 웃음을 지었다.

"왜? 아주 누이 가슴에 지키지 못했다는 평생의 한이라도 남겨주려는 거요? 죽으면 편하겠지요. 그렇지만 그게, 남아 있을 사랑하고 고마운 이에게 못할 짓이라 모두들 버티고 사는 거요. 세상엔 마음대로 죽을 자격마저 없는 사람들이 너무 많지요. 그런 자격도 없으면서 함부로 저지르면 그건 사람이 아니지요."

강우는 할 말이 없었다. 또 연거푸 술잔을 비우며 이 악몽 같은 자리가 꿈이었음을 알 수 있게 어서 깨어나기만 기다릴 뿐이었다.

"뭐든 하면서 살아요. 강우 씨가 뭐든 해야 누이가 마음을 놓을 거요. 벌써 이만큼 봤으니 누이도 많은 걸 기대하지는 않을 거요. 내가 필요할 땐 언제라도 연락 줘요. 강우 씨를 위해서가 아니라 나를 위해서, 이제라도 그만 한 사람으로 살아야 할 누이를 위해서요. 배웠으니 희생이라는 용기도 낼 수 있을 거요."

종배는 핸드폰 번호와 이름만 적힌 명함 한 장을 꺼내 테이블 위에 놓고 먼저 자리에서 일어섰다.

16

"어머, 금방 들어온다더니 웬 술을 이렇게……."

훅 번져오는 술 냄새에 고개를 돌리면서도 신애는 휘청거리는 강우의 어깨를 부축하려 했다. 그러나 강우는 거칠게 신애의 팔을 뿌리치고 비틀거리는 걸음으로 안방을 향했다. 문득 음식이 차려진 식탁이 눈에 들어오자 강우는 발길을 돌렸다. 식탁 위에는 김이 모락모락 피어오르는 돼지고기 수육이 다른 몇 가지 반찬들과 함께 정갈하게 차려져 있었다.

"이게, 이게, 바로 때로 만든 고기구나, 때."

"뭐? 때 뭐? 당신 그게 무슨 소리야?"

까닭을 알 리 없는 신애는 그저 두 눈을 동그랗게 뜰 뿐이었다.

"깨끗한 손으로 밀어낸 더러운 때……. 당신은 내가 인간이라고 생각해?"

"뭐야, 도대체 무슨 소리야?"

"난 인간이 아니야. 개돼지만도 못한, 짐승보다 못한 쓰레기야, 쓰레기. 개새끼 돼지 새끼, 그보다도 못한 완전 쓰레기! 평생 약하고 가여운 사람 등이나 쳐 먹고, 그러고도 금세 까맣게 잊은 듯 제대로 한번 돌아보지도 않는 구제불능의 양아치 근성, 파렴치한! 저는 번지르르한 양복에 50평, 60평 아파트 넓혀 살면서, 매일 아침 수영이네 헬스네 갖은 꼴값을 떨면서, 이 차는 승차감이 어떻고 저 차는 뭐가 어떻고 떠들며 골프채나 휘두르고. 그러면서도 기껏 1년에 한두 번 갈빗집에서 만나 고기 몇 점 사는 걸로 오히려 거들먹거리기까지 하고……."

신애는 비로소 누구를 두고 하는 무슨 소리인 줄 알았다. 가슴이 뜨끔하기는 했지만 시누이와 헤어지고도 한참 뒤에 통화할 때도 아무런 기색이 없었으니 낮의 일을 알게 돼서 하는 소리는 아닌 듯싶었다.

"죄송한 일이기는 하지만 당신이 뭘 거들먹거리기까지 했다고. 그만 들어가."

"아니야! 당신도 몰라. 나란 놈은 애초부터 짐승만도 못한 새끼였어. 어쩌면 내 마음속에 그런 누이가 창피하다는 쓰레기 같은 생각이 내내 들어 있었는지도 몰라. 맞아, 그랬을 거야. 돈은 받아 쓰면서도, 그 돈을 주는 누이는 부끄러워했던 거라고! 그래서 투명인간처럼 여기며 아예 의식에서 지우려 했던 거야! 그런 놈이 어떻게 인간이야! 완전 쓰레기야! 평생을, 불과 세 살 많은, 다르지 않은 청춘의 누이인데! 열일곱 그 설레는 가슴에 보이지 않는 그물을 뒤집어씌워서, 희망의 골수를 야금야금 도둑처럼 빨아먹고! 내가 누이의 인생을 거덜 낸 거야! 처음부터 망치고, 도중에 아예 수렁으로 밀어 넣고, 결혼부터 한답시고 마지막 못까지 박아서 아예 벗어나지도 못하게 한 거야! 그러니 차마 돌아보지도 못한 거지. 인간의 양심이 남아서 돌아보지 못한 것이 아니라, 아예 양심이 바닥나서 뻔뻔하게 외면했던 거야! 오히려 귀찮아하면서!"

"그래, 우리가 너무 무심했어. 그건 나도 잘못한 거야. 하지만 그래도 지금은 괜찮으시잖아?"

"지금? 괜찮아? 당신이 가봤어? 어떻게 사는지 찾아볼 생각이나 했어?"

"미안해, 내가 나빴어."

"당신을 탓하려는 게 아니야. 내가 먼저 외면했어. 어떻게 사는지 뻔히 짐작할 수 있었기에 부담스러워서 눈감았던 거야. 창피해서, 당신에게마저 쪽팔린다는 생각이 먼저 들어서! 하늘 아래, 이런 개새끼가 어디 있어!"

"이제부터라도 잘하면 되잖아. 오늘은 그만……."

"당신, 이게 뭐로 만든 고기인 줄 알아?"

"왜 아까부터 자꾸 고기를 가지고 그래?"

"이게 누이의 깨끗한 두 손으로, 목욕탕에서 남의 더러운 때 밀어주고 받은 돈으로 만든 거다."

"서, 설마, 설마……."

신애는 말도 더 나오지 않았다. 아무리 추레한 차림이었다지만 설마 그러리라고는 짐작조차 하지 못한 일이었다.

"아직도 산동네 단칸방에서 아들에 손자 손녀까지 뒤엉켜 깜빡깜빡 눈 붙이면서, 새벽부터 저녁 늦게까지 구슬땀 흘려 한 푼 두 푼 모은 그 돈. 기껏 30년도 제대로 못 써먹고, 스무 살 서른 살 새파란 아이들에게 밀릴 그 얄팍한 지식 나부랭이 배웠다고 시건방 떨다가, 제풀에 나가떨어져 허덕이니 이제 또 누이는 그 돈을 갖다 바친다. 폐렴에 걸린 손녀 병원비 몇 푼조차 남겨놓지 않아 한밤중에 어디에 가서 돈을 빌려야 하나 허둥거리면서……. 그런데 나는, 이 짐승 같은 놈은 그런 돈인 줄은 까맣게 모르고 차 마시고, 밥 사먹고, 술 처먹고…… 이러고도 내가 사람이냐! 인간이야!"

"혜미 아빠, 어떡해, 우리 어떡해……."

신애의 두 눈에서 후드득 눈물방울이 쏟아졌다.

"이젠 죽을 수도 없단다. 나 같은 놈은 죽을 자격조차 없단다. 내가 죽으면 그 바보 같고 가엾기만 한 내 누이가, 날 지키지 못했다고 자책하다가 말라 죽을 텐데, 그래도 죽을 거냐고 묻는다! 어떡하면 좋냐? 우리가, 내가, 이 죄를 다 어떡하면 좋냐……!"

 기어이 강우는 제 가슴을 쥐어뜯으며, 바닥을 뒹굴며 꺼이꺼이 목 놓아 통곡했다.

 어디서부터 잘못된 것인지 따져 봐도 알 수가 없었다. 분명 그녀 신애도 남편 강우도, 애초부터 그처럼 파렴치하고 야멸찬 족속은 아니었다. 학창 시절 만나 서로를 사랑하며, 사랑한다는 그것만으로 행복했고 함께할 것을 기꺼이 약속했다. 아무리 사랑하는 사람이라 해도 세월이 흐르면서는 눈에 거슬리는 일도 있었고 미운 때도 있었다. 그래도 서로의 흠집과 흉터를 파헤치거나 긁어 다시 생채기로 만들지는 않았다. 이미 발가벗은 알몸으로 서로의 모든 것을 보았는데, 그와 내가 다르지 않아 그의 흠은 나에게도 다르지 않은 흠이었기에 불편함도 익숙함이 되어간 까닭이었다.

 서로에게만 관대한 것도 아니었다. 강우의 내성적인 부분이나 신애의 결벽적인 성격은 때때로 타인에게 선입견이 되고 견고한 벽이 되는 때도 있었다. 그렇지만 겉으로 드러내지 않는 예의는 차렸고 마음 가는 이를 향한 너그러움은 가끔씩 과잉과 일탈로 이어지는 때도 있었다. 결국 그리 다르지 않은 보편적인 사람들의 일상 그것이었다. 그런데도 유독 시누이에게만은 달랐다. 남편 강우의 말처럼 가장 곁에 있는 그이를 투명인간처럼 의식하지 못한 그것은 무의식이 아니라 의식의 외면임이 분명했다. 왜? 아니, 어떻게 그럴 수 있었던 것일까? 어쩌면 남편 강우의 깊은 곳에 자리 잡은 도저히 갚을 수 없는 채무감에서 비롯된 콤플렉스가 그녀 신애에게도 전이된 것인지 몰랐다. 그렇지만 설령 그렇다고 하더라도 신애는 그것으로 온전히 자신의 변명을 다할 수 없음을 뒤늦게 깨우쳤다. 이기심이고 교활함이었다. 진작부터 남편의 콤플렉스를 눈치채고, 그것에 기대어 원초적 불편에서 해방되고 낯 뜨거운 이기심까지 채웠던 것이다.

시누이는 언제나 '배운 사람들'을 입에 담고 살았다. 하지만 무엇을 배웠던가. 남편의 말처럼 그 대단하다 여겼던 지식이라는 것도 기껏 30년을 못 채우고 밥그릇조차 지켜주지 못하지 않는가. 그렇다고 지난 시간이 완전하기나 했던가. 정신을 차려 돌이켜 보니 온통 몰염치와 탐욕과 이기심뿐이지 않은가. 그것도 기껏 제 한 몸뚱이에 급급한, 탐욕이랄 것도 없는 지질한 욕심과 서푼어치도 못 되는 이익에 목매는 치졸함의……. 배웠다 할 것도 없었다. 배웠다면 몰염치와 비양심과 패악이나 배웠을까. 그리하여 마침내는 두꺼운 가면으로 뻔뻔함을 위장해 죽는 날까지 비루하게 살거나, 피를 토하는 회한의 죽음으로 천박한 생존을 벗어던지거나…….

17

 어쩐 일로 집 안이 깨끗했다. 철없는 아이 둘이 늘어놓은 온갖 잡동사니에, 술에 찌들어 사는 자식 놈이 널브러뜨려 놓는 술자리 흔적이 일상이었는데. 영순의 어리둥절한 표정에도 벽에 등을 기댄 동호는 다시 고개를 돌려 텔레비전에 눈길을 줄 뿐이었다. 아이 둘도 오늘은 어쩐지 말끔해 보였고 방바닥에 엎드려 한글 배우기를 따라 그리며 할미에게 활짝 웃음을 지어 보였다.
 "저녁은?"
 오히려 머쓱해진 영순이 새삼스레 물었다.
 "김치볶음밥 만들어 먹였수."
 동호는 고개도 돌리지 않은 채 퉁명스레 대꾸를 하지만 영순은 가슴부터 철렁했다. 혹시 또 무슨 억지소리를 하려는 것은 아닌가……

"응, 할머니. 아빠가 돼지고기 넣고 찌개도 끓여줬어."

두 아이의 합창에 개수대를 돌아보니 냄비며 밥그릇 숟가락까지 깨끗이 설거지가 되어 제자리에 놓여 있는 게 아닌가.

"늦었는데 밥 한술 뜨고 주무슈. 난 이대로 눈 좀 붙이려오."

미처 다른 생각이 들기도 전에 등 뒤에서 들려온 소리였다. 영순이 고개를 돌리자 동호는 얼른 두 눈을 감았다. 아무래도 터무니없는 소리를 하려는 건 아닌 것 같았다. 가슴이 저릿하기도 하고 콧속이 맹맹해지기도 했다.

영순은 아무렇지도 않은 듯 그리 생각도 없었던 저녁을 먹겠다 밥솥을 열어 밥 한술을 떠 공기에 담았다. 버릇처럼 물에 말려고 옥수수염 차를 끓이는 주전자를 드는데 다시 동호가 중얼거렸다.

"물 말지 말고 냄비에 찌개 있으니 그거 데워 드슈. 맛은 별로일 테지만 그래도 돼지 목욕은 했수."

눈도 뜨지 않은 채 중얼거린 동호는 멋쩍은 듯 모로 돌아누웠다.

영순은 가만히 냄비 뚜껑을 열어봤다. 고기 양도 넉넉했고 두부와 대파가 졸지 않은 것을 보니 아이들을 먹이고 새로 넣어 끓여놓은 게 분명했다. 영순은 여전히 무심한 척 가스 불을

켜 찌개를 덥히고 김치까지 꺼내 작은 밥상 위에 올려놓았다. 찌개가 끓으며 구수한 고기 냄새가 좁은 방 안에 번지자 하늘과 한솔이 쪼르르 밥상 앞으로 달려들었다.

"저것들은 거지 삼신이 들었나, 배부르다 해놓고도……."

"됐다. 아이들 배야 돌아서면 꺼지는 거지."

영순의 말에 동호도 더 이상 말이 없었다. 나름대로는 어미를 생각하는 것이리라 여기니 목이 메어왔다. 이게 무슨 천지개벽할 일인가 싶으면서도 당장은 두려움보다는 기쁨이 앞서는 건 어쩔 수 없는 인지상정일 것이었다.

다시 배가 부른 아이들이 방으로 들어가고 영순이 남은 찌개로 밥그릇을 비우는데 또 동호가 뒤척였다.

"냉장고 안에 소주 있수. 몇 잔 마시고 푹 주무슈."

"……?"

"도대체 무슨 힘든 일을 하길래 밤마다 그렇게 끙끙 앓고 헛소리까지 하는 거요? 겉은 멀쩡하게 들어오면서……."

영순은 쏟아지려는 눈물을 달래느라 얼른 냉장고를 열어 소주를 꺼내고 단숨에 한 잔을 비웠다.

"요즘도 그 양반이 꿈에 나타나 괴롭히는 거요? 그만 잊으슈. 사람으로 태어나 개처럼 쓰레기통에 처박혀 죽었으면 벌은 어지간히 받았다고 여겨야지 담아두면 뭣하겠소."

"……."

생전 들어본 적 없는 소리였다. 저놈이 도대체 무슨 일이 있기에 무슨 마음을 먹어 저런 소리를 하나, 영순은 슬며시 두렵기까지 했다.

"다른 생각은 마슈. 밤에 시끄러워 잠을 잘 수가 없어 그러는 거요. …… 빌어먹을 양반, 여태도 무슨 염치가 남아서 꿈에까지 나타나……."

아무래도 무슨 일이 있는 것 같았다. 영순은 한 잔을 더 비우고 입술을 뗐다.

"말해봐라. 무슨 일이냐?"

"일은 무슨 일이 있다고 그러슈."

"그런데 왜?"

"허, 참. 조용히 살겠다는데도 시비니 그럼 어쩌란 말이유."

"정말 별일 없는 게냐?"

"나 원 수다스럽기는……."

크게 일이 있는 건 아닌 듯싶었다. 영순은 비로소 마음을 놓고 밥그릇을 마저 비운 뒤 상을 치웠다.

들어왔던 잠도 천 리는 달아나 버린 데다 두 아이가 방 안에서 놀이를 하고 있으니 억지로 잠을 청하기도 어정쩡했다. 영순은 우두커니 부엌 바닥에 앉아 있기가 멋쩍어 다시 소주병을 꺼내 한 잔을 비웠다. 부엌 구석 벽에 머리를 기댄 채 두 눈을 감고 있는 동호의 모습이 새삼 안쓰러워 그 옆에 놓인 이불을 펴 덮어주는데도 이전처럼 걷어내지 않고 가만히 있었다.
 다시 술잔을 비우려던 영순이 혼잣말처럼 물었다.
 "하늘 어미는 소식을 전혀 모르는 거냐?"
 "……."
 "어휴, 그것도 그리 악한 종자는 아닌데."
 "알면 또 뭐할 거요. 사는 건 여전한데."
 아주 모르지는 않은 듯도 싶었고 몰라도 찾으려면 금방 찾을 수 있다는 말투였다. 영순은 마음이 짠했다.
 "살 만하면 들어오기는 한대냐?"
 "그걸 내가 어떻게 알겠수."
 "찾아서 한번 달래보기라도 하지 않고."
 "사내새끼가 대책도 없이 무슨…… 버르장머리 잘못 든 년 봐주는 것도 한 번이라야지……."
 하긴, 세상 모든 것이 똑같을 수는 없으니 잘난 놈 못난 놈 구분 또한 없을 수 없고, 사람들 모두는 잘난 놈 줄에 들어가려고 아등바등한다. 하지만 그런 들쭉날쭉함에 두 눈이 뒤집혀도 또 끼리의 인연은 있어 남녀가 만나 함께 살게 되는 게 이치였다. 있는 놈만 살아가고 잘난 놈만 씨를 뿌릴 수 있었다면 아마 세상은 진작 요절났을 터였다. 다만 문제는 먹고사는 것이었다. 책을 읽어보지는 않았지만 하도 유명하다고 여러 곳에서 떠들어 귀에 익은 '죽느냐 사느냐, 그것이 문제로다' 같은 신소리도 먹고 살아난 다음의 일이지 싶었다. 요즘에야 어떻게 먹느냐가 더 문제라고 떠들기까지 하지만 그녀에게는 아직도 굶주림의 기억이 선연했다. 그런데 먹고사는 문제에 무심하던 자식이 뒤늦게나마 정신을 차린 듯싶으니 영순은 한결 마음이 놓였다.

"고향에서 산다는 외삼촌이나 고모들은 무슨 일을 하고 있수?"

"……?"

뜬금없기도 했지만 처음 있는 일이었다. 태어나서 아직 한 번도 외가라는 곳을 찾아가본 적 없고, 외가의 일이라면 입도 뻥긋하지 않아왔다. 같은 서울 하늘 아래에서 사는 강우에 대한 영순의 보호 의식 때문이었다. 영순은 이미 고향과의 인연을 끊은 지 오래였다. 간혹 여동생들의 전화가 걸려 오는 경우도 있었지만 그마저도 아버지 어머니의 상례를 끝으로는 다시 없었다.

"농사짓는 사람은 없는 거유?"

"글쎄다, 왜?"

"도매상인가 유통업체인가 하는 놈들 장난으로 농산물 값이 수시로 등다락같이 오르기도 한다니, 농사짓는 사람이 있으면 그 물건 받아다 장사나 했으면 생각해봤수."

농사짓는 형제가 있기는 하지만 새삼스레 찾기에는 너무 염치없고, 그쪽 사정이 어떤지도 알 수 없었다.

영순의 대꾸가 없자 동호는 공연히 반대편으로 돌아누우며 한숨을 내쉬었다.

"괜히 신경 쓰지 마슈. 아무리 핏줄이라지만 수십 년 동안 소식 끊은 사이에 무슨. 그것도 밑천이 있어야 된다기에 어떻게 비벼볼까 했는데 애초에 말이 안 되는 소리였지. 하긴, 당장 중고차 한 대 살 능력도 없는 놈이 무슨."

아무것도 없이 빈손으로 무슨, 하던 그 타령이 결국 헛말은 아닌 것이었다. 자식을 둘이나 두었으니 제 속인들 오죽했으랴, 새삼 안타까웠다.

"중고차는 얼마나 하는데?"

"그것도 몇백은 줘야 한답디다. 에이, 관두슈. 내 팔자에 무슨."

지지리 복도 없는 놈. 어미 통장에 얼마나마 있을 때 그런 소리를 꺼냈더라면 우선 화물 트럭이라도 한 대 장만하고 봤을 텐데. 그렇다고 영순이 올케 신애에게 건넨 돈을 달리 생각한 것은 아니었다. 오직 지금 당장 통장에는 기껏 몇십만 원이 들어 있을 뿐이니 언제 그런 목돈이 채워질까 하는 생각만 했다.

"그만 들어가 주무시고 불이나 꺼주슈. 나 내일 새벽부터 택시운전 나가 일주일은 애들 아침 못 챙겨줍니다."

영순은 제 귀를 의심하며 이불까지 뒤집어쓴 동호를 돌아봤다. 무슨 마음이 들어 생각을 고쳐먹었는지 모르지만 이번에는 쉬 때려치우는 짓은 하지 않을 것 같았다. 고맙고 미안했다. 천형天刑 같은 죄가 있어 그 죄로 어린 가슴에 상처를 주었으니 무슨 낯이 있어 꾸중 한번 할 수 있었겠나. 자식이 일부러 엇나가는 데도 그저 우두커니 지켜보며 가슴앓이만 해야 했던 세월. 돈이라도 많아 한 뭉텅이 떼어주고 제 살길 찾아주었으면 했지만 천형 걸머진 팔자에 무슨. 그래도 하늘이 도와 이제라도 마음을 잡는 듯하니 고맙고 미안할밖에. 영순은 이제부터는 우선 동호에게 화물 트럭 한 대 사줄 돈부터 마련해야겠다고 마음속으로 다지며 얼른 전등 스위치를 내렸다.

18

 60평 가까운 아파트 제자리를 채워주던 살림살이들이 소형 트럭 한 대에 모두 실렸다. 무슨 생각을 하는 것인지 강우는 '그래도 24평은' 하는 신애의 애원에도 남양주 18평짜리 아파트 전세로 이사할 집을 결정하고, 살림살이 중에서도 현금이 될 수 있는 것들은 모두 처분했다. 눈앞에 벌어진 처량한 현실에는 피눈물이 쏟아질 것 같은데도 신애는 뜻밖에 담담했다. 너무 엄청나 기가 막힌 것이기도 하지만 전에 없이 번뜩이는 남편 강우의 눈빛이 더 불안했기 때문이다. 그래도 가여운 딸 혜미를 돌아보면 가슴이 저렸다. 태어나 한 번도 겪어보지 않은 상황에 혼란마저 느끼는 듯 애써 침착하려 하면서도 넋을 놓거나 안절부절못하기 일쑤였다. 어쨌거나 견뎌내야 했다. 강우가 조수석에 탄 이삿짐 트럭 뒤를 중고 소형으로 바뀐 자동차로 뒤따르며 신애는 멍하니 차창 밖에 시선을 두고 있는 옆자리 혜미의 손등을 쓰다듬었다.

 누이에게는 이사한다는 것을 알리지 못하게 했다. 언제고 전화가 오면 그때 대충 알려주면 될 일이지 미리 이야기해 뻔히 짐작하는 사정에 가슴앓이를 하게 하고 싶지 않아서였다.
 김종배라는 이. 이미 그날 술집에서부터 어렴풋이 생각났다. 언제부터인지 명확하지는 않아도 강우도 누이 곁을 맴도는 남자를 느꼈었다. 아마 누이와 함께 자취하던 그때 골목 어귀 같은 데서 몇 차례 무심히 스치다가 어쩌면, 하는 생각에 되돌아본 이가 그였던 것도 같았다. 그 짐작이 맞는다면 30년이 넘는 세월이었다. 그게 가능한 일인가 생각하면 경이롭기도 하지만 달리 생각하면 그토록 간절했으면서 왜! 하는 원망도 일었다. 그래도 다행한 것은 그토록 상처 많은 누이임에도 여전히 간절하다니, 이제는 누이가 자신의 곁에서 떠날 수 있도록 하는 게 마지막 도리였다.
 강우는 누이에게 자신은 동생이면서 '배운 사람'이라는 또 다른 상징임을 모르지 않았다. 그 '배운 사람'은 누이의 한이자 자부심이며 위로이고 과거에 대한 도피처이기도 할 것이었다.

하지만 그게 얼마나 터무니없는 허상이고 신기루인지 오직 누이만 몰랐다. 당장은 초라한 '공순이' 누이의 행색이 창피해 집 안 아닌 곳에서 마주치게 될까 두리번거리고 다녔으니 애초부터 위로가 될 자격 같은 건 없었다. 한 달에 한두 번, 월급을 받거나 특별히 수당이라도 받은 날이면 잔뜩 들뜬 얼굴로 들어와 봉투에서 꺼내 내미는 남방이며 셔츠는 얼마나 촌스럽고 황당했던가. 그럼에도 타박은커녕 불만의 기색조차 내비칠 수 없었던 명료한 처지의 인식.

어떠한 사랑도 그게 전부인 것이라면 가슴에서 빠져나와 어깨로 옮겨 가는 것이었다. 아마 누이가 자신의 전부가 아닌 절반쯤의 사랑만 줬더라면 그 사랑은 영원히 가슴에 머물며 언제나 따뜻하고 뭉클했을 것이다. 하지만 처음부터 어깨에 올라탄 듯한 전부의 사랑은 목까지 조여 청춘의 벅찬 호흡을 한숨으로 토해내게 했다.

공순이 누이. 자본의 착취와 박해받는 노동자의 살아 있는 증거. 당연히 강우가 먼저 투쟁의 선봉에 나서야 했다. 그러나 할 수 없었다. 그 고단한 삶의 수혜자가 자신이면서 무슨 낯으로. 게다가 투쟁도 겁이 났지만 자신만 바라보는 그 해바라기 누이에게 혹여 잘못되는 꼴이라도 보여주게 된다면…… 아니, 솔직히 말하자면 어차피 그런 일에는 막연한 동경뿐이었지 관심은 없었다. 출세, 성공, 아니 가난을 면하는 오직 그것만이 관심의 전부였고 삶의 목표였다. '저 푸른 초원 위에 그림 같은 집……'까지는 아니어도 반듯한 아파트에 괜찮은 집안 출신의 예쁘고 밝은 여자. 널찍한 책상 앞에 빙빙 도는 회전의자. 번쩍번쩍 광택 나는 검은색 승용차. 호텔 커피숍이나 고급 레스토랑에서 부담 없이 꺼낼 수 있는 두툼한 지갑……. 그러니 누이의 한이나 자부심은 자신만의 착각이었지 강우에게서는 기대할 수 없는 원초적 오류였다.

고시쯤이라도 합격해서 인생을 송두리째 바꾸는 경우도 있다지만 강우에게 그것은 애당초 해당되지 않는 능력 밖의 일이었다. 그저 소작농의 가난 따위는 다시 돌아보고 싶지 않았고, 처량한 누이의 인생을 딛고 일어서는 채무감에 영원히 발목 잡힐까 두려웠다. 하지만 빠져나오려 하면 할수록 더 깊이 빠져드는 수렁처럼 질기게 붙들고 늘어지던 운명의 꼬인 실타래.

그날의 사고도 뒤엉킨 운명의 그물에 씌었던 것이다. 도회의 뒷골목에 홍등을 켜고 한 서린 여인과 삶이 고달픈 취객에 빌붙어 기생하는 쓰레기들이 저희끼리의 자리지만 내내 공돌이 공순이를 입에 올려 희롱하고 비하했다. 가뜩이나 누이에 대한 채무감에 짓눌리던 강우는 이성을 잃도록 술잔을 비웠고 술에서 깨어보니 경찰서였다. 그 어이없는 순간의 실수는 기어이 누이의 인생을 나락으로 빠트렸고, 그날부터 강우는 허물 수 없는 벽을 쌓아갔다. 외면과 망각의 벽.

누이에게 자신을 위해 희생해달라고 매달린 바 없었다. 인생을 걸어달라고 애원하지도 않았다. 모든 것을 책임지겠다고 큰소리치지도 않았다. 스스로를 먼저 사랑한 뒤에 돌아봐주는 게 옳았다. 인생은 어차피 자신의 몫을 살아가는 것뿐이지 않는가. 후안무치라 여길지 몰라도 처음부터 감당할 수 없는 무게였다. 그래서 한 인간의 깜냥을 넘는 과도함은 사랑이 아니라 지겨운 집착이 되고 무서운 겁박이 되기도 하는 것이다. 물론 자청한 적 없어도 사랑이라는 누이의 눈물을 거절한 적도 없었다. 거절하기에는 우선 너무 달콤한 유혹이었기에. 하지만 그 달콤함의 뒤끝은 언제나 후회와 갑갑함이었다. 자꾸만 날개가 그리웠다. 아주 먼 곳으로 훨훨 날아가버릴 수 있는 자유의 날개. 그러니 어찌 상처 입은 영혼의 도피처인들 될 수 있었겠나. 결국 자신을 비열하고 파렴치한 짐승으로 만든 것도 누이인 셈이었다.

어쨌거나 이제 더 누이의 인생에서 비켜설 길은 없었다. 오직 김종배, 그이만이 마지막인 탈출구였다. 진작 그이를 알았다면 먼저 나서서 억누르던 짐을 벗어던졌을 것이다. 이제라도 자신만 짐이 안 된다면 기꺼이 나서겠다니 무슨 짓이든 할 것이었다.

다행히 두 눈이 뒤집혀 살길을 찾아 나서니 눈에 띄는 것이 있었다. 투자회사 재직 때는 눈에 들어오지 않아 거절했던 부동산 시행 사업이 벌써 6년이 넘는 동안을 버텨와 이제 눈에 결실이 보이고 있었다. 물론 경기는 여전히 바닥이고 아직도 풀어야 할 몇 가지 과제가 남아 있기는 하지만 자신을 보자 반색하며 도움을 요청하는 사업자는 강우에게 새로운 희망이 되기에 충분했다. 양심을 짓누르던 짐을 벗어버리는 것뿐 아니라 무너진 자존심과 문득문득 죽음을 떠올리게 하는 절망에서 벗어날 길이라면 작은 위험쯤이야 기꺼이 감수해야 하지 않겠는가. 집을 더 줄이고, 돈이 될 수 있는 것이라면 무엇이든 팔아 얼마나마 현금을 확보한 까닭도 그것이었다. 당당히 자신의 몫을 감당하고 당당히 그 몫을 챙길 것이었다.

길거리 모퉁이의 테이크아웃 커피점이니 프랜차이즈 무엇이니, 심지어는 호프집에 보험 설계사 운운까지 들먹이던 아내의 말에 얼마나 절망했던가. 결코 그럴 수는 없었다. 어떻게 벗어난 가난인데. 그 가난을 벗어나기 위해 무슨 짓을, 양심마저 외면하지 않았던가. 그래도 솔직히 저린 양심의 고통보다는 가난과 멀어진 희열이 더 크지 않았던가. 언제라도 다소곳하지 않을 까닭 없는 아내, 원하는 대부분의 것들을 갖고 누리며 남보다 더 많이 공부할 수 있어 자랑스럽던 아들딸, 뭐라 말하지 않아도 거슬리지 않으려 하던 친구라는 인간들, 마주하는 많은 이들이 보내던 부드럽고 우호적인 눈인사······. 심지어는 등을 받쳐주던 가죽 의자의 푸근함, 손에 닿는 문방구의 매끄러움,

목 넘김이 부드럽던 보르도 와인까지. 모두가 기어이 되찾아야 될 것들이고 다시 되돌려놓고야 말 것이었다.

　멀리 이제부터 집이라고 되돌아가야 할 서글픈 18평짜리 아파트 단지가 보이고 있었다. 강우는 이를 악물었다. 결코 오래 가지 않으리라. 한 방에, 단 한 방에 모든 것을 뒤집고 더 화려한 내일을 만들리라!

19

"이런! 저 골목으로 들어가야 되는데……."

딴생각을 하고 있었는지 뒷자리의 노인이 뒤늦게 무릎을 쳤다. 동호는 조심스레 브레이크를 밟고 뒤를 돌아봤다.

"차가 많아 후진은 안 되고, 삼청동 쪽으로 돌아가드릴까요?"

"아니오, 기사 양반. 여기서 내려줘요."

"무릎도 신통치 않으면서."

"괜찮아요. 산책한다고 생각하면 되죠."

"그럼 당신 가방, 이리 주구려."

"당신은 짐도 가지고 내려야 하잖아요. 그리고 이게 무슨 무게가 나간다고."

"그러니까 내가 들어준다고."

"원, 쇼핑백에 내 핸드백까지 다 맡기면 동네 사람들이 고약한 할망구라고 욕해요."

"뭐? 허허. 그래, 그럼 천천히 조심해서 내리구려."

한눈에도 곱게 늙은 일흔은 넘어 보이는 어르신들이었다. 함께 시장을 봐 오는 듯 마트 앞에서 택시에 타 가회동 입구까지 오는 동안, 저녁 반찬 맛내기에서 시작해 신문에서 읽은 책 소개 기사 내용이며, 이달에 인터넷으로 주문할 무슨 책들이며, 이웃집 담 너머로 보이는 꽃 이야기까지 정담이 끊이지 않았다. 주로 할아버지가 말을 걸었고 할머니는 조금 길게 자분자분 설명하듯 이야기를 받았다. 두 분 다 많이 배우고 남부끄럽지 않은 일로 한 시절을 열심히 살아온 경륜이 배어났다. 아무래도 할머니보다는 세상 이치에 더 밝을 테지만 할아버지는 연신 고개를 끄덕이고 맞장구를 멈추지 않았다. 자식들과는 떨어져 두 사람만 사는 듯했지만 조금도 무료하지 않을 것 같았고 외로움 따위도 느낄 겨를이 없을 것 같았다. 가끔씩 이견이 있기는 하겠지만 기껏 몇 마디 주고받다가는 할아버지가 먼저 허허 웃으며 손드는 시늉을 하지 않을까 싶었다. 저런 이들에게도 책잡힐 과거가 있을까? 그것을 빌미로 손찌검이나 욕설이 오간 순간이 있었을까?

동호는 또 엄마를 떠올렸다. 얼마 전부터 문득문득 엄마를 생각하는 시간이 많아졌다. 전에도 힘겨운 신음과 가위에 눌린 비명이 적지는 않았지만 요즘처럼 일상적이고 심하지는 않았다. 무엇보다 마음에 걸리는 것은 나이였다. 세상이 좋아져서 예순 나이는 청춘이라고까지 하지만 엄마의 경우는 달랐다. 무슨 까닭으로 그런 이와 결혼을 하게 된지는 몰라도 엄마는 처음부터 그 지독한 폭력에 시달려왔던 게 분명했다. 폭력은 육신만 병들게 하는 것이 아니었다. 정신적이든 육체적이든 항거할 수 없는, 혹은 항거를 체념한 폭력 앞의 인간은 이미 생의 의지를 포기한 것이나 다름 없었다. 물론 폭력은 아버지라는 이의 죽음과 함께 진작 끝났다. 그렇지만 엄마는 여전히 생의 희망을 찾지 못하고 있는 듯싶었다.

엄마에게도 그런 시간이 찾아온다면. 이제 그만 힘 벅찬 육신의 노동에서는 벗어나서 정겨운 눈빛의 누군가와 도란도란 이야기를 나누고 작은 가방 하나라도 들어주겠다는 마음의 보살핌을 받는다면…… 하지만 엄마의 인생에 그런 비슷한 날도 찾아올 것 같지 않았다. 벗어날 수 없는 운명이라 말할 것까지야 없겠지만 주변에 널려 있는 환경이 모두 그랬다. 그나마 의지가 될 수 있는 비상구는 서울의 외삼촌인데 아무래도 그쪽까지 여의치 않은 듯한 엄마의 눈치였다.

동호가 이제 그만 자학과 방황에서 벗어나야겠다 생각한 것도 그 때문이었다. 마음먹기에 따라서는 털어버리지 못할 까닭이 없었다. 설령 아버지의 말대로 엄마에게 씻어내지 못할 과거가 있었다 할지라도 이제는 그만 망각의 무덤으로 보내도 될 터였다. 더구나 아버지가 떠나고 없는 지금에도 자식이 여전히 상처로 껴안고 있다는 것은 감정의 과잉도 아닌 거짓의 악용일 가능성이 짙었다. 그간 엄마의 탓으로 돌리고 원망했던 많은 것들이 사실은 모두 자신의 무능과 게으름, 나약에서 비롯된 것이었다. 그럼에도 스스로의 탓을 인정하기 싫어 꼼짝 못할 변명의 거리로, 이제는 정확하게 기억조차 하지 못 하는 그날을 떠올리게 이죽거리거나 경멸의 눈빛을 하지 않았던가. 그때마다 엄마는 죄인이 되어 더 이상 아무 소리 못하고 풀썩 허물어지듯 했고, 자신은 안도하며 때로는 이겼다는 생각이 들기까지 했지만 알 수 없는 한구석에서는 욕지기가 치밀지 않았던가. 참으로 비겁하고, 어린 나이에 걸맞지 않게 교활하기까지 했으니. 더러운 피 탓인가 생각하면 서글픔을 떨칠 수 없었다.

하늘과 한솔의 어미 유정의 탓으로만 돌릴 생각도 없었다. 제대로 배우지 못하고 경박하게 청춘을 소비한 것은 피차 마찬가지였다. 그래도 곱상한 생김새로 밉지 않은 자식을 둘이나 낳았고, 한 지붕 아래에서 사는 동안에는 한눈을 팔지도 않았다. 누구라서 그 한심한 환경에서 남편도 아닌 시어머니 주머니만 바라보며 인생을 죽여갈 수 있었겠나.

솔직히 저러다가 어디로 훌쩍 도망쳐버리지나 않을까 진작부터 마음을 졸였다. 달래고 주저앉힐 수 있는 길은 허름한 희망이나마 보여주는 것이었는데, 그것을 알면서도 그리하지 못했다. 어리석게 그때까지도 여전히 엄마의 주머니를 기대했던 때문이었다. 변명을 하자면 소도 비빌 언덕이 있어야 일어난다고, 무슨 밑천이라도 있어야! 하는 흔한 생각이었다지만 얼마나 비열하고 추잡한 영혼이었나!

"응, 오늘은 안 돼. 엄마 병원에 가는 길이야."

노인들을 뒤이어 차에 오른 뒷자리 손님의 통화 내용이 새삼스레 귀에 들어왔다.

그래, 두려움이었다. 문득 저러다가 아침에 눈떠보면 이 세상 사람이 아니게 될지도 모른다는 생각을 세차게 도리질 쳤다. 갑작스레 왜 그런 생각이 들었는지 모르지만 무겁게 짓누르는 불길한 예감은 좀체 사라지지 않았다. 비로소 현실이 될 수 있다는 것을 깨닫자 눈앞이 캄캄했다.

물론 당장은 하늘과 한솔의 걱정이 먼저 들었다. 그러나 시간이 흐를수록 엄마를 그렇게 보내서는 안 된다는 생각이 깊어졌다. 자신을 낳아준 '엄마'라는 사실이 새삼스레, 어쩌면 '처음으로' 실감되기까지 했다. 엄마가 '엄마'로 실감되자 메말랐던 가슴이 따뜻하게 데워지며 뜨거운 눈물이 빗물처럼 쏟아졌다. 언제 그처럼 빗물 같은 눈물을 쏟은 적이 있었던가. 어이없게도 초등학교를 들어가기 전에 엄마와 머쓱하고 데면데면한 관계가 되어 서로 눈길을 피했으니……. 겨우 중학교를 졸업할 무렵 아버지를 보내면서도 까닭 모를 눈물 몇 방울을 흘렸을 뿐 가슴으로 울지는 않았었다. 오히려 눈물은커녕 삭이지 못한 증오를 두 눈에 가득 담은 채 영정을 외면하고, 뽀얀 뼛가루가 든 유골 단지를 단숨에 엎어 강물에 쏟아버리던 엄마의 행동이 처음으로 당당해 보이지 않았던가. 그 황당하고 저주받은 운명이라니. 여북하면 따뜻한 눈물을 흘릴 수 있는 그것이 축복이라 여겨졌을까.

"안 돼, 밤에는. …… 남편 퇴근하고 병원에 온단 말이야. …… 그럼, 장모님이 아픈데. …… 글쎄, 병원에 가봐야 알겠지만 별일 없으면 내일이라도 보고. …… 나도 자기 보고 싶지……."

빌어먹을! 뒷좌석의 여자는 아예 콧소리까지 섞으며 희롱을 계속하고 있었다. 동호는 급브레이크를 밟아 의자 등받이에 머리통이라고 처박게 하고 싶은 것을 겨우 억눌러 참았다. 도대체 이놈의 세상이 어디까지 미쳐가려는 것이지! 담배 생각이 간절한 것을 동호는 차창을 내리는 것으로 달랬다.

생각하고 싶지 않았지만 유정이 떠올랐다. 어디에서 무얼 하고 지내는 것인지……. 미용 기술을 입에 달고 살았지만 그렇게 떠나서 진득이 기술을 익힐 위인이 아니었다. 전혀 소식을 모른다는 가까운 친구들의 말도 거짓이 아닌 듯싶으니 옷가게

나 멀쩡한 식당 같은 곳에서 일을 하며 살지도 않을 것이었다. 엄마가 주는 생활비에서 미리 얼마쯤 챙겨 준비했다고 해도 기껏 몇십만 원이나 될 터이니 방 한 칸도 못 얻을 그 처지에 굶어 죽지 않으려면 뻔한 노릇 아닌가. 생각하면 할수록 머리통이 터질 것 같고 가슴에서 불이 치밀어 오르지만 어쩔 것인가. 당장 눈앞에 보이지 않기도 하지만 따져보면 원죄는 자신에게 있었으니. 그래도 하늘과 한솔이 있으니 아예 마음을 접지는 않았을 것이라는 그것만이 위안이고 희망이었다.

뭐라도 희망이라는 것을 만들 수 있으면 찾아 나설 생각이지만 막상 마주치는 그 순간이 동호는 벌써 두려웠다. 이미 얼마쯤 각오는 하고 있지만 그래도 두 눈으로 직접 마주하게 된다면 그 순간의 자신은 자신도 알 수 없는 노릇이었다. 그래도 아주 의리 없는 인간성은 아니니 이제 1년 조금 넘은 그 시간에 남자와 살림을 차리는 짓까지 벌이지는 않았을 것이다. 동호는 그 꼴만 아니라면 뭐든 눈감아줄 생각이었다. 어차피 미쳐가는 세상이니 끈끈한 인연이 만들어져 마음에 담아두지만 않는다면 어쩌겠나, 마음 하나에 의지해 잊으며 살아갈밖에.

서글픈 현실에 저절로 한숨이 나오는데 뒷좌석의 여자는 또 까르르 웃음을 터트린다.

"뭐야, 병원에 와서 뭘 어쩌자고? 영화 찍어? …… 그래, 그게 무슨 영화였지?"

동호는 기어이 택시를 갓길에 세우고 운전석에서 내렸다.
"아니, 기사님. 무슨 일이에요?"
"죄송합니다. 차가 이상해서 잠시만 살펴볼게요."
 하릴없이 보닛을 열어놓고 동호는 담배 한 개비를 꺼내 물었다. 언제나 화물 트럭을 살 수 있을는지, 화물 트럭을 사고 나면 그다음에는 또 무엇으로 어떻게…….

20

 욕탕에서 때를 밀겠다는 사람이 누른 벨 소리에 영순은 화들짝 깨어났다. 어찌 된 노릇인지 벌써 두어 달째 아무 곳이나 엉덩이만 붙이면 눈꺼풀이 저절로 달라붙었다. 자도 자도 끝없이 밀려드는 수마. 동호를 가졌을 때도 이러지는 않았는데 이상한 일이었다. 어쨌거나 오늘 첫 손님이었다. 영순은 허둥지둥 욕탕으로 향했다. 점점 손님이 줄어들어 중고 화물 트럭 값을 언제나 마련할 수 있을지 아득했다.
 별다른 생각 없이 목욕 침대 위에 누워 있는 손님의 손목에서 옷장 열쇠를 빼내 벽에 걸어놓고 마른 수건으로 눈을 가려주려던 영순은 흠칫 놀라 얼어붙은 듯 그 자리에 멈췄다.
 "……."

나른한 몸뚱이로 목욕 침대 위에 누운 채 때밀이의 이어지는 절차를 기다리던 여인은 문득 따가운 시선을 느끼며 감았던 눈을 떴다.

"……? 아! 어, 어머……."

미처 말을 끝맺지도 못하고 화들짝 일어나 목욕 침대 위에 앉으면서도 여인은 아래인지 가슴인지 얼굴인지, 어디를 가려야 할지 몰라 허둥거렸다. 침착하게 마른 수건 두 장을 건네주고 난 영순은 뒤늦게 다리가 후들거리는 것을 느끼며 털퍼덕 바닥에 주저앉았다.

"어, 어머니. 어떻게 어머니가 여기……."

단박에 어찌 된 것인지 사정을 알았으면서도 여인은 그렇게 더듬거린 뒤, 뒤늦게 목욕 침대에서 내려와 영순 앞에 쪼그려 앉았다. 유정은 벌써 굴러떨어지는 눈물방울을 어쩌지 못했다.

영순은 유정의 두 손을 살포시 마주 잡았다.

"어디 아픈 데는 없고?"

그제야 영순은 벌거벗은 며느리 알몸을 찬찬히 훑어봤다. 다행이었다. 엉겁결에 수건으로 가슴을 가리고는 있었지만 어디매 맞은 흔적이나 흉터 같은 것은 보이지 않았다.

"예, 어머니는요?"

"나야, 아플 까닭이 뭐 있어서."

"죄, 죄송해요."

"괜찮아, 괜찮아. 이렇게 몸뚱이 멀쩡하면 된 거지. 밥은 먹고 다니는 거냐?"

흐흑…… 유정은 대답 대신 울음소리를 토해냈다. 영순은 들썩거리는 유정의 어깨를 껴안아 등을 도닥거려주었다. 난처한 눈물이 아니라 서러운 눈물임을 영순은 알 수 있었다. 몹시 고단하고, 죽지 않으려 발버둥 치며 살아온 모양이었다.

"그래, 오늘은 그만 씻고 나오너라. 점심때도 한참 지났는데 밥이라도 먹으러 가자."

흐느낌이 잦아들기를 기다려 영순이 말하자 유정은 고개를 끄덕였다.

"등 밀어주련?"

"아, 아니에요, 어머니."

"그래, 그럼 난 먼저 나가 준비하마."

"저기……."

난처한 듯 눈길을 피하면서도 유정은 일어선 영순의 한 손을 놓지 않았다. 그게 무슨 의미인지 영순은 금세 알았다.

"걱정 말거라. 아무에게도 말 안 할 테니."

"고마워요, 어머니."

돌아서 나오며 영순은 가슴이 저려 눈물이 쏟아지려는 것을 이를 악물어 참았다.

먼저 옷을 갈아입고 기다리던 영순은 유정의 한 손을 붙잡고 목욕탕 문을 나섰다. 손에 붙은 살은 여전한데 차려입은 옷가지는 추레했다. 벌써 6월의 햇살이 뜨거운데 아직도 긴팔 셔츠에 여기저기 땟자국이 역력한 청바지라니. 그래도 플라스틱 바구니에 샴푸니 린스니 목욕 세제를 담아온 것으로 봐서는 근처 가까운 곳에 살고 있는 듯싶었다. 그동안 목욕탕을 비운 날이 없었는데 한 번도 마주치지 않았다니. 어쩌면 먼 곳에 가 있다가 아이들 때문이건 어쨌건 돌아오고 싶은 마음이 있어 가까이 다가온 것인지도 모를 일이었다.

무엇을 먹일까 주변을 두리번거리던 영순은 아귀찜을 즐기던 생각이 나 유정을 돌아봤다.

"저기, 저 집이 아귀찜을 잘하는지 모르겠다?"

영순의 턱짓에 힐끔 돌아보던 유정은 고개를 가로저었다.

"아니에요. 어머니, 오늘은 제가 고기 사드릴게요. 얼굴이 안 좋아 보여요. 저기 한우집으로 가요."

"어이구, 한우는 무슨! 고기 먹고 싶으면 저기 삼겹살 식당으로 가자."

벌써 방향을 틀려는 영순을 유정은 억지로 끌어당겨 한우 식당으로 향했다. 동호와는 영원히 안 살게 되더라도 언제고 한 번은 모셔서 대접하고 싶은 시어머니였다.

반찬이 차려지고 숯불과 고기가 들어오자 말없이 고개를 숙이고 있던 유정은 종업원을 보내고 손수 고기를 굽기 시작했다.

"이제 드세요. 더 익으면 질겨요."

"그래, 너도 먹거라."

"아니에요. 그동안 한우 식당에서 일해서 고기 냄새만 맡아도 질려요."

"여기서?"

영순의 질문에 유정은 아차, 하는 표정을 지으며 고개를 저었다.

"아니, 서울 말고 지방에서요."

"고생이 많았겠구나."

"……"

이야기가 끊어지고 한참 동안 묵묵히 고기를 굽고 서로의 접시에 놓아주는 시간이 이어졌다. 영순은 자꾸만 목이 메어 고기보다는 물김치 국물에 더 손이 갔고 유정은 정말 질렸는지 도통 먹을 생각을 하지 않았다.

"어머니, 느글거려서 그러면 여기, 게장 양념과 같이 드세요."

"아니다. 오랜만에 널 보니 자꾸 목이 메어서……."

"……"

"하늘이와 한솔인 잘 자란다. 한솔이가 몇 달 전에 폐렴을 앓기는 했다만……."

"예에?"

"다 나았어. 걱정할 것 없어."

"아, 예……."

그래도 어미이기는 한 모양이었다. 영순은 마음을 놓았다. 어미라면 언제든 돌아오고 말 것이니.

"잠자리는 괜찮고?"

"예, 서울 온 지 얼마 안 돼서 우선은 친구 집에 잠시 얹혀 있어요."

"어쨌거나 몸 간수 잘해."

"어머니 저 그렇게……."

말을 멈추기에 왜 그런가, 고개 숙인 유정을 물끄러미 보던 영순은 뒤늦게 무슨 뜻인지 알아차렸다.

"그런 게 아니라, 자식을 둔 어미가 건강을 상하면 안 된다는 뜻이야. 아직 살아야 할 날이 많은 사람들 아니냐, 너희는. 건강해야 자식도 돌보고 정도……."

아직 속도 모르면서 벌써 무슨 정까지 싶어서 영순은 말을 끊었다.

다시 침묵이 이어졌다. 하고 싶은 말 궁금한 일들은 많았지만 어떻게 말하고 무슨 염치로 입술을 떼어야 할지 망설여지는 것이었다. 유정은 돌아가고 싶은 간절한 마음이 없지 않았다. 일부러 의도하지도 않았지만 마음이 움직여 저절로 향하게 되는 발길을 굳이 막으려 하지 않은 것도 그런 까닭이었다. 하지만 근처까지는 왔어도 마음의 결단을 내리기에는 아직 자신이 없었다. 떠돌아다니며 다시 한 번 뼈에 사무친 일이지만 그리 되지 않을 운명이었다면 처음부터 그 길로 들어서지도 않았을 것 같았다. 운명은 피해서 바꿀 수 있는 것이 아니라 부딪쳐 헤쳐 나가야 하는 것이라는 생각이 들었다. 부딪치기보다 비켜서서 팔자를 고쳤다는 사람의 이야기도 간혹 있기는 하지만, 아무래도 그건 처음부터 그의 팔자가 그러했던 까닭이지 운명이 비켜간 것은 아닐 것 같았다. 하지만 이대로는 아니었다. 아무런 희망도 없는, 희망은 어차피 신기루일 수도 있으니 속아도 좋았다. 그래도 희망이라는 것이 있고, 그 희망을 위해 걸어 나가는, 느린 발걸음이나마 있어야 속아줄 것이 아닌가.

"네 속 안다. 자식을 팽개치는 그 속이야 오죽했겠냐. 그렇지만 앞길이 보이지 않은 그 삶이 어떤 것인지 내가 잘 안다."

영순의 말에 유정은 제 속이 들켜버린 것 같았다.

"나도 찾아보라고 말하지 않았다만 아비도 며칠 지나니 굳이 찾으려 들지 않더구나. 아마 네 속이 어떤지 모르지 않았기 때문일 게다. 세상이 어떤 세상인데, 무엇에 발목 잡혀 그 나이에 인생을 내던질 수는 없지, 암."

"죄송해요, 어머니."

"앞길이라 말할 건 없다만 아비가 조금 달라지기는 한 것 같더구나."

"……?"

"얼마 전부터 택시 운전을 다시 시작했다."

기대를 담았던 유정의 표정이 실망으로 변했다.

"그거야 전에도 했었잖아요."

"이번에는 다르더구나. 도중에 집에 들어와 뒹구는 법도 없고, 얼마를 벌었는지 술도 입에 대지 않고 전부 갈무리하는 눈치야."

"얼마나 가겠어요."

"나한테 외가에 농사짓는 사람이 있는지 묻더구나."

"시골로 내려가겠대요?"

유정은 완전히 낙담하는 기색을 감추지 못했다.

"그게 아니라 농산물을 떼어다 장사를 하고 싶다며…… 중고 화물 트럭이라도 장만하면 나설 모양이더라만……."

"중고차가 얼마나 한다고요."

"미안하구나, 내게 요즘 일이 있어서…… 열심히 하면 가을 전에 그 정도는 마련할 수 있을 테지."

"어머니 외가에 농산물 대줄 분은 계시고요?"

"내가 너희 볼 낯이 없다만…… 그래도 얼마간 밑천이라도 더 장만하게 되면……."

더 들어보지 않아도 뻔한 사정이었다. 그렇지만 유정은 동호가 어떻게 그런 생각을 하게 되었는지가 더 궁금했다. 어쩌면 희망이 잉태되고 있는 것인지도 모를 일이었다.

"천천히 생각해보거라. 단칸방에서 나까지 뒤엉켜 사는 처지니 뭐라 더는 말하지 못하겠다만, 너희만 잘된다면 난 목욕탕에 나와 살 생각이다."

"아니에요. 그런 게 불편했으면 처음부터 시작도 안 했어요."

"말이라도 고맙구나. 아무튼 다른 건 몰라도 아비가 어느 때 널 만나도 손찌검 같은 건 하지 않을 사람이니⋯⋯."

유정도 그것만은 믿었다. 막 살림을 시작하고 난 얼마 뒤, 엉망으로 술에 취해 들어온 동호가 사소한 말다툼 끝에 번쩍 팔을 치켜든 적이 있었다. 손찌검을 하려는 동작이었다. 그러나 미처 팔이 내려오기 전에 장지문 사이로 비치는 그림자를 본 어머니가 찢어지는 비명과 함께 날아들어 온몸으로 유정을 감싸 덮었다. '이놈아! 나부터 죽이고 쳐라!' 제대로 문을 열 틈도 없이 비집고 들어오는 바람에, 문틀에서 떨어지며 부서진 장지문 나뭇조각에 찔려 팔뚝에서 피가 철철 쏟아지는데도 어머니는 꼼짝 않고 벼락같은 고함을 질렀다. 어디에 그런 힘과 악이 남아 있었는지, 금방 불이 쏟아질 것 같은 눈빛 하며⋯⋯ 동호는 그 자리에서 하얗게 질려 부들부들 떨다가 제풀에 쓰러져 잠들었던가. 그 뒤부터 집 밖에서는 갖은 개망나니 소리를 들으면서도 동호는 유정에게 조그마한 완력조차 휘두르려

하지 않았다.

"아무튼 아이들에게도 당분간은……."

"그래, 알았다. 그런데 네 전화번호라도 좀 알려주면 안 되겠냐? 아비에게 뭐든 장만이 되면 네게 알려주고 싶어서."

"어머니 마음은 알지만 제가 아직……."

"오냐. 그럼 내 전화번호는 아직 그대로니 아비에게 전화하기 뭣하거든 내게라도 가끔 전화를 다오. 좋은 소식이 있거나, 아니 아이들 크는 모습을 듣기라도 해야지 않겠냐."

"예, 어머니……."

동호에게는 한 치도 지지 않으려 물러서지 않았지만 영순 앞에서는 언제나 고분고분한 유정이었다. 꼭 그래서가 아니라 따져보면 내 자식 남의 자식 다르지 않은 고만한 인사들이었다. 여북했으면 집을 나가고, 자식과 인연이 그리워 언저리에 다가와서는 또 망설일까. 지켜보기 안타까운 마음이야 더할 수 없지만 그렇다고 억지 춘향으로 끌어다 붙일 일도 아니었다. 서로의 부족함을 서로가 받아들이는 마음 없이는 어차피 허울뿐인 것이니. '봐주는 건 한 번이라야 한다'던 동호의 말은 그만큼 깊이 생각하고 있다는 뜻일 터였다.

21

 신애의 불안은 점점 커져갔다. 광기라는 단어가 섬뜩하게 실감되는 순간까지 있었다. 이사 오는 그날부터 남편은 눈빛부터 변했다. 어쩌면 팔아서 돈이 될 만한 가재도구를 추려내던 그때부터였는지도 몰랐다. 아무리 추락한 뒤끝의 서글픈 이사라지만 이전 같았으면 그래도 혜미의 방은 살펴보고 어깨라도 도닥거려주었을 것이다. 그러나 남편은 트럭에서 얼마 되지도 않는 짐을 다 내리기도 전에 양복부터 찾아 입고 바쁘게 나갔다가 밤늦어서야 술에 절어 돌아왔다. 그사이 신애에게도 익숙해진 막걸리나 소주 냄새가 아닌 묵은 단감 냄새였다. 지갑까지 텅 비어 있었지만 신애는 아무것도 묻지 않았다. 평생을 한눈팔지 않고 나름 성실하게 살아온 사람인데 허망한 속에 한

두 번의 그 정도 일탈이야 생각하며. 그러나 그것은 잠깐 동안의 일탈이 아니었다.

어젯밤에서야 신애는 강우가 부동산 시행 사업에 관여하고 있다는 사실을 술 취한 입을 통해서 들었다. 아무리 집안에서 살림만 하며 살아온 여자라지만 그것이 얼마나 위험성 크고 불안정한 일인지는 모르지 않았다. 술에 취해 잠에 빠진 남편을 지켜보던 신애는 결국 인터넷 검색에 매달려 밤을 새웠다. 경기가 나쁘지 않을 때에도 성공과 실패의 구분이 명확한 데다, 성공은 대박이라지만 실패의 경우에는 사법적 책임으로 감옥을 가는 일도 허다한 모양이었다. 감옥이라니, 신애는 생각만으로도 소름이 돋아나고 정신이 아찔했다.

10시가 넘어서야 눈을 뜬 강우는 욕실에서 나오자 식탁 앞의 신애는 거들떠보지도 않고 방으로 들어가 옷을 차려입고 나왔다.

"아침도 안 먹고 나가게?"

"응, 생각 없어."

"그럼 이 생즙이라도 한잔 마시고 나가."

걱정스러운 아내의 억양에 강우는 마지못한 듯 식탁 앞에 선 채 녹즙 잔을 비웠다. 푸석한 얼굴에 술기운이 가시지 않아 시뻘건 눈동자는 나이도 한층 들어 보이게 하는 데다 탐욕스러운 기운까지 엿보여 신애는 더욱 서글펐다.

"술기운도 가시지 않았는데 하루 쉬지 그래?"

"일해야지 쉬기는."

"당신이 부동산 시행사에서 뭘 하는데?"

"뭐……?"

강우는 어젯밤에 제 입으로 말해놓고도 기억이 나지 않는 듯 멈칫했다.

"당신이 언제 그런 일을 해봤다고?"

"그래 봐야 자금 쪽 일인데 뭐."

"그거 쉽지 않은 일이라면서? 더구나 요즘 같은 불경기에 는……."

"불경기면? 불경기라고 숨도 안 쉬고 사는 줄 알아. 돈 버는 사람들은 이럴 때 더 활발하게 움직여. 워낙 은밀하게 움직여서 일반 사람들이 모르는 것뿐이지."

강우는 단박에 정색을 지었다. 여유라고는 찾을 수 없는 달라진 그 모습이 벌써 냉정함을 잃고 있다는 반증이었다. 신애는 말을 돌렸다.

"월급날은 언제야?"

"뭐?"

"자금 담당하는 일이라면서 월급도 없이 일해?"

"그거…… 그까짓 월급이 몇 푼이나 된다고."

정곡을 찔려 머뭇거리던 강우는 신애의 눈길을 피하며 얼버무렸다.

"월급 몇 푼이라니? 당신 평생 월급 받아서 살았던 사람이야."

"그건 젊었을 때고. 이제 또 월급 받아서 언제 다시 일어나겠어."

"그래서 당신이 주머닛돈까지 쓰고 다니는 거야?"

"그까짓 거…… 걱정할 거 없어. 내가 다 알아서 해."

"설령 그게 투자라고 하더라도, 당신 말대로 그까짓 푼돈에 누가 한몫 떼어준대? 떼어주면 그게 사기지."

"그런 게 아니라 막바지 문제를 풀어주는 대가야."

"그럼 그 경비부터 내놓으라고 해. 왜 당신이 돈을 써? 그리고 그런 푼돈으로 될 일을 그 사람들은 여태 왜 못했대?"

강우는 말문이 막혔다. 그렇지만 자신이 잘못 가고 있다는 생각보다는 아내가 답답하다는 생각이 먼저 들었다.

"아유, 쓸데없는 소리 자꾸 하지 마. 당신이 뭘 안다고. 내가 그래도 평생 그쪽 일하며 살아온 사람이야."

"그래, 그런 사람이 앞뒤 안 맞는 소리 하니까 내가 걱정하는 거야."

"허, 참……."

말을 피하며 돌아서려는 강우를 신애가 붙잡아 의자에 앉혔다.

"여보, 당신 그러지 말고 우리 다른 길 찾자."

"무슨 소리야. 다른 길이 어디 있다고."

"내가 밖으로 도는 게 그렇게 못마땅하면 우리 차라리 시골로 내려가자."

"뭐, 시골?"

"응. 갈데없어 가는 게 아니라 전원생활이라 생각하면 되잖아. 요즘 있고 없고를 떠나 그렇게 하는 사람들 많아."

"동생들에게 그까짓 땅 몇 마지기 사줬다가 이제 다시 내놔라?"

"그런 말이 아니라, 고향 말고 다른 데. 우리 친척이나 내 친구들 중에 강원도 같은 데 땅 사놓고 놀리는 사람들 꽤 있어. 그런 땅 빌려서, 우선 있는 집 수리해 살다가……."

"이제 와서 소작농질 하라고?"

"그게 왜 소작이야?"

"그게 소작이야, 아니면 농장지기거나!"

강우는 손바닥으로 식탁을 내리치며 벌떡 일어났다.

"여보……."

"이제 당신까지 날 밑바닥으로 보는 거야? 왜 이래! 나, 이 이강우, 아직 안 죽었어! 하고많은 사람들 중에서도 하필 나한테 부탁하는 건 내게 아직 그만한 능력이 있기 때문이야! 그거 해결하면 나도 당당히 일정 지분 받을 수 있고, 그걸로 모두 되돌려놓는 거야! 아니지, 혜미 동빈이까지 다시는 어려움 겪지 않고 당당하게 살 수 있게 되는 거야!"

"당신 생각은 고마운데, 나 그런 거 원치 않아. 그냥 당신 편안한 얼굴 보며 평범하게 살았으면 하는 바람뿐이야. 아무것도 없어도 돼."

"그러니까 가만히 있으라고! 이번 한 번이면 돼. 내가 그렇게 다시 만들어. 이번 일만 잘 마무리하면 뒤돌아보지도 않을 거고."

다시 돌아보지 않을 거라는 그것은 이미 스스로도 내키지 않고 위험한 일임을 알고 있다는 고백이나 다름없었다. 하지만 쉽사리 멈추려 들지 않을 것이었다. 신애로서는 영순을 끌어들일 수밖에 없었다.

"형님이 당신 이러는 거 알면 뭐라고 하시겠어."

"뭐야! 여기서 누이가 왜 나와!"

"그러니까 제발 마음 바꿔."

"분명히 말하는데, 내 이야기 누이가 알게 되면 당신도 끝이야!"

"여, 여보. 어떻게 그런……?"

"그러니까 누이는 끌어들이지 마!"

"끌어들이는 게 아니라 지금까지도 당신 걱정 못 내려놓는 분인데 만약 잘못되기라도 하면……."

"그래서, 그 때문에, 반드시 회복해야 하는 거야! 나도 지겨워! 진작 그것부터 갚았어야 했는데, 미련하게 그걸 안 하고 있었어! 나도 누이만 생각하면 숨통이 조여! 이제 그만 자신의 삶을 살았으면 좋겠는데, 뒤늦게라도 간절히 원하는 사람 만나 자신만의 삶을 살면 내가 더 편하겠는데! 왜 원하지도 않는 미련으로 사람을 이토록 몰아붙이는 건지……. 내가 사는 것처럼 사는 모습이라야 그나마 다른 데 마음을 열 수 있을 것 같단다. 내가 이렇게 빌빌거리면 누이를 간절히 원하는 사람이 뭐라고 해도 아무 소용이 없단다. 그래서 허울이나마 번듯하게 꾸미고 말 거다……. 너무 무겁다. 내가 내 인생을 사는 것인지, 다른 누구를 위해 사는 것인지, 도무지 모르겠다. 정말이지, 이젠 그만 자유롭고 싶다, 벗어나고 싶다……."

신애는 제 귀를 의심했다. 아무리 부담스러운 면이 있더라도 이건 남편의 입에서 나올 소리가 아니었다. 최근 들어 두 차례나 신애도 생각지 않았던 도움을 받기는 했지만, 그게 아니더라도 20년을 넘게 지켜봐온 시누이의 정성은 피를 나누지 않은 자신도 가슴 먹먹하기 일쑤였다. 그런데 그 정성을 고스란히 받아온 사람이 지겹다니, 더구나 자유롭고 싶다니 그건 무슨 자유인지……. 잠시 이성을 잃은 정도가 아니라 숫제 미쳐버린 게 아닌가, 신애는 고개를 가로저었다.

22

"에구머니!"

불쑥 앞을 막아서는 바람에 놀란 소리를 냈지만 머쓱해하는 종배의 얼굴에 영순은 무심코 반가운 기색을 드러내고 말았다.

"또 웬일이에요?"

영순은 얼른 반가운 기색을 감추며 덤덤하게 물었다.

"웬일은 무슨. 따라와요."

퉁명스레 내뱉고는 또 앞장서 걷는 등을 보며 영순은 한숨을 쉬었지만 발길은 어느새 뒤를 따르고 있었다.

그가 모습을 보이지 않던 한동안 목욕탕을 나서면 조심스레 주변을 살폈지만 그게 반드시 피하려는 마음만은 아니었던 것 같았다. 생각하니 또 낯이 뜨거워지고 혹여 누가 보지나 않을까 뒤를 살펴보게 되지만 마음 밑바닥에서는 어느새 푸근한 기운이 올라오고 있었다. 어쩔 수 없는 팔자로 그의 마음을 받을 수는 없지만 혼자인 사람으로 죄가 될 건 없으니 너무 모질게 대하지는 말자 생각도 들었다.

오늘은 어디를 갈지 묻지도 두리번거리지도 않고 종배는 새로 개업한 일식집 문을 열었다. 미리 예약을 해뒀는지 일본식 옷차림의 여종업원은 두 사람을 구석진 방으로 안내했다.

"뭐하게 이런 집으로 와요. 어지간히 비싼 게 아닌 것 같은데."

"어허, 핑계 삼아 나도 좋은 집에서 한번 먹어보려는 거요. 좋은 걸 자꾸 누리다 보면 운명도 그리될지 혹시 모르잖소."

"아무튼 또 괜한 이야기하면 일어날 거예요."

"알았어요. 원, 무서워서 소화나 제대로 되려나……."

그리 밝은 표정은 아닌데도 농담으로 자리를 편하게 하려는 종배의 마음 씀이 고마웠다. 영순은 말없이 접시에 건네주는 음식들을 비웠고 종배는 간간이 술잔을 비웠다.

"며느님은 돌아왔소?"

느닷없는 질문이 의아했지만 영순은 고개를 저었다. 종배는 건성 고개를 끄덕여 보였지만 내심은 또 무슨 일이 있는 것인가 걱정이 들었다.

그날도 막 건너편 길가에 차를 세우는데 영순이 목욕탕을 나오는 것이었다. 한낮에 무슨 일인가 가슴이 철렁했는데 뜻밖에 젊은 여인과 식당으로 향하기에 누구인지 식당 종업원을 통해 알아보니 며느리 같다는 것이었다. 동생 걱정만으로도 천근의 무게를 안고 있을 그녀에게 며느리가 돌아왔다니 다행이라 여겼는데 그도 아닌 모양이었다. 어쩌면 식당 종업원이 잘못 알았을 수도 있는 일이었다.

"며느님과 연락은 주고받는 거요?"

"왜 남의 집안일에 자꾸 관심을 둬요."

"이렇게 꾸역꾸역 밥이나 먹자니 머쓱해서 그래요. 연락이 안 돼요?"

"참, 그러지 마시라니까……."

"그쪽 얼굴이 자꾸 검어지는 게, 건강이 걱정인데 집에 며느님이라도 있으면 얼마나 좋을까 싶기도 하고."

"아무렴 자리보전할 처지 되면 며느리 연락 안 될까요."

"자리보전이라니, 무슨 그런 흉한 소리를. 아무튼 연락은 되는 모양이니 다행인데, 어지간하면 불러들이지 그래요?"

"저도 마음은 있는 모양인데…… 아무튼 가까이에 있어 같이 밥을 먹기도 하니 때가 되면 알아서 하겠죠."

같이 있던 그 여인이 며느리가 맞기는 한 모양이었다. 그런데 가까이에 왔으면서도 함께하지 않는다는 건 그만큼 형편이 여의치 않다는 뜻일 테니 쉽사리 해결될 일이 아닐 것이었다. 도대체 자식을 둘씩이나 둔 사내 녀석이……

"농사짓는다는 양반이 흙은 내버려두고 자꾸 포장길 밟으면 어떡해요."

종배의 질문이 이어질까 봐 말문을 돌릴 요량이었다.

"농사? 흙? 좋지요. 그런데 그놈들은 도무지 말이 없어요. 나도 사람인데 들어줄 상대, 걸어오는 상대가 있어야 할 거 아니오. 해도 떠오르기 전에 눈은 떠지는데 혼자서 우두커니…… 요즘은 숫제 밥도 1식 2찬에 하루 한 끼나 두 끼요. 밥 한 공기, 국 한 그릇, 김치 한 조각. 가끔 막걸리로 배 채울 때도 있는데, 그거 의지하다가 알코올 중독될까 봐 겁나서 이렇게 영양 보충하러 서울 오는 거요. 그러니까 내 얼굴 비치면 또 웬일이오 같은 소리 말고 밥 동무 해줘요. 허허허."

그 실없는 웃음에 종배가 더욱 쓸쓸해 보여 영순의 고개가 저절로 끄덕여졌다.

"그러세요."

"허허, 갈대는 갈대구먼."

"그건 또 무슨 말씀이세요?"

"그렇게 까칠하던 사람이 오늘은 불쑥 나타난 사람에게 이렇게 선선하게 동의를 해주니 말이오. 어쩐 일이오?"

"원 참, 그래 준다는데도 무슨. 어서 음식이나 드세요."

"허허, 아드님은 요즘 무슨 일을 해요?"

"택시요."

"마음을 잡은 모양이오?"

"그런 것 같네요. 술도 거의 않고."

"택시가 쉬운 일은 아닌데, 수입도 그렇고. 장사도 쉬운 건 아니지만……."

무의식중에 튀어나오려는 농산물 소리를 막느라 영순은 황급히 물컵을 들어 목구멍에 부었다. 한꺼번에 들이부은 물이 목구멍에 걸려 사레가 든 영순이 가쁜 기침을 토해 내자 종배는 얼른 등을 두드려줬다.

"쯧쯧, 뭘 감추려다가 사레가 다 드누."

"감추기는 내가 뭘 감춘다고……."

영순은 눈을 흘겼지만 낯이 뜨거웠다. 염치도 없지, 아무리 자식의 일이라지만 감히 누구에게…….

"그런데 정말 건강이 안 좋아 보여요. 병원에 가서 종합검진이라도 한번 받아봅시다."

"어이구, 종합검진은 무슨. 그건 팔자 좋은 사람이나 받는 거지요."

"병원에 팔자가 어디 있어요. 내가 예약해 두겠소."

영순은 펄쩍 뛰며 손사래를 쳤다.

"아유, 정말 그런 말 마세요. 왜 사람한테 자꾸 부담을 줘요."

"그것도 부담이라면 난 이렇게 귀찮게 구니 그때마다 만나는 값이라도 내놓으라는 거요?"

"예? 원, 말도 안 되는……."

"그러니까 검진받는 일은 더 이상 아무 소리 마요. 내일 예약해도 아마 한 달쯤 뒤라야 받을 수 있을 테니 그리 알고요."

"제발, 나 정말 괜찮다니까요."

"괜찮은 사람 얼굴이 그래요? 내가 보기에는 아무래도 전체적으로 문제가 있는 거 같아요."

"아니에요. 나이 들어 체력이 달리니까 피곤해서 그런 거겠죠."

"안 되겠다. 내일 내려가서 당장 홍삼하고 헛개나무 열매라도 좀 달여 와야지. 왜 진작 그 생각을 못했을까, 멍청해서!"

종배는 손바닥으로 제 이마를 치며 안타까워했다. 영순은 부담스러우면서도 가슴이 저릿했다. 사람으로 대접받는다는 게 이런 것이었구나, 누군가에게서 보호받는다는 게 이런 따뜻한 기운이었구나…….

23

역겹다는 생각도 이제는 들지 않았다. 구차하다는 생각은 아직도 남아 있지만 인생 뒤집기를 위해서는 어쩔 수 없는 노릇 아닌가. 강우는 나이도 한참 어린 후배들을 상석에 모시고 연신 고개와 허리를 숙였다.
"요즘 상황에 과연 분양이 얼마나 될까요?"
"아무리 안 되도 70퍼센트 이상은 되리라고 예상합니다."
"70퍼센트나요? 에이, 그쪽에 아직 미분양으로 남아 있는 물건들도 적지 않은데 무슨 수로요?"
"저도 처음에는 그렇게 생각했는데 들어와서 보니까 우리 회사와 손잡은 일꾼들이 꽤 능력 있는 사람들이더라고요."
"일꾼이라면 떴다방 하는 바람잡이들?"

"뭐 그렇죠."

뻔뻔하게 대답을 하면서도 강우는 낯이 화끈거렸다.

"아무리 그렇다고 해도……."

"남 이사님이 좀 도와주셔야지 어떡하겠습니까."

강우는 또 고개를 숙이고 술잔을 들어 상대의 잔에 부딪쳤다.

"그래, 한잔 들고 우리 선배님 좀 도와드려."

남 이사와 다리를 놓은 최 부장이 나섰다. 최 부장은 10여 년 전에 신입 사원으로 들어와 잠시 강우 밑에 있다가 부동산 투자 파트로 간 친구였다.

"그럼 너희가 투자를 해. 한번 생각해봐. 사업 시행인가 다 나왔고, 분양도 자신 있다는데 왜 시공사가 안 붙어? 결국 시공사는 분양에 부정적이기 때문에 최소한 실비는 내놓아야 공사를 하겠다는 거 아닙니까?"

"어이, 남 이사. 우리 선배님 민망하게 뭘 그렇게 꼬치꼬치 따져. 네 말대로 그렇게 무난했으면 이런 자리가 있기나 했겠어. 자, 술부터 한잔해."

"나 잘리면 네가 책임질래?"

"아, 그래. 책임져. 내 자리 대신 들어와."

"자리만 문제냐. 그렇잖아도 요즘 제2금융권이라면 여기저기서 눈에 불을 켜는데, 까딱 잘못하면 쇠고랑 차는 수가 있어."

"자식이, 시작도 하기 전에 재수 없게 쇠고랑은 무슨!"

"그럼요, 그런 일은 절대 없습니다."

강우는 또 허리를 굽혔다.

"이 전무님이 그걸 어떻게 장담하십니까?"

"야, 우리 선배님이 그래도 이 바닥 자금 담당으로 20년 넘게 장수하셨어. 아무리 뒤져도 걸리는 게 없으면 사업성 판단 미스는 사표로 책임지는 거지 무슨 쇠고랑이야. 그리고 까놓고 말해서 우리 자리는 누가 평생 보장해 준다니? 나도 벌써 불안 불안하다. 어디 한몫 챙길 수만 있다면……."

"아무리 그래도 백 억 가까운 돈을 나 혼자 능력으로 어떻게……."

"그건 선배님도 한번 생각해보셔야 할 겁니다."

"그래, 그건 뭐 나도……."

"오케이! 자, 그럼 오늘은 일단 신나게 달리기나 합시다. 야, 마담! 아가씨들 들여보내!"

사업과 사기는 글자 한 자 차이였다. 사장은 큰소리치지만 강우가 봐도 분양이 쉽지 않을 건 불 보듯 했다. 그러나 세상일 누구도 알 수 없으니 건물이 올라가기 시작하고 일꾼들이 작업을 잘하면 진짜 분양에 성공하지 말란 법도 없잖은가.

소비자? 그들 역시 분양이 실패하면 손실을 보겠지만 투기꾼이든 뭐든 분양에 성공하기만 한다면 다들 남는 장사가 되지 않는가. 결국 사기와 사업은 결과에 따른 이름 붙이기지, 시작부터 사기라고 자책할 건 없잖은가. 그래, 사기가 아니다, 사기가 아니다……. 강우는 주문을 외우듯 마음속으로 반복했다.

"선배님, 남 이사한테는 사후 보장도 보장이지만 미리 좀 찔러주는 게 효과적일 겁니다."

최 부장이 다가앉아 귓속말로 소곤거렸다.

"그래? 알았어, 며칠 내로……."

"사장보고 한번 제대로 베팅하라 그러세요. 저 친구 요즘 어려운 일 있어서 쉽게 거절하지는 못할 거예요."

강우는 고개를 끄덕였다. 그렇지만 문제가 될 수도 있는 뒷돈까지 자신이 건네야 하나 생각하니 착잡했다.

"그리고 선배, 어디 줄 좀 달아서 저 친구네 대빵도 한번 찾아가요. 액수가 적지 않아서 진짜 저 친구 혼자서는 어려울 거예요."

최 부장은 엄지손가락을 치켜 보였다.

"줄이라면?"

"뭐 아시잖아요. 금융권에 직방인 건 금감이나 기재부 쪽이죠."

"그렇기는 하지만 그쪽은 선뜻 생각나는 게 없어서……."

"그럼 국회 기재위 중진 의원도 괜찮고요."

강우는 또 고개만 끄덕였다. 쉬운 일은 아니라 생각했지만 정부와 정치권까지 들먹이자 가슴이 답답했다. 신문과 방송에서 봐왔던 엄청난 사건들도 이렇게 비롯되는 것이었나……

"그렇다고 너무 심각하게 생각할 거 없어요, 선배. 이 정도 액수는 그런 사람들에게는 옥도정기예요."

"옥도정기?"

"머큐로크롬요. 한번 슬쩍 발라주면 낫는 상처 정도의 가벼운."

"그럴까?"

"그럼요. 선배는 회사 내 자금 관리만 하셔서 잘 모르시나 본데 투자 쪽은 다들 단위가 커요. 아니구나, 그러고 보니 선배 세대들은 대부분 생각하시는 폭이 작던데, 개발 연대에 어렵게 사셔서 그런가요?"

"그래, 그럴 수도 있겠네. 아무래도 우린 생각하는 단위가 작지."

"맞아요. 그렇지만 이젠 세상이 다르잖아요, 생각을 바꿔야죠. 그저 화폐가치가 떨어져서 단위가 커진 게 아니라 실제 경제 규모가 커졌잖아요, 엄청나게. 이런 규모에서는 거기에 맞게 생각을 해야죠."

'선배님'은 어느새 '선배'로 바뀌었고, 이젠 숫제 가르치려 들고 있다. 규모가 커졌다는 것을 한가운데 있었던 사람들이 어떻게 모를 수 있겠는가. 단위가 커지고 커져야 한다는 것 또한 당연히 모르지 않는다. 하지만 그 커진 규모에 기생해서 갉아 먹는 것도 커져야 한다는 건 무슨 개수작인가. 그것도 거리낌 없이 당당하게. 양심에 구멍 난 정도가 아니라 아예 양심을 내다 버렸다는 소리가 아니고서야! 뺨을 올려붙이고 치밀어 올라오는 걸 모두 토해버리고 싶지만…… 살아야 하기도 했지만 아비들의 피땀을 시궁창에 처넣고 밟아온 자신의 시절을 생각하면 그리 나을 것도 없겠다 싶었다.

"이 전무님! 노래 한 곡 하십시오!"

몇 곡을 연이어 노래를 부른 남 이사가 마이크를 내밀었다.

"이거 제가 노래 실력이 변변치 않아서……."

"아, 왜 그러세요! 노래 뭐 별거 있어요! 분위기 잡고 폼 잡으려니까 노래가 안 되지. 신나고 빠른 걸로 마구 흔들면서 불러보세요! 그럼 음정 박자 상관없이 기가 막히죠!"

"맞아요. 어서 나오세요, 전무님!"

전무는 개뿔! 아가씨들의 샐샐거리는 웃음이 조롱처럼 느껴져 강우는 더욱 비위가 뒤틀렸지만 어쩌랴.

"그럼 제가 한 곡 부르죠, 남 이사님."

"아니 뭘 그렇게 술자리에서까지 후배들에게 그러세요! 동생 같은 사람들인데 말씀 편하게 하세요."

"아니, 무슨……."

"저는 형님이라고 부르고 싶은데 마음에 안 드시는 모양입니다."

"아닙니다, 마음에 안 들다니 무슨 그런……."

"그럼 이제 우리 형님 동생 합시다!"

"아, 예, 저야……."

드러눕듯 길게 소파에 늘어진 채 동생을 자청하는 상대 앞에 형님으로 불린 강우는 또 깍듯이 허리를 굽혔다.

"좋습니다. 그럼 형님 동생도 됐으니 제가 형님 노래 선곡하고 같이 불러드리겠습니다!"

"우와! 역시 우리 오빠는 화끈해!"

지랄! 빠른 반주가 시작되자 남 이사는 강우의 정면으로 바짝 다가서 온몸을 흔들어댔다. 피할 수 없는 처지로 어정쩡하게 따라 몸을 흔드는 강우의 표정에 곤혹스러움이 가득했다. 다행히 반주는 짧았고 빠른 발음의 랩이 시작되자 남 이사는 마이크를 독점해 목청을 높였다.

강우는 슬며시 한 발짝 물러서 손뼉으로 박자를 맞췄지만 랩이 끝나자 옆으로 다가선 남 이사는 한쪽 팔을 올려 어깨동무를 하며 마이크를 입 앞으로 들이밀었다. 한 번도 들어보지도 못한 노래를 모니터 화면 위를 빠르게 흐르는 가사를 좇아 우물우물 읽어대는 서글픔이라니…….

금방이라도 쏟아질 것 같은 눈물을 억누르며 강우는 마음속으로 외쳤다. 오냐, 무슨 짓이든 한다! 뒷돈도 찔러주고, 사기도 눈감고, 어린애한테도 무릎 꿇고, 할 수 있는 무슨 짓이든 한다! 한 방, 한 건이면 인생이 바뀐다! 이젠 되돌려놓는 게 아니라 완전히 바꿔버릴 테다……!

24

"오일 마사지라도 하시려오?"

"아니요, 됐어요."

때를 다 밀고 나자 황급히 목욕 침대에서 내려온 여자는 샤워기 아래에서 물을 맞으면서도 연신 힐끔거렸다. 영순은 무슨 일인가 하면서도 때를 미는 중에 특별히 실수한 건 없었으니 대수롭지 않게 여기며 주변을 청소했다.

"아줌마!"

웬일인지 목욕탕 주인이 욕실 안까지 고개를 들이밀고 영순을 불렀다.

"……?"

"좀 나와 봐요."

며칠 전부터 그렇더니 여전히 표정이 좋지 않았다. 영순은 고개를 갸웃거리며 욕탕 밖으로 나갔다.

"좀 앉아요."

의자를 내준 주인은 잠시 난처한 기색을 보이더니 작심한 듯 입을 열었다.

"어디 몸이 불편하세요?"

"아니요. 무슨 일인데?"

"참, 말하기가 조심스럽기는 한데……."

"왜요? 방금 나간 손님이 뭐래요? 실수한 건 없는데……."

"그런 게 아니라…… 등 좀 보게 옷 좀 올려줄래요."

"예? 등은 왜?"

"글쎄, 한번 보게요."

영순은 별생각 없이 등을 돌리고 물에 젖은 셔츠를 걷어 올렸다.

"에구머니!"

"아니, 왜요?"

주인의 놀라는 소리에 영순도 고개를 돌려 등을 보려 했지만 보일 리 없었다.

"그것 봐요, 이러니 손님들이…… 거울 한번 보세요."

영순은 일어나 거울 앞으로 다가가 등을 살폈다.

"……!"

그리 놀라지는 않았지만 등은 검붉은 반점들로 가득했다. 얼마 전부터 가슴 아래와 배 쪽에 검붉은 반점이 보였지만 음식 탓이려니 여기며 무시했는데 등은 훨씬 심했던 모양이다.
"등에 이렇게 심하게 생겼는지는 몰랐네요."
태연한 영순의 대꾸에 주인은 두 눈이 휘둥그레졌다.
"알고 있었어요?"
"예, 얼마 전부터 배에도 그런 게 생기기에 음식 탓인 줄 알았죠."
"병원에 안 가봤어요?"
"이만 일로 무슨 병원을요. 약국에서 소화제는 사 먹었어요."
"이런! 아줌마, 그러다가 큰일 나요! 어서 병원에 가봐요."
"예, 알았어요. 이따가 좀 일찍 일 끝내고 집에 가기 전에 병원에 들러볼게요. 청소는 내일 아침 일찍 나와서 하고요."
"아니, 그게 아니고……."
주인은 또 난처한 기색을 내비쳤다.
"걱정 마세요, 피곤하면 이럴 때가 있어요."
"그런 게 아니라…… 사실 얼마 전부터 손님들이 여러 이야기를 했어요. 그래도 전 아주머니 사정도 딱한 것 같고 해서 금방 괜찮아질 거라고 했는데, 며칠 전부터는 정말 사람들이…… 뭐 저는 그런 병 아니라고 하지만 요즘 세상이 워낙 그런 데다가 이상한 병들도 많고 하니…….."

"아유, 미안해요. 저 이상한 병 같은 거 없어요. 오늘 병원에 가보고 치료받으면 금방 괜찮아질 테니 걱정 마세요."

"예, 저야 당연히 믿죠, 그렇지만 손님들은. 게다가 좁은 동네에서 말이 금방 퍼지잖아요. 저도 영업을 하는 사람이니 어쩔 수 없네요. 이거……."

주인이 미리 준비한 듯 봉투를 내밀었다.

"이게 뭐예요?"

"얼마 안 돼요. 그간 같이 일한 정도 있고 해서……."

"병원에 다녀오면 된다니까요. 아니 그보다도 당장 때 밀 사람도 없고 또 저녁에 청소도 해야……."

"이따가 새로 일할 사람 올 거예요. 미안해요."

냉정하게 말을 자르는 주인의 태도에 영순은 정신이 아득했다. 이렇게 당장 그만두라면, 진작 병원에 가볼 것을……. 핸드폰 벨 소리가 울렸지만 영순은 받을 생각도 하지 못했다. 주인은 더 이상 할 말이 없다는 듯 슬며시 일어나 매표소로 돌아갔다.

"손님이 있나……?"

혼잣소리로 중얼거린 종배는 핸드폰을 주머니 속에 찔러 넣고 운전석 의자를 뒤로 밀어 조금 편하게 발을 뻗었다. 생각보다 시간이 더 걸렸지만 좋은 인삼으로 골라 직접 쪄내는 홍삼과 깨끗하고 실한 헛개나무 열매를 구해 제대로 우려낸 것이 몹시 흡족했다. 그날 고향으로 내려가면서 대학 병원에 영순의 종합검진 예약도 해뒀으니 이제 달포쯤 몸을 잘 추스르게 한 뒤 검진을 받게 하고, 이상이 있으면 치료를 받으면 될 것이었다. 워낙 고생을 많이 한 사람이기는 하지만 죄라고는 지은 바 없는 여인이었으니 설마 큰 병이야 있을까 싶기도 했다. 바쁜 마음에 한 번 더 전화를 해볼까 핸드폰을 꺼냈던 종배는 실없는 웃음을 짓고는 다시 주머니 속에 넣었다.

초여름의 햇살이 뜨거웠다. 종배는 차창을 내리고 의자를 뒤로 젖혀 반쯤 몸을 눕혔다.

짐이라고 해야 갈아입을 옷가지 몇 벌을 넣은 가방이 전부였지만 영순은 다리가 다 후들거렸다. 뒤늦게 죽을병인가 두려워서가 아니라 그래도 이만한 일자리가 없는데 다시 구하지 못하면 어쩌나 아득해서였다. 몸이야 부서져도 좋고, 언제고 데려가겠다면 미련 없이 따라나설 터였지만 그래도 당장은 아니었다. 정말이지 죽음 같은 것에는 조금의 두려움도 없었다. 차라리 그만 데려갔으면 하는 바람이 있을 뿐이었다. 그렇지만 다른 건 몰라도 동호의 중고 트럭과 강우가 다시 자리를 잡을 때까지 주머니가 마르지 않도록 하는 일만큼은 꼭 마무리 짓고 싶었다.

어미가 죄가 있어 평생토록 말 한마디 못하고 무슨 짓을 하든 그저 지켜볼 수밖에 없었는데, 뒤늦게 그 자식이 살아보겠다는 희망을 말하는데 그 작은 소원을 못 들어준다면…… 지켜보고도 싶었다. 어미가 장만해준 트럭에 올라앉아 제 마누라와 자식에게 손 흔들어주며 환하게 웃는 그 모습을. 얼마나 뿌듯할까. 틀림없이 잘살게도 될 텐데……. 강우도 그랬다. 아무리 당장은 어려워도 그래도 잘 배운 사람인데, 외국말로 미국 사람이나 일본 사람하고 이야기도 한다는데, 그 잘난 사람이 뭐든 못 할까. 반드시 일어날 것이었다. 다시 환하게 웃으며 제 아내와 자식들 잘 건사하고 번듯하게 살 것이었다. 그러니 그 잘난 사람 기 안 죽고 버텨낼 수 있도록, 제대로 못 한 뒷바라지 그렇게나마 마무리 지어야 할 텐데…….

"몸 나으면 연락할게요."

"다른 생각 말고 치료나 빨리 받으세요. 나이도 있으신데 이젠 쉬셔야지……."

그렇게 말하지 않아도 새로 일할 사람을 구했다니 그걸 부탁하지는 않을 텐데……. 인사를 하고 계단을 올라와 밝은 햇살을 마주하니 갑자기 머릿속이 텅 비며 눈앞이 캄캄했다.

"어머! 저 아줌마 왜 저래?"

"이봐요, 아줌마!"

놀란 목소리가 열어둔 차창으로 들어와 깜빡 졸던 종배는 눈을 떴다.

"……?"

사람들의 눈길이 향하는 곳은 목욕탕 앞이었다. 무슨 일인가 고개를 돌린 종배는 불에 댄 듯 화들짝 등을 세우고 문을 열었다.

"영순 씨! 영순 씨!"

단숨에 길을 건넜지만 영순은 이미 의식을 놓고 있었다. 종배는 영순을 등에 업고 길바닥에 뒹구는 가방을 챙겨 자동차로 내달렸다.

이게 무슨 일인가! 약보다도 날마다 올라와서라도 상태를 확인했어야 하는데! 아니, 그날 억지로라도 병원에 데려갔어야 하는데…….

25

"보호자 되세요?"

"예, 의식은 어떻게?"

"일단 응급처치를 해서 잠이 든 상태니까 시간 지나면 깨어날 거예요."

"아휴, 고맙습니다. 그런데 왜 갑자기?"

"갑자기가 아닙니다. 어떻게 사람이 저 지경이 되도록 방치하셨어요?"

"예? 그럼 무슨 특별한……?" 의사는 혀를 찼다.

"간경화예요, 그것도 아주 심각한."

"그, 그럼……?"

"이제 자세한 검사를 해봐야 알겠지만 쉽지는 않을 것 같아요."

"예, 그게 무슨? 요즘 의술로 그깟 간경화에 어렵다니요?"

"어허, 어떻게 그렇게 안일한 생각을 할 수 있어요? 환자 상태 안 보셨어요? 온몸에 홍반이에요. 특히 등에는 아주 심하고요. 복수腹水도 약간 찬 상태예요."

"보, 복수까지요?"

"예, 그동안 병원에 한 번도 안 가보셨어요?"

"……"

"참, 환자도 그렇지만 보호자도 어지간하십니다."

"죄송합니다. 병원비는 걱정하지 마시고 할 수 있는 검사, 치료 다 해주세요."

"일단 입원 수속부터 밟고 간호사가 지시하는 대로 검사받으세요."

"예, 최대한 빨리……."

"그렇잖아도 전부 응급으로 오더 내렸어요."

"감사합니다, 고맙습니다."

병실로 옮기고 환자복을 입히기 위해 옷을 벗기던 종배는 기절할 듯이 놀라 벌어진 입을 다물지 못했다.

홍반이 생겼다는 이야기는 이미 들은 터지만 온 전신에 방울 돋듯이 퍼져 울긋불긋 엉망인 몸뚱이라니! 어떻게 이 지경이 되도록 그 힘든 일을 한 것인지! 자식이란 놈은 도대체 눈이 달린 것인지 감고 사는 것인지, 한 집안에서 어미의 상태가 이 지경인 것도 모르다니! 동생이란 놈은 돈은 받아 쓰면서, 그걸 알았으면서도 여태 한번 누이를 찾아보지도 않은 것인지! 아니, 우선은 자신부터 원망스러웠다. 날씨가 따뜻해진 게 언제인데, 여태도 얇지 않은 긴팔 옷을 입고 있었으면 한번 들여다볼 생각이라도 했어야지. 기껏 밥이나 먹고 입으로만 걱정했지, 진작부터 시커멓고 누렇게 변해 가는 안색을 보면서도 제대로 병 생각은 안 했으니…….

더구나 복수가 차다니! 그건 죽음이 임박한 사람에게서나 볼 수 있는 증상 아니던가. 그럴 수는 없었다. 결코 이대로 허망하게 보낼 수는 없었다. 평생토록 내 여자가 안 되어도 상관없었다. 이처럼 학대받은 운명으로 살아온 사람을 단 한 번 편안한 웃음조차 짓지 못하고 데려가게 둘 순 없었다. 어떤 가혹한 신이라도 이런 짓은 차마 엄두 내지 못할 것이었다. 실수인 것이다. 운명의 오류고, 신의 착오인 것이다. 붙잡고 놓지 않으면, 맞붙어 싸우면 신도 실수를 인정할 것이다…….

"아……."

정신이 돌아오는지 영순이 가벼운 신음을 토해 냈다.

"정신이 들어요? 날 알아보겠어요?"

"여기가 어디…… 아니, 내가 여긴 왜?"

종배는 그 정신에도 일어나려고 몸을 들썩이는 영순의 어깨를 잡았다.

"길거리에서 쓰러졌어요. 간에 문제가 있어요. 진작 말하지 않고 어찌 이 지경이 되도록……."

"괜찮아요. 약 먹고 좀 쉬면 돼요."

"그렇지 않아요. 심각해요, 아주."

"얼마나요?"

"일단 검사가 다 끝나봐야 자세한 걸 알 수 있대요."

"그럼 오늘은 집에 갔다가 내일 다시……."

무엇을 걱정하는 것인지 알았다.

"안 돼요. 집에는 내가 알릴게요. 핸드폰에 전화번호 있죠?"

"아직 검사 결과도 모르는데 뭐하게요."

"오늘 밤은 무조건 병원에 있어야 한다잖아요!"

잠시 망설이던 영순은 난감한 표정으로 한숨을 내쉬었다.

"그럼 할 수 없지만, 병원에 있다는 건 알면 안 되니 그냥 전화기 꺼줘요."

참으로 딱한 운명이 아닌가. 어떤 일이 있어도 집에는 들어가야 했던 사람이 막상 몸이 만신창이가 되어 병원에 눕자 이번에는 걱정할까 염려되어 그토록 피했던 오해를 감수하겠다는 것이니.

"알았어요. 아무튼 다른 생각은 하지 말고 일단 좀 더 자요."

"그런데 잠은 왜 이렇게 쏟아지는 거예요?"

"또 졸려요?"

대답 대신 고개를 끄덕거리는 영순의 눈에는 벌써 잠기운이 가득했다.

"의사가 쉬라고 잠자는 약을 링거에 좀 넣었대요. 걱정하지 말고 푹 자요."

다시 눈을 감는 영순을 지켜보며 종배의 눈시울이 촉촉이 젖어들었다.

"아무래도 어려울 것 같네요."

차트에서 눈을 뗀 의사가 고개를 저었다.

"어렵다니 그게 무슨 말씀입니까?"

"두 달 정도 버티는 것도 쉽지 않을 것 같습니다."

"예? 아니, 무슨 그런! 바로 어제까지도 일을 했던 사람입니다!"

"그게 저희도 놀랍습니다. 이 몸으로는 움직이는 것도 쉽지 않았을 텐데 어떻게 일을 했다는 것인지. 무슨 일을 하셨죠?"

"그, 그게……."

종배의 난처한 표정에 의사는 건성 고개를 끄덕였다.

"뭐, 아무튼. 어제 이영순 씨가 길에서 쓰러진 건 이미 코

마, 그러니까 혼수상태가 일어났던 겁니다. 그건 간 기능이 거의 멈춘 상태라는 뜻이기도 하고요. 그래서 일단 배에 찬 복수는 주사기로 빼냅니다만, 달리 치료제를 쓰는 것도 쉽지가 않습니다."

"그럼 그냥 지켜보기만 한다는 겁니까!"

"그건 아니고, 조금 남아 있는 기능이나마 저하 속도를 늦춰보는 정도입니다."

의사의 말이 확정적이고 단호해질수록 종배는 애가 타고 피가 말랐다.

"제발 어떻게 좀……."

"죄송합니다, 너무 늦었습니다."

"뭐든 좋습니다, 무슨 방법이든, 조금이라도 더 살 수 있으면 무슨 짓이든 하겠습니다. 제 간이라도 내놓을 테니, 그래도 안 됩니까?"

"간이식 수술을 시도해볼 수는 있습니다만 너무 나빠진 상태라서 수술 후에 거부반응이 일어날 가능성이 높습니다."

"거부반응이라면? 그게 일어나요?"

"우리 몸은 면역 체계라는 것이 있어서 내 몸속에 다른 것이 들어오면 일단 저항을 합니다. 그때 염증이 생기는데 그 염증을 막기 위해서는 강력한 면역억제제를 써야 하고, 그걸 이겨내려면 체력이 뒷받침되어야 하는데 그게 안 되면 곧바로 생명을 잃을 수도 있습니다."

"사전에 미리 검사를 해볼 수는 없는 겁니까?"

"물론 저희도 수술을 하게 되면 기능검사와 유전자 검사로 기증자와 수혜자 간의 차이를 최대한 줄여보려고 합니다만 정확하다고 장담할 수가 없습니다. 사람의 면역 체계라는 게 워낙 알 수 없는 부분이 많아서요."

"그래도 조금이라도 가능성이 높은 조건은 있을 거 아닙니까?"

"우선 혈액형이 같고 유전자가 비슷하면 훨씬 가능성이 높지요. 그런데 그런 조건을 갖춘 기증자를 만난다는 게 수월한 게 아니라서……."

"저는 어떨까요?"

"혈액형이 뭐죠?"

"전 O형입니다."

"이영순 씨와는 혈액형이 다르네요."

"그래도 가능할지 모르니 검사라도 해주십시오."

"그거야 뭐 어렵지 않지만…… 그렇지만 일단 나이도 있으신 데다 아무래도 술 담배를 하셨던 것 같은데, 그 경우는 어렵습니다."

"아니요. 술은 했지만 담배는 안 했습니다."

"보호자 분도 얼굴빛만으로 간이 썩 좋지 않은 게 보여요.

어려워요."

빌어먹을! 종배는 뒤늦게 가슴을 쳤다.

"그래도 한번 해봐 주세요."

"그보다는, 자녀 분들은 어떠세요?"

의사의 말에 종배는 정신이 번쩍 들었다. 아들은 이미 술에 절어 살았다지만 동생은 담배를 피우지 않는 것은 물론이고 술도 거의 마시지 않는다는 이야기를 들은 적이 있었다.

"담배는 아예 안 피웠고, 술은 가끔 한 동생이 있습니다만?"

"그런 조건이라면 한번 검사를 받아볼 필요는 있겠네요. 건강한 분이라면 간 일부를 이식하더라도 남은 부분으로 충분히 재생이 가능하니까요."

"알겠습니다. 그럼 동생도 곧 데려올 테니 우선 저부터 검사를 해주십시오."

종배는 다소나마 마음이 놓였다. 그럼 그렇지, 죄 없는 사람에게 아무런 길도 없을 리가!

"이제 퇴원하는 거예요?"

다소 표정이 밝아진 종배를 보자 영순은 반색했다.

"무슨 소리요. 아직 검사 다 받으려면 한참 더 있어야 돼요."

"아유, 됐어요. 병원에서 시킨다고 어떻게 그 검사를 다 받아요."

"자꾸 고집부리지 마요. 또 쓰러지고 싶어요, 손자 손녀 앞에서!"

종배가 언성까지 높이자 영순은 멈칫했으나 금세 또 좌불안석했다. 벌써 꼬박 하루가 지났는데 아무런 연락도 없이 집을 비웠으니……. 종배는 할 수 없다는 듯 더욱 퉁명스럽게 입을 뗐다.

"아드님한테는 연락했어요."

"예에? 아, 아니, 뭐라고……?"

"걱정하지 말라니까요. 내가 그렇게 철없어 보여요! 어젯밤에 잠들어 있을 때 핸드폰 메시지로 보냈어요. 아프다, 병원이다 같은 소리는 안 했고 그저 일이 있어 며칠 못 들어간다고요. 미안하다 소리도 넣었고요."

영순은 조금 마음이 놓였다. 세세한 것까지 신경 써주는 그가 고마웠지만 이렇게 마냥 신세를 져도 되는 것인가 난감하기도 했다. 그렇지만 당장 누구도 자신을 돌봐줄 사람은 없었다. 무엇을 잘못해 이처럼 한심한 팔자가 된 것인지…….

"잠깐 혼자 있어요."

종배는 핸드폰을 꺼내 보이며 병실을 나갔다. 영순은 저절로 미소가 지어졌다. 아주 가버린다 한들 누가 뭐랄 사람이 있다고 무슨 핸드폰까지. 마음이 놓이고 따스해오자 또 졸음이 밀려들었다.

26

"나 지난번에 봤던 김종배요."

"예? 아, 예. 그런데……."

전화기 너머로 들려오는 억양은 난감하고 거북한 기색이 역력했다. 그래도 종배는 망설이거나 상대의 입장 배려 같은 것은 염두에 두지 않았다.

"지금 곧바로 나 좀 만나줘야겠어요."

"예? 무슨……?"

"여기 보라매병원이에요. 곧바로 좀 와주세요."

대꾸가 없었다. 갑작스레 전화해 다짜고짜 오라니 불쾌한 모양이었다. 사실 불편하고 불쾌한 것은 종배도 마찬가지였다. 생각 같아서는 당장 고함을 지르고 따귀라도 올려붙이고 싶은

심정이었으니.

"강우 씨 누님이 병원에 있어요."

"예, 누이가 왜요? 어디가 불편한데요?"

놀라는 시늉이기는 했지만 아주 경악하거나 가슴이 내려앉는 반응은 아니었다.

"그건 와서 들어요!"

종배의 음성이 높아지고 말았다.

"그런데 제가 지금 좀…… 이따가 퇴근하고…….'

이런 망할! 종배는 피가 거꾸로 솟아오르는 듯했다.

"이봐요, 강우 씨! 누님 목숨이 경각이에요!"

"예? 무슨 사고라도?"

"사고는 무슨! 간! 간이 굳어서 복수가 차오를 지경이오!"

"예에! 아……."

비로소 전화기 너머에서 허물어지는 듯한 신음이 들려왔다. 종배는 흥분을 가라앉혔다.

"병원에 도착하면 1층에서 나한테 전화부터 해줘요."

여전히 대꾸가 없었지만 종배는 전화를 끊었다.

동생이고 남매간이기는 했다. 득달같이 달려온 강우의 낯빛은 이미 하얗게 바래 있었고 자세한 상태를 듣고 난 뒤에는 다리를 후들거리다 못해 풀썩 의자에 주저앉고 말았다. 한참 동안 다리 사이에 얼굴을 파묻고 있던 강우가 고개를 드는데 눈물이 홍건했다.

"정말 누이가 두 달도 못 넘기는 겁니까?"

강우는 종배가 의사라도 되는 양 안타까운 눈빛으로 물었다.

"절대, 결코 그렇게 할 순 없지요."

"그럼 어떻게 해야 합니까?"

"간이식 수술을 생각할 수 있어요. 나는 혈액형도 다른 데다 살아오는 동안 제대로 간을 돌보지 않아 수술이 안 된다는 검사 결과가 나왔어요, 빌어먹을! …… 그렇지만 강우 씨는 가능성이 높을 것 같더군요. 담배는 피운 적이 없지요?"

"예? 아, 예, 담배는 한 번도…… 그렇지만……."

강우는 또 하얗게 질렸지만 이번에는 두려운 기색이었다. 이런! 종배는 불거지려는 기운을 억누르며 두 눈을 부릅떴다.

"누이예요. 어떻게 살아왔는지 모르지 않은 사람들이 저렇게 가도록 그냥 보고만 있어서는 안 되지요, 절대!"

"예, 무, 물론 그거야……."

윽박지르는 듯한 종배의 말투에 강우는 더듬거렸다.

"간 기증자에게 문제가 일어날 확률은 거의 없다고 들었어요. 또 간이란 놈은 아주 신비로워서 다른 사람에게 절반쯤 떼어주고도 남은 절반으로 다시 재생시킨다고 합디다. 그러니 주는 사람은 그렇게 겁먹을 거 없어요."

"아, 그렇군요."

다소 안도하는 듯한 강우의 반응에 종배는 또 심사가 뒤틀렸다.

"설령 잘못된다고 하더라도 이 지경에서 나 살자고 외면해서는 안 되는 거지요. 안 그렇소?"

힐끔 종배를 돌아본 강우는 그의 싸늘한 눈빛에 기가 질려 얼른 고개를 끄덕였다.

"무, 물론이죠."

"그럼 검사부터 받읍시다."

"예? 아, 예……."

"따라오시오."

퉁명스레 내뱉고 당장 앞장서는 종배의 뒤를 강우는 마지못한 듯 뒤따랐다.

뭐가 그리 바쁜 것인지, 수시로 병실을 들락거리더니 이번에는 벌써 두어 시간은 지난 듯싶은데도 종배는 돌아오지 않고 있었다. 내가 이 사람을 기다리는 것인가, 연신 문을 힐끔거리는 자신의 모습에 영순은 씁쓸한 미소를 흘렸다. 염치없는 짓인 줄 뻔히 알면서도 자꾸 기울어지는 마음은 어쩔 수 없었다. 더구나 의지할 누구도 없는 막다른 길에서, 어쩌겠는가.

그러나 영순은 자신의 병이 깊으리라는 생각은 들지 않았다. 배에 물이 차기까지 했다니 좀 기가 막히기는 했지만 모두 무리한 탓으로 잠시 쉬고 나면 아무렇지 않게 털어버릴 수 있을 것 같았다. 어디가 부러지고 깨지는 어쩔 수 없는 경우도 아니면서, 몸속이 아프고 피곤하다고 병원에 드러눕는 일은 생각도 해본 적이 없으니 이게 웬 호사인가 싶어 불편하기까지 했다. 그렇지만 몸은 여전히 힘들어 도무지 일어날 기운이 돌아오지 않고 있었다.

병실 문이 열리기에 돌아보니 종배가 들어서 슬쩍 웃어주기라도 하려는데, 강우의 모습이, 강우가 들어오지 않는가! 영순은 죄를 짓다가 들킨 사람처럼 벌떡 몸을 일으키려 했지만 말을 듣지 않았다.

"아, 아비가 왜……."

"누님……."

달려온 강우는 침대 아래에 무릎을 꿇고 더 말을 잇지 못했다.

"아니야, 아무렇지도 않은데, 저 사람, 아니, 저분은……."

어찌 말해야 할지, 영순은 낯이 달아올라 그만 고개를 숙이고 말았다.

"알아요. 인사드렸어요. 감사드리고 있어요."

강우의 말에 아예 고개를 돌리는 영순의 모습에 종배가 나섰다.

"그쪽이 아니고 내가 질기게 맴돌았다고 사실대로 말했소."

"무슨 상관이에요. 저는 그저 고마울 뿐입니다."

한참을 더 고개를 돌린 채 있던 영순이 일어나려고 애를 썼다.

"그냥 계세요, 누님."

"아니야. 이제 집에 가야지. 나 괜찮아."

누이의 억지에 강우가 돌아보자 종배는 고개를 가로저었다. 아직 지금 상태가 어떤지 말해주지 않았던 것이다. 잠깐 망설이던 강우도 고개를 끄덕였다.

"의사한테 들었어요. 별일은 없겠지만 그래도 당장은 안 돼요. 며칠이라도 이대로 계세요."

"아니야, 동호 일 나가면 아이들뿐이기도 하고……."

"조카며느리는요?"

"응? 아, 어딜 좀……."

사정 모르는 강우는 의아했지만 그런 것까지 자세히 알고 싶지는 않았다.

"아무튼 여기 있어야 돼요. 조카한테는 연락했어요?"

"아니다, 뭐하게."

"이놈의 자식은 제 엄마가!"

그러나 강우도 더는 말을 잇지 못했다. 자신이 무슨 자격으로 누구를 탓할 수 있다고.

"다 내가 죄다."

"아니에요. 괜히 흥분해서. 조카는 제가 연락해볼게요."

"아니다. 괜히 나 여기 있는 거 알면……."

"알았어요. 병원 아니고 저희 집에 잠깐 와 계시다고 할게요. 저도 그간 무심했는데 한번 만나서 안부라도 들어봐야죠."

"그래 주면 고맙기는 하지만…… 어쨌거나 그만 집으로 가야겠어. 병원비도 적잖을 텐데 무슨……."

"누님, 제발 그런 건 걱정 마시고 가만히 좀 계세요. 누님 자꾸 이러면 제가 힘들어요."

영순은 난감했지만 더 고집을 부릴 수가 없었다. 무엇이 되었건 가뜩이나 힘든 사람을 더 힘들게 만들 수는 없는 노릇이니.

"그럼 검사가 남았다니 그것만 끝내자꾸나. 올케는 잘 있고?"

"예, 다들 잘 있어요. 이사도 했고요."

"그래? 어, 어디로?"

"가까운 데로요. 그리고 저 다시 직장 생활해요."

"뭐? 어디? 어이구 잘됐다!"

단박에 반색하는 영순의 얼굴에 웃음이 피어올랐다.

"큰 사업하는 회사에 전무로 들어갔어요."

"그래? 어이구, 그럼 그렇지! 자네가 어떤 사람인데……."

기쁨에 안도하게 되자 영순은 눈물 바람을 했다. 모처럼 만에 흘려보는 편안한 눈물이었다.

"그러니 이제 저는 걱정하지 말고 병원에 편하게 있어요."

"그래, 고맙다, 고마워. 나도 금방 일어날 테니 너도 걱정하지 마."

영순은 당장에 떨치고 일어나 날아갈 것 같은 기분이었다. 아무렴, 저 잘난 사람이 그대로 주저앉을 리 없지. 이젠 됐다, 됐어. 설령 당장 죽게 된다 할지라도 웃으며 갈 수 있을 것 같았다. 그런데 또 뭐 하나가 걸렸다. 동호, 자식이 남아 있었다. 오냐, 병원에서 나가면 낮에는 때를 밀고 밤에는 그릇을 닦아서라도 내 금세 트럭 한 대는 만들어주마. 장사 밑천이야 네가 고쳐먹은 그 마음만 잘 지켜나가면 길이 열리겠지……. 어느새 또 눈을 감은 영순의 얼굴에 모처럼 편안한 기운이 감돌았다.

27

"최근에 무리하거나 술을 자주 드셨습니까?"
"예, 그런 편입니다."
의사는 고개를 저었다.
"이강우 씨도 지방간이 심합니다. 꾸준히 치료받으면서 술을 자제하고 과로를 피하면 본인 건강에는 큰 문제가 없겠지만 이식은 불가능합니다."
"그래도 한번……?"
종배가 더 먼저 나섰지만 의사는 여전히 고개를 저었다.
"아무 이상 없는 간을 이식해도 거부반응을 보일 수 있는데, 절대 불가능합니다."
낙담한 종배의 입에서는 긴 한숨이 터져 나왔지만 강우는 그저 안타까운 듯 고개만 내저었다. 겁이 나기도 했지만 당장 수술비를 마련하는 것부터 문제였다. 아무리 도움을 자청하는 사람이 있다고 해도 가족 입장에서, 평생 빚을 진 입장에서 얼마나마 마련해야 할 텐데 무슨 수로. 그리고 누이 곁을 지키는 사람도 그저 밥이나 먹고 사는 정도지 큰 여유는 없어 보였다. 몰랐으면 모를까 알게 된 이상 이제부터는 자신이 모든 부담의 법적 책임자가 되는 것이었다.

"조카 분은 어떨까요?"

"글쎄요."

애가 타는 자신과 달리 담담한 강우의 태도가 의아했다. 하지만 설마 그럴 리가 하고 여기며 종배는 또 강우를 돌아봤다.

"집안에 다른 형제들 중에 가능할 만한 사람은 없을까요?"

"한참 동안 소식이 오가지 않아서……"

"그렇다고 이대로 지켜보고 있을 거예요? 한번 연락이라도 해봐야지요."

"그게……"

"미성년자는 법적으로 안 된다지만 스무 살만 넘으면 본인이 동의하면…… 못할 소리지만 그런 분이 있으면 내가 얼마간 사례라도……"

"수술비는 얼마나 든답니까?"

"그게…… 예에?"

무심히 대답하려던 종배가 뒤늦게 두 눈이 휘둥그레져 강우를 쳐다봤다.
"죄송한 말씀입니다만 모든 걸 책임져야 하는 제 입장에서는 그것도……."
"무슨 소리요, 수술비라니! 저 지경인 사람을 곁에 두고 어떻게 그런! 지금 돈 때문에 사람 생명을 포기라도 하자는 거요!"
"아니, 그런 뜻이 아니라……."
"관둬요! 치료비는 얼마가 들어도! 내가 몸을, 두 눈알을, 심장을 꺼내 팔더라도 다 감당해요! 누구한테도 손 안 벌려요!"
목청을 높이는 종배의 전신이 부르르 떨렸다.
"죄송합니다. 정말 그런 뜻은…… 일단 돌아가서 연락부터 좀……."
낯이 뜨거워 서둘러 말을 끊고 돌아섰지만 종배는 뒤통수까지 화끈거려 도망치듯 걸음을 빨리했다.
완전히 넋 빠진 세상이 아니고서야! 은혜니 신세니 하는 틀에 넣는 소리는 집어치우자. 인간사에 그런 틀이 다 무슨 소용인가. 그저 마음 가면 마음 가는 대로 사랑하는 거고, 또 뒤늦게라도 추억처럼 떠올라 돌아보게 되면 돌아보는 거지. 은혜를 베풀고 신세를 갚는다는 그것부터가 인간과 사랑을 거래로 만드는 되잖은 소리였지. 더구나 가족 아닌가. 가족이 타인과 구분되는 특별한 건 마음도 가기 전에 먼저 사랑으로 시작된다는 그것 아닌가. 그런데 어찌 목숨을, 고통을 눈앞에 두고 다른 무엇으로 재단하려 들 수 있는 것인지…….

 종배는 다시 동호를 떠올렸다. 아무리 술에 절어 살았다지만 그래도 아직 젊은데. 그렇지만 그마저 다른 생각을 한다면. 아! 그건 영순의 인생이 너무 허망할 것 같아서 아직 엄두가 나지 않았다.

 뭔가 이상했다. 또 하루를 더 넘겼는데도 말과는 달리 이어지는 검사는 없었다. 세 끼 병원 밥 먹고, 링거를 갈고 약을 넣고, 그러면 또 잠이 드는 대수로울 것 없는 일들의 반복뿐이었다. 영순은 뒤늦게 자신에게 큰 문제가 일어났을지도 모른다는 의심이 들기 시작했다. 강우는 그렇게 다녀가고 난 뒤 하루가 지났는데도 얼굴을 비치지 않았다. 낮 시간에는 회사 일을 봐야 할 테니 어쩔 수 없겠지만 밤에도 다시 찾아오지 않는 건 확실히 뜻밖이다. 그럴 리 없는 사람인데……. 종배 그 사람은 여전히 병실을 지키고 있지만 역시 검사를 기다리는 눈치는 아니었다. 오히려 조급증 든 사람처럼 드나드는 횟수가 잦아지고, 돌아올 때마다 물씬 풍기는 담배 냄새. 태연한 웃음은 여전했지만 피우지 않는 담배까지 시작한 데는 다른 까닭이 있지 싶었다.

　영순은 종배가 자리를 비울 때마다 의사나 간호사가 들어오기를 기다리며 밀려드는 졸음을 견뎌내고 있었다.

　"저기, 간호사 선생님."

　때마침 옆자리 환자의 링거를 체크하러 온 간호사를 불렀다.

　"예, 어디 불편하세요?"

　"아니, 그건 아니고. 의사 선생님 좀 뵐 수 있을까요?"

　"왜요? 무슨 일로 그러시죠?"

　"내가 어떻게 아픈 건지 자세히 좀 알고 싶어서요."

　"가족 분들이 말씀 안 하셨어요?"

　"아니, 얘기를 해주기는 했는데 내가 그게 무슨 소린지 잘 알아들을 수가 있어야지요."

　"아, 예. 간경화증예요."

　아무리 무식해도 그 병은 알고 있었다. 개만도 못한 그 종자도 죽기 전에 간경화증 선고를 받았었으니까. 가슴 한구석에서 휑하게 바람이 일었지만 영순은 태연한 척했다.

　"그건 나도 알아요. 어느 정도예요?"

　"예? 아, 그건……."

　간호사도 그제야 난처한 기색으로 말끝을 흐렸다.

　"내가 많이 좋지 않다는 건 나도 들었어요. 그런데 이렇게 누워서 주사만 맞는다고 나을 건 아닐 텐데, 무슨 검사를 기다리는 거죠?"

간호사는 잠깐 망설였지만 다시 입술을 뗐다. 요즘 들어서는 환자에게 병을 숨기는 경우란 거의 없었다. 대부분 암의 경우에도 환자에게 증상과 앞으로 예측되는 진행 과정을 자세히 설명해줘서 마음의 안정과 치료에 대한 의지를 갖도록 하는 게 일반적이었다. 설령 치료가 어려울 경우라도 스스로 생을 정리하고 죽음을 맞이할 마음의 준비를 하도록 하는 것이 인간에 대한 존중이고 예의라는 생각들이었다.

"가족 분들이 간이식을 준비하고 있어요."

"예? 간이식이라면?"

"다른 사람의 간 일부를 떼어서 이식받는 수술이죠."

"에구머니! 어떻게 다른 사람의……."

영순의 기함에 간호사는 웃음을 지었다.

"걱정하지 마세요. 그런 경우 많아요. 요즘 의술이 좋아졌잖아요."

"아무리 그래도…… 또 누가 간을 내준다고……."

"그런 문제는 있죠. 더구나 아무나 주고받을 수 있는 것도 아니고요. 유전적 요소가 같을수록 안전하니까 가족들을 먼저 검사하는데……."

"혹시 제 남동생이 그 검사를 받았나요?"

"예, 그런 것 같은데 결과는……." 간호사는 고개를 갸웃거렸지만 영순은 눈을 감았다.

"정확하게는 모르겠는데, 아무튼 기다려보세요. 가족이라고 전부 가능한 건 아니어서 시간은 좀 걸리겠지만 좋은 소식이 있겠죠."

위로라고 하는 간호사의 말은 영순의 귀에 들어오지도 않았다.

결국 내가 강우의 간을 잘라내게 하는 것인가! 설령 강우가 아니더라도 동호나 다른 누군가를 또 그렇게 넘볼 게 아닌가. 죽어서 기어이 무슨 벌을 더 받으려고! 아니다. 벌은 어찌 되었건 살아가기도 힘든, 아직 한참을 더 살아야 할 그들에게 무슨 할 짓이 없어 그런 못할…… 어차피 죽는 것보다 사는 게 더 고달팠던 팔자. 아직 두어 가지 못다 한 일이 마음에 걸리기는 하지만 그것도 혼자만의 미련이었을 뿐, 진작 사라져주는 게 더 나은 일이었구나. 진작 떠났더라면 강우의 마음도 편했을 테고 동호도 낭비하는 시간을 줄였을 텐데. 다 자신의 어리석음이 빚은 죄였구나, 가슴을 칠 지경이었다. 삶의 미련도 아닌, 능력도 없이 오직 연민만으로 떠나지 않고 배회해 무거운 짐이 되었다니…….

한 사람 더 마음에 걸렸다. 그 사람. 처음부터 냉정하게 끊었어야 했는데 이걸 몸뚱이라고, 여자라고…… 어찌 다 감당할까, 이 죄를…….

"이제 안 졸리는 거요?"

또 담배에 전 냄새를 안고 들어온 종배가 고단함을 감춘 웃음을 지었다. 영순은 질끈 두 눈을 감았다가 뜨고는 힘껏 환하게 웃음을 지어 보였다.

"담배 피워요?"

"응? 아, 냄새가 나나, 허…….”

당황해 안절부절못하는 그에게 영순은 가만히 손을 내밀었다. 종배는 얼른 그 손을 부여잡았다.

"피우지 않던 담배를 새삼스레 왜 피워요."

"그러게, 허…….”

"이제 다시 담배 피우지 마세요. 맛 들이면 떼는 게 참 어려워요."

"그러지 뭐, 허…….”

"나 뭐가 먹고 싶어요."

"그래요? 어이구, 이게 어쩐 일이오. 그래 뭐가 제일 먹고 싶어요? 내 이 더위에 한겨울 매화꽃이라도 구해 오리다."

"원, 허풍은…….”

"허허허!"

"지난번에 같이 가서 먹었던 일식집 초밥이 생각나네요."

"그래요? 까짓것 당장, 당장 가서 사오리다."

"며칠 새 그쪽 얼굴도 많이 상했어요. 조용히 앉아서 맛있는 거 좀 먹고 조금만 싸와요."

"알았어요. 회는? 회는 생각 없소?"

"뭐, 그것도 조금."

"그래요. 한숨 자고 있어요. 내 금방 다녀오리다."

종배는 허둥지둥, 날듯이 병실을 나갔다. 영순은 그제야 참았던 눈물을 소리 없이 쏟았다.

28

 진작 이렇게 갈 것을. 이렇게 갔으면 모두가 편안했을 것을. 그런데 갈 곳이 없었다. 하늘 아래 어디에도 발길을 향할 곳이 없었다. 오직 한 곳, 산동네 단칸 셋방이 있기는 하지만 잠깐 들르기라도 하면 당장 손자 손녀에게 발목 잡혔다가 또 어찌 될지. 바보 같으면서도 고약한 사람. 도대체 옷 가방은 어디에 감췄기에 덧걸칠 옷가지 하나 없이 이렇게 걷게 만드누. 무슨 놈의 병이 길거리 사람들 모두가 짧은 홑겹 옷차림에도 덥다고 땀을 흘리는데, 지나가는 자동차 바람에도 오슬오슬 떨리니…….
 어떻게 가나. 길을 헤매다가 개만도 못한 그 종자처럼 애먼 자동차에 치여 죽을 수는 없잖은가. 마지막까지 무슨 못된 심보로 남에게 못 볼 꼴 못할 짓 저지르고, 혹여 쓰레기통에라도 처박히게 된다면 동호에게는 아비 어미가 다 다르지 않은 셈이 될 테니. 으슥한 나무 그늘 아래로 숨어들어 목을 매기에는 산도 멀고 기운도 없으니…… 갈 곳은 그나마 가까운 강가뿐이었다. 여의도는 주야장천 사람들로 북적인다니 쉽지 않을 테고. 한강 다리는 환자복 차림으로 터덜거리고 들어섰다가 누군가 경찰에 신고라도 하게 된다면 죽기도 전에 가뜩이나 미안한 그 사람, 종배 씨의 두 눈 뒤집어질 테고…… 그래, 그곳이라면 사람도 비교적 한산하고 들어서는 길목도 으슥하니…….

눈물? 이상하게도 비틀거리며 병실을 벗어나던 그 순간에 말라버렸다. 병원을 둘러싼 공원을 벗어나 까칠한 거리로 들어서면서는 후들거리던 걸음도 바로 걸어졌다. 정신 줄을 놓지 않으려고 두 눈을 부릅뜨고 이를 악물었다. 마주치는 이들에게 이상하게 보이지 않으려고 태연하게, 간혹은 웃음기마저 띠려 애쓰고 애썼다. 다행히 누구 한 사람 눈길조차 주는 이 없었다. 이처럼 아무것도 아닌 존재였구나 허망한 마음도 들었지만 금세 모두가 고마웠다. 버스나 택시를 탈 수 있었더라면 틀림없이 누군가 한 사람은 눈여겨보았을 수도 있었겠다 생각하니 지갑이 보이지 않은 것도 이럴 팔자 때문이었구나, 감사한 마음이었다.

***

벌컥 병실 문을 연 종배는 그 자리에 우뚝 멈춰 섰다. 링거 줄은 가지런히 정돈되어 있었지만 수액은 아직 절반도 비지 않은 채였다. 일식집에 도착하자 뒤늦게 갑작스레 무언가를 원했다는 게 마음에 걸렸다. 그래도 혹시 몰라 바쁘게 초밥을 싸도록 해 허둥지둥 돌아온 것인데 역시 뭔가 일이 벌어진 것이다. 손에 들었던 초밥 도시락을 바닥에 떨어트린 것도 의식하지 못한 채 종배는 간호사를 찾아 달려갔다.

"환자 분은 어디 가셨어요?"

보호자로 낯이 익은 종배가 나타나자 간호사는 기다렸다는 듯 두 눈을 동그랗게 떴다.

"그게 무슨? 언제부터 안 보이는 거예요?"

"3, 40분쯤 됐어요. 링거 바늘은 빠진 채 수액이 흐르고 있어서……."

그 시간이면 종배가 일식집으로 출발하고 난 바로 뒤인 셈이었다. 일부러 내보낸 것이었다. 종배의 낯빛이 하얗게 바랬다.

"그 전에는 아무 일도 없었어요?"

"예, 무슨?"

"환자하고 무슨 특별한 이야기를 나누지는 않았냐고요?"

"특별한 건 아니고 무슨 병이냐고 묻기에……."

"예? 그래서, 다 말해준 거예요?"

"아니, 전 용기를 가지라고 간이식……."

"젠장!"

 더 들어볼 것도 없이 종배는 병원 밖을 향해 달음박질쳤다. 진작 말해줬어야 했나? 아무리 그럴듯하게 말했어도 결과는 다르지 않았을 것 같았다. 그래서 말해주지 않은 것인데, 빌어먹을!

 운전석에 올라 시동은 걸었지만 어디로 가야 할지 막막했다. 집으로? 아닐 것이다. 그럴 거라면 굳이 자신을 속여 가면서까지 병실을 나가지는 않았을 것이었다. 옷가지와 핸드폰 따위가 든 가방은 차 안에 있었으니 돈 한 푼 없이 환자복 차림 그대로 나간 것이다. 그렇다면……! 종배는 머릿속이 하얗게 비는 느낌이었다. 자동차에서 내린 종배는 먼저 공원 주변 여기저기에서 해바라기하는 환자복 차림을 샅샅이 뒤졌지만 역시 영순은 없었다.

 잠시 숨을 돌리며 머릿속을 정리했다. 어디로 갔을까……? 혹시 그런 마음이라면 산보다는 강이 가까우니 여의도 쪽이 아닐까? 그 몸으로, 아니 그 몸이 아니더라도 걸어서 갈 수 있을 만한 장소는, 그래 여의도뿐이었다! 종배는 강우와 동호에게 전화를 할까 잠깐 망설였지만 마음을 접었다. 벌써 한 시간이 넘어가고 있었으니 독한 마음을 먹었다면 끝나고도 남을 시간이었다. 이제 사람 몇이 더 나서 우왕좌왕한다고 막을 수 있는 일이 아니었다. 더구나 목숨보다 더 소중하게 여기는 동생과 자식의 모습이 멀리서라도 보인다면 그때는 정말 다급하게 일을 저지를 가능성도 있었다. 차라리 자신이라면 혹여 운명이 남아 마주치게 되더라도 그리 다급하지는 않을 테고.

종배는 여의도를 향해 뜀박질을 하면서도 환자복 차림을 찾아 연신 사방을 두리번거렸다.

강이 보이자 더 걸을 힘이 없었다. 영순은 내려가던 걸음을 멈춰 도로 절개지 중턱 바위에 주저앉았다. 머리 위 눈앞으로는 자동차전용도로가 지나가고 있었고 강변을 지나다니는 사람도 그리 많지는 않았다. 이제 서둘 건 없었다. 해가 지면 금세 인적은 드물어질 것이고 강물도 지척이었다. 현기증으로 머리는 어질댔지만 이제 졸음은 밀려들지 않았다. 여린 바람에도 소름이 돋는 한기가 힘들기는 했지만 얼마든지 참아 낼 수 있었다.

아마 지금쯤이면 그 사람은 하얗게 질린 얼굴로 허둥거리고 있을 것이다. 어쩌면 강우와 동호에게도 연락을 취해 모두가 찾아 나섰을 수도 있겠지만 이 넓은 서울 하늘 아래에서 어떻게 찾아낼 텐가. 막상 이렇게 끝을 낸다고 생각하니 그 사람에게 우선 미안했다. 고마움과 작은 연모의 마음이라도 한 줄 남겨 위로를 했어야 하는 게 아닌가 생각도 들었다. 그러나 영순은 고개를 저었다. 아무것도 들어주지 못하고 가는 처지에 그것은 오히려 그 사람의 마음에 또 짐을 남기는 일이 될 뿐이었다. 차라리 아예 정이 없었던 사람이구나, 무심한 사람이었구나 여겨지면 그 사람도 마음 편히 쉬 잊을 수 있을 것이었다. 생각해 보면 아예 기구하기만 한 팔자는 아니었다는 생각도 들었다. 그래도 어수룩한 것인지 바보인지, 먼발치에서 지켜주는 한 사람이 있어 뒤늦게 여자도 되어보고, 피를 흘리지도 않으면서 병실에 누워도 보았으니 남이 누리지 못한 복을 혼자만 누린 것 같았다.

한 번이라도 '그쪽하고 아침을 맞아보고 싶다'던 그 사람의 말이 떠오르자 영순은 저절로 수줍고 흐뭇한 미소가 지어졌다. 물론 그런 경우를 말하는 것은 아니었지만 병실에서 눈을 뜰 때도 그 사람은 항상 곁에서 그윽한 눈길을 보내고 있었다. 얼마나 따뜻하고 편안하던지, 얼른 눈길을 돌려 피하지 않았으면 매번 눈물을 흘리거나 어린아이 같은 웃음을 지었을지도 몰랐다. 무슨 주책이람! …… 그래도 그런 삶이 참 아름다울 것 같다는 생각은 들었다. 얼마나 좋을까! 깊고 편안한 잠에서 깨어나 눈을 뜰 때, 누군가가 곁에서 아직 곤히 잠들어 있거나 정겨운 눈빛으로 바라봐준다면……. 함께 일어나 아침밥을 짓고 상을 차려 마주 앉아 수저를 든다면……. 갑자기 영순은 소스라치며 고개를 마구 내저었다. 얼마나 끔찍했던가! 눈만 뜨면 주먹질 발길질이 먼저 떠올라 치를 떨던, 죽지 못해 밥을 차려주고 멀찌감치 떨어져서 어서 눈앞에서 사라져주기만을 바라던…….

　국회의사당 뒤쪽 강변까지 샅샅이 뒤지고도 찾지 못한 종배는 벌써 사달이 난 것은 아닌가 가슴이 철렁했다. 그러나 아무리 생각해도 그처럼 아무렇게나 처신할 사람이 아니었다. 마지막이라고 소란쯤은 무시할 사람이었으면 여태 그리 살지도 않았을 터였다. 분명 아직은 아니었다. 어디선가 조용히 해가 지기를, 사람들의 눈에 띄지 않기를, 어쩌면 밤사이 먼바다로 흘러 내려가 아예 찾을 수 없게 되기를 바랄지도 모르는 사람인데…… 문득 그 옷차림으로 눈에 띄지 않으려면, 생각하자 떠오르는 장소가 있었다. 자동차전용도로 아래 절개지!

29

 아직도 해의 꼬리는 남아 있었지만 사람들은 거의 보이지 않았다. 그래도 일을 저지르기에는 아직 일렀지만 더 버틸 기력이 없었다. 그래, 어차피 아무것도 알 수 없을 텐데 잠시 사람들에게 소란을 끼친들. 그것도 죄가 되어 벌이 더해진다면 어쩔 수 없는 노릇일 테고……. 영순은 힘겹게 몸을 일으켜 후들거리는 걸음을 겨우겨우 추스르며 절개면을 내려가기 시작했다. 삶이란 본래 이처럼 가벼운 것이었던가. 내려가는 길이 험해 거추장스러울 뿐이지 눈물도 미련도 없었다. 오히려 마음은 점점 홀가분해지더니 편안해지기까지 했다.
 물비린내가 물씬 느껴지며 눈앞도 흐릿했다. 이제 마지막이구나 생각되자 한 번쯤 세상을 둘러보고 싶었다. 정신을 가다듬어 사위를 둘러보는데 비로소 눈물방울이 굴러떨어지며 눈앞은 더욱 뿌예졌다. 누가 멀리서 뛰어오는 것 같기도 했지만 자전거를 탄 사람이겠거니 여겼다. 영순은 강물을 향해 등을 돌리고 태연한 척 자전거가 지나가기를 기다렸다.

"여, 영순, 이봐요, 영순 씨……!"

밭은 숨소리에 섞여 더듬거리는 목소리는 그 사람이 아닌가! 아뿔싸! 영순은 어찌할 바를 몰라 무작정 강물을 향해 걸음을 내디디려 했다. 그러나 벌써 두 다리에서 완전히 빠져나간 기력은 영순을 그대로 땅바닥에 주저앉히고 말았다.

"이게, 무슨 짓이에요, 이게!"

어느 틈에 다가와 영순을 부둥켜안으면서 종배는 발악하듯 고함쳤다.

"제발, 날, 제발 이대로 놔줘요."

"무슨 사람이 이렇게 잔인해요! 기어이 이런 꼴을 보이면 남은 사람들은 어떡하라고요!"

"내가 강우 간을 잘라 내놓으랄 수는 없잖아요. 자식에게도 내가 무슨 염치로, 흐흑……."

"줄 수만 있으면 간 아니라 목숨이라도 내놓아야죠! 당신이, 당신이 그 사람들한테 어떤 존재인데! 그 빌어먹을 놈들은 그처럼 받기만 하고 당신한테는 아무것도 내놓지 못한대요! 그까짓 간 하나 반듯하지 못해서! 그런데 당신이 왜 이래요! 죽어야 할 건 당신이 아니라 그놈들인데!"

"그런 소리, 그런 말씀 마세요. 내가 죄인인데, 죄인이 무슨 자격으로……."

"당신이 무슨 죄인이에요? 왜 죄인이에요! 당신이 죄인이면 당신과 함께 살았던 우리 모두가 죄인이에요! 땀 흘려 일하고, 부모 생각하고 형제 위해 모든 걸 내다 바친 사람들이 왜 죄인이에요! 우리는, 아니, 당신은 정말 더구나 아무런 죄도 없어요. 당신이 죄인이면 우리가, 내가, 당신 동생이, 자식이 모두 더한 죄인이에요. 당신의 인생을, 꽃 같은 청춘을 바쳐 희생한 게 죄라면 그 인생과 청춘을 빨아먹은 사람들은 뭐예요? 당신이 그처럼 아끼는 사람들을 죄인으로 만들지 않으려면 그런 소리는 생각조차 마요!"

"아니에요, 내가 준 건 오직 마음의 상처뿐이에요."

"상처라고요? 그래요, 상처라고 해요. 그렇지만 그 상처는 다른 사람에게 입힌 게 아니라 당신이 품고 있는 거예요, 여태도. 그러니 엉뚱하게 당신이 미안해하는 이들이 당신의 그 거룩한 상처에 고개 숙이고 무릎 꿇어야 되는 거예요. 이제부터는 당당해요. 잘못은커녕 모든 걸 바쳐 사랑하느라 상처뿐인 당신이 왜 고개를 숙여요. 가요, 당당하게 가요."

"어디로요? 전 갈 데가 없어요. 이젠 정말 어디에도 갈 곳이 없어요."

"왜 없어요. 당신이 사는 집, 당신의 동생 집, 당신이 원하는 어디든 갈 자격이 있어요. 누구도 당신을 거부할 순 없어요. 가요."

"제발 이러지 마세요. 가뜩이나 살아가기 힘든데 나까지 더 힘들게 할 순 없잖아요. 나도 힘들고요. 그러니 제발 이대로 가게 모르는 척해줘요. 어차피 살지도 못한다는데, 흐흑……."

"누가! 누가 그래요! 누가 감히 당신을 데려간대요! 못 해요! 내가 안 보내요. 절대! 누구든 당신을 데려가려 한다면 내가 용서 안 해요!"

"그래도 죽는다잖아요. 간이식을 받아야 될 정도라면 이미 다 끝난 목숨인데 그게 연연한다고, 꺼억, 꺽……."

남자의 처절한 발악이, 애원이, 여자의 가슴에 숨길이라도 터놓은 것인지 영순은 마침내 꺽꺽 막히지 않는 통곡을 터트렸다. 종배는 영순을 으스러져라 껴안으며 함께 눈물을 쏟았다.

"울어요! 잘하고 있어요. 마음껏 울어요! 그리고 살아요! 죽어도 살아요! 이건 너무 억울하잖아요. 당신이, 우리가 무얼 그리 잘못했다고. 아무것도 가진 것 없이 태어나, 다른 그 어느 것도 할 수 없어, 오직 살아보겠다고 발버둥 친 것뿐이잖아요. 그게 왜 죄가 돼요. 우린 훔치지도 않았고, 빼앗지도 않았고, 해를 입히지도 않았잖아요. 우린 준 것밖에 없어요. 우리처럼 억울하지 말라고 주었고, 울지 말고 웃으며 살라고 주었잖아요.

대신 꿈을 꾸라고 주었고, 나는 못 해도 너는 모든 걸 가지라고 주었잖아요. 그런데 왜 주기만 한 우리가 눈치를 봐요. 도로 내놓으라 한 적도 없는데요. 그저 우리보다 나은 게 너무도 보기 좋아 멀리서 바라보며 슬며시 웃은 것뿐인데. 설령 우리에게 흉터가 있다 한들 저들이 어떻게 감히 그 흉터를 비웃어요. 그럴 수 없는 거죠. 아니, 그러지도 않아요. 그러니 이제 살아요. 그만큼 했으면 됐어요. 더 돌아볼 것 없이 한 번이라도 당신의 인생을 살아봐요. 환하게 웃어요. 그럼 살아져요. 당신이 살자고 웃으면 감히 누구도 당신을 데려가진 못해요. 그러니 살아요. 아니, 살 생각을 해요. 살아보겠다고 이를 악물어요. 이제 당신을 위해 이를 악물라고요!"

영순은 여전히 꺼억꺼억 울음을 그치지 못했다. 종배는 더욱 마음껏 울어라, 들썩이는 어깨를 껴안아 다독거렸다.

"울어요, 실컷 울어요. 진작 이렇게 울었더라면 아프지도 않았을 거예요. 그 울음과 억울함을 이 작은 가슴에 다 묻고 살았으니 어떻게 생병인들 안 나겠어요. 그래요, 실컷 울어서 막혔던 거 다 토해요. 그럼 살 수 있을 거예요."

"흐흑, 미안하고 고마운데, 제발 그냥 날 놔줘요. 더구나 이 몸으로. 난 이제 누구에게도, 그 무엇도 해줄 게 없어요. 갈래요, 그만 갈래요. 나만 떠나면 모두가 편한데 나 하나 살자고 모두를 힘들게 괴롭힐 수는 없어요. 제발요."

"죽을 생각보다 살 생각을 해요. 그게 더 어렵기는 하겠지만 그래도 그렇게 해요."

"지금 막아도 앞으로 또 막지는 못해요. 또 막아도 영원히는 못 막아요. 나도, 당신도, 모두가 힘만 더 들 뿐이에요. 지금 딱 한 번만 눈감으면 될 일을 왜 그래요, 흐흑……."

자꾸 죽음이 두려움으로 다가오는 것이었다. 눈물의 물꼬가 터지자 거짓말처럼 점점 삶이 다가오는 것이었다. 이렇게 삶의 그리움이 커지면 어쩌나 덜컥 두려웠다. 다시 마음먹지 못해 또 비루하게 살면 어쩌나 기가 막혔다. 그보다도 이제는 모두에게 짐이 되는 구차함만 남았는데 그건 더구나 싫었다. 결코 할 수 없는 일이었다. 영순은 마지막 남은 힘을 다해 종배의 품을 밀어냈다.

"……?"

놀라운 발악에 두 눈이 휘둥그레진 종배는 결연한 영순의 눈빛에 낙담했다. 하지만 먼저 일어난 건 종배였다.

"그래요, 갑시다. 아니, 내가 먼저 가리다."

저벅저벅, 강물을 향해 내려가는 종배의 모습에 영순은 기함했다.

"왜, 왜 그래요! 이봐요!"

영순의 비명에도 종배는 뒤도 돌아보지 않은 채 걸음을 내디뎠다. 마침내 종배의 두 다리가 조금의 머뭇거림도 없이 휘적 휘적 강물 속으로 들어가고 있었다.

"아악! 종배 씨! 잘못했어요! 내가 잘못했어요! 제발, 제발……!"

종배는 걸음을 멈추고도 한참을 더 강 저쪽을 우두커니 바라보다 천천히 돌아섰다.

"왜 이래요? 내게 왜 이래요, 흐흑……?"

"몰라서 물어요, 내게 당신이 얼마나 소중한 사람인지?"

"내가 뭐라고, 소중할 게 뭐 있다고……."

"세상 모든 사람이 당신을 소중하지 않다 해도 내게는 소중해요. 몰라요, 내가 당신을 얼마나 기다려왔는지? 내가 당신을 지웠던 순간이 있는 줄 알아요? 아니에요. 당신이 살림이란 걸 시작했을 때도 나는 당신을 지워서 결혼했던 게 아니라 당신에게 짐이 될까 그리했어요. 물론 내 상대에게 죄가 될까 당신을 가슴에 묻었어요. 하지만 바라지는 않았지만 다시 당신을 바라볼 수 있게 되었을 때, 당신은 내 무덤 속에서 금세 살아났고 난 여전히 바라만 봐도 좋다고 생각했어요. 그런데 당신을 만질 수 있었어요. 당신을 느낄 수 있었어요. 또 이제는 언젠가는, 죽기 전 단 하루라도 당신을 내 곁에 둘 수 있겠구나 생각하며 얼마나 고마웠는지 몰라요. 당신을 괴롭혔던 시간도, 내가 목말랐던 시간도, 난 모든 것에 오직 감사만 했어요. 그게 내 마음이에요. 그런데 당신이 이처럼 가겠다면 이젠 나도 더는 살아갈 수 없어요. 그래서 당신을 보내느니, 먼저 가는 당신을 우두커니 지켜보느니, 내가 먼저 가겠다는 거예요. 그러니 언제라도 가고 싶을 때 가요. 나도 더는 미련 없어요. 지금 내게 있는 건 희망뿐이에요. 나는 어떤 병도, 그 무엇도 두렵지 않아요. 당신을 단 하루라도 온전히 내 곁에 둘 수 있다면, 그게 내 희망이에요. 희망이 없어지면 나도 그만 가야지요. 그 길뿐이지요."

어쩔 수 없는 사람이었다. 청춘도 채 되기 전에 시작해서 백발이 가까운 여태껏 변하지 못한 이니 어쩔 수 없는 노릇이기도 할 것이었다. 영순은 눈물 그친 맑은 두 눈으로 그를 하염없이 바라봤다.

30

 벌써 사흘 밤이 지나고 나흘째였다. 동호는 슬슬 짜증이 일기 시작했다. 시작한 지 얼마나 되었다고 택시 운전을 멈출 수는 없었으니 당장 아이들이 문제였다. 그나마 야간 근무조여서 밥은 굶기지 않았지만 여자 손이 닿지 않은 꼬락서니라니. 게다가 이틀이나 사납금도 채우지 못해 가뜩이나 열이 치밀어 오르는데 아이들은 잠시도 그냥 있지 않아 가뜩이나 좁아터진 방구석을 난장판으로 만들었다. 라면을 끓이고 있던 동호는 기어이 성질을 터뜨렸다.
 "야 이 자식들아! 좀 가만히 못 놀고 이게 뭐야! 당장 안 치워!"
 벽력같은 고함에 파랗게 겁에 질린 아이들이 방구석에 웅크

렸지만 한 번 터진 성질은 쉬 가라앉지 않았다.
"당장 안 치우고 뭐 해!"
라면이 끓기 시작하는 가스 불을 끄며 젓가락을 내동댕이치는 아비의 모습에 아이들은 그만 울음을 터트렸다.
"조용히 안 해! 이것들을 그냥!"
그러나 동호는 한 손을 치켜들었을 뿐 내려치지는 않았다. 죽는 그날까지 엄마에 뒤이어 자신에게도 가해지던 그 무지막지한 폭행은 영원히 지워지지 않을 악몽임을 너무도 선명히 알았으니.
"아휴, 빨리 치워! 상이라도 펴야 할 거 아니야!"
동호는 다시 가스 불을 켰고, 아이들은 훌쩍거리면서도 늘어놓은 잡동사니들을 여기저기 밀어놓기 시작했다.
"씨팔, 전화번호를 알아야 어떻게 해보지! 빌어먹을 새끼, 주제에 무슨 외삼촌은······."
라면이 다 익어 뚜껑을 내려놓고 가스 불을 끄는데 문 두드리는 소리가 들렸다.
"계세요?"
이 집구석에 무슨 손님이······?
"누굴 찾으슈?"
동호는 밥상을 펼치며 눈길도 돌리지 않은 채 퉁명스레 대꾸했다.

"여기가 하늘이네 집 아닌가요?"

동호의 눈초리가 날카롭게 찢어지는데 두 귀를 쫑긋하던 하늘의 두 눈은 금세 환하게 밝아졌다.

"할아버지? 할아버지죠?"

후다닥 달려간 하늘이 벌컥 문을 열어젖히니 중년의 사내가 환하게 웃고 있었다.

"할아버지!"

하늘은 단숨에 뛰어들었고 사내는 얼른 두 손으로 받아 품에 안았다.

"잘 지냈냐?"

물으며 사내는 손에 들었던 봉투를 내려놓았고 하늘은 품에 안긴 채로 펄쩍거리며 좋아 어쩔 줄 몰라 했다. 그가 누구인지 금방 짐작이 갔다.

더운 날씨에 점퍼 차림인 게 좀 생뚱맞기는 했지만 차림새가 누추하지는 않았다. 햇볕에 까맣게 그은 얼굴로 보아 도시 사람은 아니고 시골사람인데 생활에 찌든 기색도 없었다. 종배를 아래위로 몇 번 훑어본 동호는 뒤늦게 펼쳤던 상을 발길로 밀며 하늘에게 눈을 부라렸다.

"인마, 버릇없이. 안 내려와."

"허허, 괜찮아요. 난……"

종배는 손사래를 쳐 가로막았다.

"아, 대충 알겠어요. 구차하게 이런저런 소리는 할 거 없고, 오늘은 집에 엄마 없어요."

"그래요, 알아요."

"……?"

동호의 두 눈이 단박에 휘둥그레졌다. 그럼 외삼촌이라는 인간 집이 아니라…… 그런데 무슨 일로……?

종배는 하늘을 내려놓으며 무슨 뜻인지 모를 고개를 끄덕였다.

"아이들이 있으니 잠깐 밖에 나가서 얘기 좀 할까요?"

"뭐 그러죠."

동호는 얼른 택시 회사 유니폼을 러닝셔츠 위에 걸치며 아이들을 돌아봤다.

"잠깐 나갔다가 올 테니까 말썽 피우지 말고 있어. 라면 뜨거우니 조심해서 먹고."

"그래, 하늘이와 한솔이는 여기 할아버지가 치킨 사왔으니 이것도 먹고."

와──! 아이들의 환호성 소리를 뒤로하고 낯선 두 사람은 익숙한 듯 골목길을 내려갔다.

이야기가 미처 다 끝나기도 전에 동호는 주먹으로 테이블을 내려쳤다.

"씨팔, 무슨 놈의 팔자가……."

말은 험했어도 두 눈가에 눈물 그렁한 그 마음은 여려 보였다.

"동생 분은 다녀갔어요."

"지금은 옆에 없고요?"

"예, 그저께 다녀가고 지금은……."

"젠장!"

말을 자르는 동호의 거친 반응에 종배는 고개를 저어 보였다.

"그런 건 아니에요. 간이식 검사를 했는데 불가능한 걸로 나와서……."

"예? 간이식을 받아야 될 정도예요?"

동호는 순식간에 하얗게 질린 얼굴로 자리를 박차고 일어났다.

"가요, 병원에."

"그래도 우선 잠깐 앉아요."

"뭔데요? 어서 말해보세요!"

어정쩡하게 선 채 목청은 높였지만 동호의 태도에 적대감은 없었다. 종배는 안도하며 손짓으로 앉으라는 시늉을 했다.

"괜찮아요."

"마음은 알지만 어머니께서 알리지 말라고 신신당부를 했어요. 그저께도 어쩔 수 없이 알려 동생 분이 왔더니……."

"그러고도 남을 사람이지요. 무슨 큰 죄를 지었다고, 씨……."

"그러니까 어머니를 뵙더라도……."

"알아요. 당장 엄마를 보자는 건 아니에요. 그래도 우선 검사는 해봐야죠."

"예?"

뜻밖의 말이 종배는 선뜻 믿기지 않았다.

"그럼 엄마가 간이식을 받아야 산다는데 자식이란 놈이 그냥 있어요? 아무래도 다른 사람보다는 그 피로 만들었는데 내가 낫겠지요."

종배는 가슴이 뭉클했다. 딱히 거부하리라 생각하지는 않았지만 이처럼 먼저 나서리라고는 기대하지 않았었다.

종배가 일어나자 동호는 등 뒤에서 머리를 긁적였다.

"병원비는 얼마나 든답니까?"

"걱정 마시오, 내가 마련할 테니까."

"……."

잠깐 아무런 반응이 없어 돌아보니 동호는 천장을 바라본 채 한숨을 억누르고 있었다. 종배는 순간 당황스러웠다.

"어머니와는 젊은 시절부터 같은 공장에서 알고 지냈어요. 그렇다고 무슨 특별한 관계였던 건 아니고요. 정말이에요, 결코."

"당장은 사는 게 구차하니 신세 지겠습니다. 고맙고, 언제고 갚겠습니다."

힘들여 씩씩하게 내뱉고 휑하니 돌아서 눈길을 피하며 앞장서는 등 뒤를 따르자니 종배는 알 수 없는 감정이 뒤엉켰다.

"혼자세요?"

불쑥 등 너머로 건너온 동호의 소리였다.

"5년쯤 전부터……."

"그럴 거예요. 엄마가 다른 사람 아프게 할 사람은 아니죠. 무슨 관계인지는 몰라도 더는 안 아팠으면 좋겠네요."

터벅터벅 앞장서 걸어가는 동호의 어깨가 종배의 눈에는 새삼스레 무거워 보였다.

31

 의사의 설명이 이어질수록 동호는 속이 탔다. 도대체 된다는 것인지 안 된다는 것인지. 그까짓 담배 좀 피우고 술 좀 마셨다고, 이 나이에 벌써 무슨 간 기능이 어쩌고······.
 "아, 괜찮을 겁니다. 내가 워낙 술 체질이라서 아무리 퍼마셔도 한숨 자고 일어나면 말짱했거든요."
 "본인이 견디는 것과 다른 사람에게 이식하는 건 다른 경우입니다."
 "아휴, 알았어요, 알았어. 내가 그걸로 살았으니 반 가지고 안 되면 아예 몽땅 떼어주면 될 거 아닙니까. 그럼 살 수 있는 거지요?"
 우악스럽고 귀찮다는 듯한 말투에 의사는 어이가 막혔지만 이내 헛웃음을 짓고 말았다. 오죽 답답했으면, 더구나 말이나마 저렇게 제 간 전부를 이식하라는 경우는 들어본 적이 없었다.

검사에 필요한 처치를 마치고 나온 동호는 무심코 담배를 꺼내 물었다가 담뱃갑까지 구겨 쓰레기통에 내던졌다.

"빌어먹을, 담배 공장을 몽땅 박살내 버리든가 해야지……."

치밀어 오르는 무엇인가를 억누르려는 듯 눈에 걸리는 모든 것에 식식거리는 동호의 심정을 모르지 않았다. 종배는 어쩌면 아직도 불안정한 영순의 마음을 가라앉히는 데 동호가 도움이 될 것도 같은 생각도 들었다.

"검사 결과는 내일이나 나올 텐데……."

"회사 가봐야죠. 한 푼이라도 벌어야……."

동호는 말을 끝맺지 않았다.

"그럼 엄마를 잠깐이라도 만나고 가든지……."

잠시 생각하던 동호가 돌아섰다.

"몇 홉니까? 모르게 문밖에서 얼굴이나 잠깐 보고 가지요."

"그럼 그렇게 해요."

앞장선 종배를 동호는 묵묵히 뒤따랐다. 의사의 말을 직접 듣고 보니 엄마의 목숨은 경각에 달린 거나 진배없었다. 그런데도 저이는 무슨 까닭으로 저처럼 애면글면하는 것인지. 피를 나누고 그 누이의 피땀으로 성장한 사람도, 그 몸으로 태어나고 젖을 빨아 성장한 자신보다도 오히려 더 애타는 눈빛, 간절한 마음이 아닌가. 마음의 진실이 느껴졌다. 사랑이라면 펄 펄 끓는 심장으로만 하는 것인 줄, 그 뜨거운 만큼 절절하고 진실한 것인 줄 알았는데 그도 아닌 모양이었다.

 사랑은 가진 것으로, 그만큼만 지켜가는 것인 줄 알았다. 삶이 누더기이면 사랑도 당연히 그만큼 누더기인 줄. 남편이라는 이가 살아 있는 내내 순댓국을 끓여야 했던 엄마. 자신의 기억 속에 단 한 번도 돈을 벌어오거나 무엇 하나 사다 준 적 없었던 아버지라는 이. 오히려 오직 왜 이것뿐이냐고, 어디에 감추고 누구에게 빼돌렸느냐는, 어린 자신이 들어도 어이없는 억지뿐이던 이. 그럼에도 눈을 뜨면 매 맞은 상처, 피딱지 그대로 묵묵히 밥을 지어 상을 차리고 가게로 나가던 엄마. 도무지 이해할 수도 없었지만 결코 사랑할 수 없다는 것도 알았다.

 그런데 저이는 이제 와서도 왜? 오직 상처만 남은, 더더구나 지치고 지치다 이제는 언제 어떻게 될지도 모르는 여인에게 무슨 연유로? 꺾여져 향기도 잃고 죽어가는 그 모습에 어쩔 수 없는 연민으로? 청춘의 한 시절과 긴 세월의 미련으로? 그도 아니라면 기어이 한 번은 하는 오기로? 아무리 그렇더라도 어느 마음이든 이미 엄마는 너무 남루하지 않은가…….

 "여기요."

 종배는 병실 문 앞에서 발을 멈췄다.

 "들어가보세요."

"아니 그냥 들여다봐요."

"괜찮아요. 기다리고 있을지도 모르잖아요."

눈을 마주치지는 않았지만 선선한 말투에 종배는 고개를 끄덕이고 문을 열었다. 기척이 들리자 영순은 힘겨운 가운데에도 고개를 돌렸다.

"아……."

동호는 새어나오려는 울음소리를 손으로 막고서 조금 더 지켜보았다. 엄마는 힘에 겨워 보였지만 웃고 있었다. 한 번도 본 적 없는 편안한 미소였다. 남자는 다가가 손을 잡았고 엄마는 수줍은 기색을 띠면서도 가만히 손을 맡기고 있었다. 남자가 무어라 말하자 엄마는 보일 듯 말 듯 고개를 끄덕였다. 일어선 남자는 약봉지와 물컵을 챙겨 들었고 엄마는 벌써 고개를 빼는 듯 보였다.

동호는 돌아서 벽에 등을 기대고 주저앉아 맥없이 흘러내리는 눈물을 손등으로 훔쳤다. 눈물은 하염없이 자꾸만 쏟아졌.

웃으면 저리도 고운 사람이었구나. 저처럼 웃을 수 있는 이였구나. 정겨운 미소 앞에서는 수줍은 여인이 되는 여자였구나. 나 하나만 따뜻하면 남루함은 사라지고 빛이 나기도 하는 생명이었구나. 하지만 이제는 너무 늦지 않았는가. 그래서 그처럼 땀을 쏟고 앓는 신음을 그치지 못했는데 멍청하게도 그처럼 무심했다니. 아버지라는 이에게서 물려받은 피 탓으로 사람으로, 여자로, 생명으로 여기지 않았던 건 아니었는지. 밀려드는 회한에 어깨를 들썩이는데 다시 병실 문이 열리고 그가 나와 어깨를 다독여주는 게 아닌가……

종배는 자동차에서 꺼낸 가방을 동호에게 건넸다.

"엄마 옷가지 같은 것들이에요. 필요한 건 내가 새로 장만했으니 집에 가져다 둬요."

"고맙습니다."

동호는 퉁퉁 부은 눈두덩을 감추느라 고개를 숙인 채 가방을 넘겨받았다.

"그 안에 엄마 핸드폰이 있어요. 지금은 배터리가 떨어졌는데 몇 군데 전화번호가 들어 있습디다. 강우 씨 연락처도 모른다고 했지요?"

"예……"

"핸드폰에 있어요. 가족인데 전화번호는 알고 있어야죠."

기막힐 일이었다. 동호는 묵묵히 고개만 끄덕였다.

"내일 올 거죠?"

"당연히 와야죠."

"그럼 점심 전에 와요, 나하고 같이하게."

"……"

"아이들만 두기 뭣하면 데려와요. 점심 같이 먹고 데려가면 되잖아요."

"버릇돼서 저희끼리 잘 지내요."

"그럼 뭐 맛있는 거라도 많이 사주고 와요."

설핏 웃음을 짓는 듯 느껴졌다. 세심한 관심이 불쾌하지도 않았고 주제넘다 생각되지도 않았다.

32

 엄마의 낡은 핸드폰에는 열 개도 채 안 되는 전화번호가 입력되어 있었다. 필요한 건 외삼촌 전화번호였지만 굳이 자신의 전화기에 입력시키고 싶지도 않았다. 그렇지만 혹시 급하게 연락할 일이 있을지 몰라 엄마 핸드폰을 그대로 주머니 속에 쑤셔 넣어두기는 했다.
 외삼촌이 가족이 아닌 것처럼 된 것은 무엇보다 엄마의 탓이었다. 그것만은 엄마에게 '탓'이라 분명히 말할 수 있었다. 개처럼 맞다가도 그처럼 단호하게 살기마저 내뿜던 그 모습에 누구라서 감히 무슨 엄두를 낼 수 있었겠나. 하지만 그다음은 외삼촌이라는 그이의 탓이었다. 무슨 사연이 숨어 있는 것인지, 무슨 원망이 쌓여 있는지는 몰라도 엄마에게 그이가 전부라는 것은 비밀 아닌 비밀이었다. 그래도 가끔씩 밖에서 만나는 때도 있는 듯 가당치 않고 턱없는 포장지로 싼 물건들을 들고 오는 날들이 있었다. 그런데도 도무지 한 번 발걸음조차 하지 않은 건 무엇이란 말인가. 매형이 되는 이도 벌써 죽고 없는데, 그럼에도 발걸음을 하지 않은 것은 다른 부류라는 뜻이 아니었던가. 하물며 피를 나눈 이들의 관계도 그런 것인데 사랑 따위가 무슨······.

"개자식······."

무심코 내뱉던 동호가 움찔 놀라 노변에 차를 세웠다. 갑작스레 들려오는 전화벨 소리는 엄마의 그것이었다.

"······."

발신 번호는 번호만 찍힐 뿐 누구인지 이름이 뜨지는 않았다. 공연스레 긴장한 동호는 숨을 가다듬고 통화 버튼을 눌렀다.

"어머니, 저예요."

동호는 하마터면 놀란 신음을 토해 낼 뻔했다. 유정이, 아이들 엄마 유정이가 아닌가!

"별일 없으시죠? 꿈자리가 뒤숭숭해서 전화드렸더니 꺼져 있더라고요. 목욕탕에서는 그만뒀다고 하던데, 무슨 일 있으세요?"

"······?"

목욕탕은 또 무슨 소리인가 동호는 의아했다.

"여보세요? 저기, 하늘이 할머니 전화 아니에요? 여보세요……."

뒤늦게 이상한지 되묻던 유정도 말을 멈추고 전화를 끊을 기색이었다. 동호는 꿀꺽 마른침을 삼킨 뒤 천천히 입술을 뗐다.

"나야."

"……."

난처한 숨소리가 전화기를 타고 전해져 왔다.

"전화 끊지 마. 번호 찍혀 있어. 원하지 않는다면 내가 다시 걸지 않게 말로 해."

"알았어. 어머니는?"

떨어져 있어도 이미 잘 아는 속이었으니 유정도 거리낌 없었다.

"언제부터 연락했어?"

"얼마 안 돼."

"목욕탕은 무슨 소리야?"

"몰랐어? 어머니 목욕탕에서 때 밀고 있었어. 나도 거기서 우연히 보게 됐고."

"아……." 이번에는 감추지 못하고 신음을 내뱉었다. 기가 막힐 일이었다. 늙은 엄마는 그 땀을 흘리는데 자신은 술타령이나 했으니…….

"어머니나 바꿔줘."

근처에 와 있는 것이었다. 그것은 아이들이 그립다는 뜻이기도 할 터였다. 아직 붙잡을 여건도 아니었고 매달려 애원하는 따위는 애초에 모르는 일이었다. 그런데도 이대로 전화를 끊어서는 안 될 것 같았다.
"뭐해? 어머니나 바꿔달라니까? 벌써 주무셔?"
"나 일하고 있는 중이었어."
"뭐? 그런데 왜 그 전화기는 가지고 있어? 지랄! 어머니가 나 연락 올 거라고 이야기하신 거야!"
"들어. 나 일하고 있다고."
"알아, 그까짓 택시. 그래 봐야 얼마나 버티겠어?"
"그동안은 미안했다. 그런데 이젠 술 담배 다 끊었다."
처음인 미안이라는 소리와 뜻밖의 이야기가 믿기지 않는지 유정은 아무런 대꾸가 없었다.
"지금까지는 가지고 있어야 사랑이란 걸 할 수 있고, 그만큼만 지킬 수 있는 걸로 알았다."
"무슨 소리야?"
"없어도 사랑은 할 수 있었으면 좋겠다는 이야기다."
"이젠 점점 이상한 소리까지 하네. 우리가 언제 사랑 타령한 적 있어?"
"말만 안 했던 거 아니야?"
"……."

"들어와라. 아직은 아무것도 없다만 최소한 내 힘으로 살아는 갈게."

"흥, 기껏 당신 밥 못 얻어먹어 뛰쳐나온 줄 알아!"

"혼자이기는 한 거냐?"

"그럼 그렇지, 내 이럴 줄 알았어. 혼자 있으면 왜? 지금 혼자 있어도 그동안 시간이 얼만데! 관둬, 치사한 인간!"

"널 의심해서가 아니야! 또 무슨 일이 있었건 상관없어! 그렇지만 다시 나가는 꼴은 보고 싶지 않아. 그래서 물어보는 거야. 한 번뿐이라서."

"놀고 있네. 주제에 무슨……."

"사내가! 밥을 굶겨서는 안 된다는 건 이제 알아! 내가 책임져!" 머뭇거리던 유정이 다시 말했다.

"아유, 됐어. 끊어."

"잠깐만!"

벽력같은 소리에 놀랐는지 유정의 놀란 비명이 들려왔다. 그래도 전화는 끊지 않고 있었다.

동호는 한 번 더 마른침을 삼켰다.

"알았어, 다시 더 말 안 해. 그렇지만 얼마간만, 잠깐만 아이들이라도 데려다 돌봐 줘. 아이들로 붙잡힐 너도 아니고, 붙잡을 나도 아닌 건 알 테고."

"……."

"보름쯤이면 될 거야."

"싫어. 아이들한테 왜 또 그 아픔을 줘."

"그래도 해줘. 다른 데 부탁할 곳이 없어. 알잖아?"

"어머니 있잖아. 어머니는 어쩌고…… 왜? 어머니한테 무슨 일 있어?"

뒤늦게 다급한 유정의 목소리에 동호는 그만 눈물이 쏟아졌다.

"엄마가, 아프다. 내 간을 이식받지 않으면…… 죽어……."

"그게, 그게 무슨 소리야?"

"간경화야. 죽어가고 있어. 당장 수술받지 않으면 어떻게 될지 몰라. 그러니까 한 번만 부탁 들어줘. 내가 병원에 누우면…… 아이들 아픔, 내가 달래줘, 달래준다고!"

"아이, 참! 내가 얼마 전에 봤을 때도 얼굴빛이 이상하다 했는데. 당신은 여태까지 그것도 모르고 뭐했어!"

"그러니까 내가 나쁜 놈이지. 개새끼야, 인간도 아니야! 씨팔, 뭔 인생이 그래. 뒤늦게 마음잡아 살아보려고 하는데 이게 뭐야. 중고 트럭 한 대만 사면 무슨 짓을 하든 아이들이나 돌봐 달라고 말하려고 했는데……."

꺽꺽거리는 동호의 들썩임이 그치기를 기다린 유정이 젖은 목소리로 말했다.

"우리 둘 다 죄인이다. 어떻게 이런 일이 있니."

"그러니까 내 간 드릴 때까지만이라도 아이들 좀……."
"병원은 어디야?"
"아직은 찾아가지 마. 나도 직접 마주 보지는 않았어. 수술 끝나고나 봐."
"그건 또 왜?"
"네 간이니 뭐니 하고 식구들 보이면 마음 편치 않아서 못 견딜지 몰라."
"알았어. 여태 거기 살아?"
"……."
"어휴…… 알았어, 내가 내일 오후에 집으로 들어갈게."
"……?"
"아, 아무리 조그만 옷가게라지만 얘기는 해줘야 될 거 아니야. 짐도 챙겨야 하고."
"고맙다. 수술만 끝나면 다시 가도 돼."
"지랄. 그게 집에 들어간다는 사람한테 할 소리냐? 아무튼 들어갔다고 그동안 뭐했냐, 어쩌고 따지기만 해봐. 애들이고 뭐고……."

뭐라 말해줘야 하나 생각도 끝나기 전에 유정은 벌써 전화를 끊었다.

33

 서너 다리 걸쳐 청와대 연결되지 않는 사람 없다더니 연줄이라는 게 정말 그랬다. 대학교 동기들에게는 여전히 자존심이 상해 속내를 털어놓기 어려웠지만 가까웠던 후배에게 운을 떼니 선뜻 언론사 간부인 박 선배를 소개했다. 전공이 달라 재학 중에는 아무런 인연이 없었지만 중년이 되어 동창회에 얼굴을 비치면서 인사를 나눈 적이 있는 선배였다. 이야기를 들은 선배는 다시 강우의 3년 후배라는 유기농 농부 민석을 소개했다. 유기농 사업자도 아닌 농부라니, 강우는 맥이 빠졌지만 지푸라기라도 잡는 심정으로 큰 기대 없이 그를 찾았다.
 그런데 마르고 강퍅한 외모의 그는 강우가 구차한 이야기를 꺼내기도 전에 선선한 웃음과 함께 위원회 상임위원과의 저녁

자리를 주선했다. 뜻밖이었다. 금융권의 목줄을 쥐고 있다는 위원회의 상임위원을 아무런 용건도 밝히지 않고 전화 한 통으로…… 행운의 여신이 미소라도 짓는 것처럼 여겨졌다.

"역시 명문대 출신이시니 뭐가 달라도 다르십니다. 저는 이 전무님이 이렇게 해낼 줄 알았습니다. 뒷일은 저만 믿으십시오."

보고를 들은 사장은 만족한 표정으로 환한 웃음을 지었고, 아직 한참 어린 나이인 사장에게 강우는 깍듯이 고개를 숙였다.

"무슨 그런 말씀을, 최선을 다해보겠습니다."

"허허, 사실입니다. 우리 같은 떨거지들로서는 감히 엄두도 못 내는 일이죠. 아무튼 약속합니다. 그리고 이거……."

사장은 미리 준비해두었던 듯 대형 서점 상호가 선명한 종이 쇼핑백을 테이블 위에 올려 강우 앞으로 밀었다.

"무슨……?"

모르지 않았지만 강우는 시침을 뗐다.

"요즘은 고액권이 나와서 아주 간편합니다. 위에는 요즘 경제 분야 베스트셀러라는 책도 두어 권 얹었습니다. 책 몇 권 선물하는 정도야, 혹시 누가 보더라도 문제 될 게 없지요."

언뜻 부피로 보아도 억대의 현금이었다. 강우는 가슴이 철렁했다.

"사장님도 같이 가시는 거 아닙니까?"

"저도 원래는 그렇게 계획했습니다만, 가만히 생각해보니 그러는 게 아닌 것 같더군요. 아무래도 동창 분들끼리의 자연스러운 만남이 되는 게 좋지, 제가 처음부터 끼어들면 비즈니스나 청탁 자리처럼 느껴져서 거북할 것 같아서요."

일리는 있는 이야기였다. 그렇지만 혼자서 뇌물이 되는 쇼핑백을 들고 나가기는 부담스러웠다. 강우는 쇼핑백을 도로 사장 앞으로 밀었다.

"그럼 오늘은 제가 일단 말씀이나 드려놓고, 이건 다시 약속을 잡으면 그때 사장님이 직접……."

"예에?"

무슨 소리냐는 듯 사장의 두 눈이 휘둥그레졌지만 강우는 손사래를 쳤다.

"아, 특별히 다른 뜻으로 드리는 말씀은 아닙니다. 이런 일이라는 게 여차 잘못되면 중간에서…… 혹시 오해라도 있게 되면……."

사장도 무슨 뜻인지 모르지 않을 테지만 시침을 떼고 두 눈을 동그랗게 떴다.

"무슨? 배달 사고 같은 거 말입니까?"

"뭐……."

난처해진 강우가 시선을 피하며 보일 듯 말 듯 고개를 끄덕이자 사장은 호탕한 웃음을 터트렸다.

"하하하! 원 이렇게 맑으셔서야. 저는 이 전무님 처음 뵈었을 때, 이런 성품이시라는 걸 딱 알아봤습니다. 염려 마십시오. 저, 그런 의심 같은 거 했으면 이런 일 결코 못했을 겁니다. 사람은 쓰기 전에는 의심하고, 쓰게 되면 의심하지 말라는 말도 있지 않습니까. 그리고 아니할 말로 설령 그런 일이 있게 되더라도 그게 무슨 배달 사고입니까. 회사 입장에서는 어차피 들어가야 할 경비니 책임지신 분이 자신 있으면 얼마든지, 하하하!"

"아닙니다. 책임은 무슨……."

"아, 제가 책임이라 말했다고 너무 부담 갖지 마십시오. 회사 업무라는 게 다 제자리에서 책임을 다하는 거다, 뭐 그런 뜻이니까요. 그리고 솔직히 분양이 백 퍼센트야 되겠습니까. 공식적인 분양 절차가 끝나고 수의계약이 가능해지면 그때 곧바로 남은 물량 중 제일 큰 걸로 하나 드릴 계획이었습니다. 아무래도 펜트하우스가 돌아가지 않겠습니까? 하하하!"

"아니, 뭐 그렇게까지……."

"어허, 당연히 그렇게 해드려야죠, 뭐든 마지막 고비가 제일 어려운 법인데요. 집뿐만 아니라 다른 것도 다 생각하고 있습니다. 그리고 이건 경비로 쓰십시오."

역시 미리 준비해두었던 듯 사장은 서랍 속에서 두툼한 대봉투를 꺼내 앞으로 내밀었다.

"아무래도 법인카드는 마음대로 사용하기에 찜찜한 부분이 있죠. 마음 놓고, 영수증 처리할 것 없이 쓰십시오."

비록 도심 외곽이라지만 펜트하우스라면 시대의 화두인 '럭셔리'의 상징이고 팔아먹은 이전의 아파트 값에 비할 바가 아니었다. 직접 뇌물을 건네줘야 한다는 부담은 여전했지만 그쯤이면 한번 인생의 승부를, 아니 재기의 승부를 걸어볼 만하지 않겠는가. 강우는 쇼핑백과 대봉투를 앞으로 끌어다 놓으며 고개를 숙였다.

"그렇게까지 배려해주신다니 정말 고맙습니다. 최선을 다하겠습니다."

"최선이 아니라 저는 믿습니다! 기왕 상임위원님 잡으시는 거, 제대로 한번 꽉 잡으십시오! 요즘 같은 불경기에 자금줄만 든든하면 대박 보장된 물건들 수없이 잡을 수 있습니다. 버티지 못해 토해내는 물건들이 얼마나 많습니까. 정말 내가 이 전무님을 만난 건 인생 최대의 행운입니다. 이번에 인연만 잘 연결해두시면 제가 아예 형님으로 모시겠습니다! 우리, 인생 한번 제대로 꽃피워봅시다, 하하하!"

인생을 꽃피운다…… 그래, 수세에 몰렸다고 주눅 들어 눈치만 보다가 그대로 죽어 나자빠지는 인생 어디 한두 번 보았던가. 어차피 그리될 바에야 발악이라도 해보는 게 현명한 노릇일 것이다. 더구나 행운의 여신까지 미소 짓는데 그까짓 양심은 무슨! 세상이 다 도둑놈 판인데 그 판에서 혼자 무슨……! 이제 강우는 가슴이 다 뻐근해왔다.

34

"무슨 말씀입니까? 그까짓 술 좀 먹었다고, 이 팔팔한 내 몸뚱이에 간이 상하면 얼마나 상했다고요!"

"그게, 기증자 몸 상태와는 다른 거라서요."

"아, 좋아요, 좋아. 그럼 내 간을 몽땅 드리세요. 그럼 되는 거죠?"

숫제 귀찮다는 듯한 동호의 태도에 의사는 머리를 내둘렀다.

"어허, 그건 기증자에 대한 살인 행위나 다름없는 이야깁니다."

"씨발, 내 몸뚱이 내가 주겠다는 데 살인은 무슨! 언제부터 누가 내 몸뚱이 관리했는데요!"

"그렇게 흥분하지 마시고, 그건 억지 말씀입니다."

"억지는 무슨! 내 몸뚱이 관리하는 그 잘난 놈들은 제 엄마가 죽어가는 데도 그냥 가만히 보고 있는 답니까? 난 그딴 짓 못 하니까 내 간 이식시켜주세요, 당장!"

"설령 그게 가능하다고 해도 지금 이영순 씨 몸 상태로는 거부하게 됩니다."

"아이, 씨! 그럼 어떡하라고요! 씨발, 무슨 병원이라는 데가 이래!"

동호는 길길이 뛰었지만 어쩔 수 없는 노릇이었다. 종배도 피가 마르고 애가 타는 심정으로 의사를 돌아봤다.

"그럼 이식받을 만한 다른 기증자가 있는지 알아봐줄 수는 없겠습니까?"

"물론 가능합니다. 그렇지만 조건이 맞는 경우를 만나기도 쉽지 않은 데다가 이미 그런 기증자를 기다리는 환자들이 다수라서 아무래도 시간이……."

"얼마나, 얼마나 기다리면 됩니까?"

"글쎄요, 그게 최소한 몇 달은……."

"아니, 당장 위급하다면서 몇 달이라니요? 위급한 순서대로 해야 되는 거 아닙니까?"

"환자 분들은 저마다 다 위급하시니까……."

"저런! 그럼 우리 엄만 이대로 죽으라는 겁니까!"

다시 고함치는 동호를 손짓으로 제지하고 종배는 애원하듯 의사에게 매달렸다.

"방법을 찾아주십시오. 기다려야 한다면 기다릴 테니, 그동안 살 수 있는 방법은 찾아주셔야죠. 뭐든지 시키는 대로 하겠습니다."

"글쎄요, 저희로서는 최선을 다해보겠습니다만······."

의사는 여전히 곤혹스러운 표정을 지을 뿐이었다.

"그럼 어디 공기 좋고 조용한 곳으로 가서 민간요법으로라도 치료하면서 기다려보는 건 어떨까요?"

"물론 환경이 좋으면 조금 시간을 벌 수는 있겠지만 여차 민간요법을 잘못 쓰면 간에 부담이 돼서 오히려······."

"그래도 이대로 우두커니 기다릴 수만은 없잖습니까?"

"환자 분이나 보호자 분의 의사가 그렇다면 저희도 말릴 권한은 없습니다. 하지만 저희는 그 부분에 대해서는 책임질 수 없습니다."

"제미랄! 이쪽도 저쪽도 책임만 안 지겠다면! 환자는 어떡하라는 거요!"

종배는 동호의 팔을 끌어 복도로 나왔다. 여전히 식식거리는 동호에게 종배는 두 눈을 부릅떴다.

"책임을 안 지겠다는 거나, 고함만 치는 거나 다를 거 아무것도 없소!"

"······."

다른 이 같았으면 벌써 치받기부터 했을 텐데 동호는 어느새 종배의 말에는 고분고분하고 있었다.

"어머님은 어떻게든 내가 설득해볼 테니까 동호 씨가 결정해요."

"뭘 말입니까?"

"내 생각에는 한순간이 급해요. 이대로 어물어물하다가는 정말 마지막 기회까지 놓칠 수 있어요. 어머니, 그렇게 나약한 사람 아니오. 생의 의지, 아니 살고 싶다는 실낱같은 꼬투리라도 잡으면 어떻게든 버틸 수 있을 거요. 어머니에게 맞는 기증자가 생각보다 일찍 나올 수도 있는 거고."

"⋯⋯?"

동호는 무슨 의미인지 알아듣지 못해 어리둥절한 표정을 지었다. 종배는 난감했지만 마음을 다잡았다.

"어머니를 내가 모셔 가겠소. 감히 내가⋯⋯ 오랫동안 어머니를 마음에 두고 있었소. 그래서 풍요로운 건 아니지만 시골에 황토와 통나무로 지은 작은 집도 마련해두었고 소일할 텃밭도 있소. 공기 맑고 햇볕 좋으니 마음만 편히 가진다면 기적이 일어날 수도 있을 거요. 아니, 기적이 아니라 이 부당하고 엉터리 같은 일이 거짓말이 될 수도 있을 거요. 염치없지만 내게 맡겨주시오. 최선을 다하겠소. 어머니 몸만 쾌차하면 그때는⋯⋯ 어머니든 동호 씨든, 누구 한 사람이라도 불편하다면 붙잡지 않겠소."

동호는 비로소 무슨 뜻인지 알았다. 아니, 미처 제대로 생각해보지 않았던 것뿐이지 마음 밑바닥에서는 이미 받아들이고 있었던 일인지도 몰랐다.

"저야 뭐 상관없지만……."

종배는 덥석 동호의 두 손을 붙잡았다.

"고맙소. 정말 고맙소."

"아닙니다, 오히려 제가…… 그런데 엄마가……."

"맞아요. 어머니가 쉽게 결정을 못 할 거요. 그래서……."

"알겠습니다, 제가 말씀드려 보겠습니다."

마음이 급해 동호에게 먼저 말을 꺼내기는 했지만 아무래도 영순의 마음을 움직이기는 어려울 것 같았다. 그렇지만 지금 종배로서는 동호에게 기대할밖에 다른 길도 없었다.

불쑥 병실로 들어서는 동호의 모습에 영순은 어찌할 줄 몰라 허둥거렸다.

"이게 무슨 꼴이오?"

동호의 여전한 퉁명스러운 말투에도 영순은 원망스러운 눈빛으로 종배를 돌아보는 게 먼저였다.

"그럼 평생 안 알릴 생각이었수? 아무리 자식이 자식 같잖아도 그렇지."

"그런 게 아니라 금방 나갈 거라서……."

더듬거리는 엄마의 입장을 생각해 동호는 말을 가로막았다.

"유정이도 집에 들어왔수."

뜻밖의 이야기에 영순의 표정은 단박에 환해졌다.

"뭐? 그게 정말이냐?"

"엄마가 이렇게 됐다는데 저도 어쩔 거요."

"뭐라고? 그럼 너하고 마음이 맞은 게 아니고……?"

영순은 또 종배를 돌아봤다.

"마음 맞고 안 맞고가 뭐 그리 중요해요. 저도 뾰족한 수도 없을 텐데."

"그래도 그러는 건 아닌데……."

"걱정 마요. 내 어떡하든 빠른 시간 내에 화물차 하나 마련하기로 했으니."

"그래, 그래야지. 나도 이제 그만 나가서 널 도우마."

"참……."

동호는 일부러 혀를 찼지만 더는 어쩔 수 없이 목이 멨다. 무슨 사람이 저 지경이 되어서도 한마디 원망이나 눈물조차 없이 건장한 자식 놈을 돕겠다니…….

"어여 퇴원 수속 밟자, 그만 나가야지."

"가긴 어딜 간다고! 제발 그러지 좀 말고 가만히 계시쇼. 지금 상태가 어떤지 엄마가 더 잘 알면서…… 우선 저분 따라서 시골로 내려가 조금 있어요. 내가 열심히 살아서 한번 잘 모셔볼 테니까."

"……?"

이게 무슨 소린가? 어안이 벙벙해진 영순은 저게 동호가 맞는지 다시 한 번 쳐다봤다. 천지가 개벽해도 못된 심성, 아니 어미에 대한 원망을 거두지 못해 영원히 삐딱할 줄 알았는데 스스로 열심히 살겠다니, 더구나 '잘 모셔보겠다'니…….

"잘못했수. 그동안 내가 잘못했어요. 지지리 못난 내 탓인데, 그래서 뭐 하나 제대로 못 한 건데, 탓만 했어요. 비겁했어요. 나쁜 놈이었어요. 그렇지만 이제는 제대로 한번 살아볼 거요. 번듯하게는 못 살아도 사람 사는 것처럼, 사내놈 사는 것처럼은 살아볼 거요. 그러니 엄마도 살아봐요. 어떻게든 살아서 나 같은 놈도 사람 구실 하는 건 봐야 할 거 아니오. 남편 구실, 아비 구실, 다 해낼 거요. 그러니 자식 노릇도 좀 하게 살아요. 엄마 독한 사람이잖아요. 독하게 마음먹으면 그까짓…… 저 어른 따라가세요. 엄마도 사는 것처럼 살아봐요. 그러면서 날 지켜봐줘요."

"도, 동호야……."

영순은 말을 잇지 못했다. 내 인생에 언제 설움이 있었던가, 내가 언제 눈물을 흘렸던가……. 평생의 응어리가 한꺼번에 다 내려가는 것 같았다.

 등에 붙은 핏덩이의 머리가 땅바닥에 닿는 줄도 모르고 종종걸음을 치던 날들이 떠올랐다. 그만 끝내리라, 날 선 식칼을 들고 다가가다 한구석의 동그란 두 눈동자와 마주치던 그날도 떠올랐다. 중학교 1학년짜리가 골목길에서 담배를 꼬나문 채 제 어미와 마주쳐서도 태연히 눈길조차 돌리지 않던 그 을씨년스럽던 겨울밤도 떠올랐다. 고등학교에 들어가서는 보란 듯이 또래 여자아이들까지 데려와 '아줌마!' 운운하며 술을 시키고 마셔대던, 가슴이 시커먼 숯검정으로 변해가던 날들도 있었던 것 같았다. 그래도 뭐라 따끔한 꾸중은커녕 애원의 눈물 바람조차 못했었다. 모든 게 자신의 죄로 인해 빚어진 일들이었기에. 차라리 떠나자, 죽자! 흔적도 남기지 않고 깊은 산골짝 어딘가로 숨어들어 들짐승의 밥이라도 되어 죄를 덜자! 그러면 저 자식의 업보가 조금은 덜어지지 않을까……. 하지만 그마저도 못했다. 흔적 없이 사라진다고 어디론가 떠나면 그게 또 거짓말이 아니었구나, 근본은 어쩔 수 없어, 하는 원죄의 연장이 되어 자식의 상처를 후벼 파는 격이 될까 봐서……. 지긋지긋하도록 길기만 하던 날들이 주마등처럼 한순간에 떠올라 스쳐갔다. 그러나 돌이켜보면 꼭 그것만도 아니었다. 역시 그 가슴속에는 또 다른 응어리가 여전하지 않는가.

 "그래요, 일단은 쉴 수 있는 곳에서 좀 쉬어보자고요. 사람

일에 포기할 일이라는 건 없어요. 아주 작은 것도 보석보다 소중한 게 사람이니 집착해서 아등바등할 것도 없지만 포기는 더더구나 안 되는 일이오."

지켜보던 종배가 나섰지만 영순은 단번에 고개를, 완강히도 가로저었다.

"죽지 않아서 쉴 수 있다면 할 일이 아직 남았어요."

"그것도 집착이오. 내게 미뤄요, 모든 걸. 내가 못 미더우면 젊은 아드님도 있잖소."

"아니에요, 제가 할 일이에요."

너무도 완강한 엄마의 말투에 동호는 무릎을 꿇었다.

"내가 해요! 이제 내가 한다고요! 내가 할 수 있어요! 차도 내가 사고! 유정이와 힘을 합쳐 뭐든 하고! 하늘이 한솔이도 잘 키울 거라고요! 그러니까, 그러니까, 제발 말 좀 들어요! 나 좀 살게, 살아보게, 기다려줘요! 나도 숨만 편히 쉴 수 있으면 다 할 수 있다고요!"

"동호야. 그런 게, 그런 게 아니고…… 그래도 내가 해야 할 게 아직 있어."

"엄마, 제발! 아아아……!"

짐승의 포효 같은 동호의 고함은 기어이 꺼이꺼이, 통곡으로 바뀌었다. 그러나 종배는 영순의 그것이 동호만이 아닌 또 다른 누군가에 대한 어쩔 수 없는 미련임을 알았다.

35

 상대가 상임위원이니만큼 그 직위에 걸맞은 장소일 줄 알았는데 민석이 예약했다는 식당은 뜻밖에도 서울 변두리의 낡은 기와집이었다. 변변한 상호도 없이 그저 '가정식 백반'이라고만 쓰인 초라한 간판도 그랬지만 비닐 장판 깔린 방바닥에 낡고 길쭉한 앉은뱅이 밥상은 강우를 불안하게까지 했다. 그래도 강우는 겉모습과는 다른 내면이 있겠거니 여겼다.
 "유기농 전문식당인가 봐?"
 "유기농은 무슨요. 인공 조미료만 안 쓰지 일반적인 식당이에요."
 "그런데 상임위원님을 이런 데서 어떻게?"
 "허허, 하 선배님이 이 집을 좋아하세요. 어릴 때 먹던 엄마

손맛이 난다고요. 이 선배도 한번 드셔보세요. 겉보기보다 괜찮을 거예요."

민석은 태연했지만 강우는 영 마음이 놓이지 않았다. 자신도 이런저런 일로 접대를 하고 받아도 보았지만, 특히 청탁을 위한 자리의 경우에는 무리를 해서라도 최고의 장소부터 잡는 것이 상례였다. 물론 파격이라는 것도 있기는 하지만 지금의 장소는 파격도 아닌 누가 보더라도 결례가 될 장소였다. 그렇지만 상임위원과 민석, 두 사람의 관계가 너무 가까워 보였으니 어쩌면 허례보다는 실속을 챙기는 편일 수도 있겠다 싶었고, 그렇다면 일은 더욱 쉽게 풀릴 수 있겠다 생각하며 불안을 억눌렀다.

약속 시간 5분을 남겨두고 상임위원인 선배는 방문을 열고 들어왔다. 민석의 소개로 수인사를 나눈 강우는 자리에 앉으며 다시 한 번 서점 봉투를 돌아봤다. 남은 인생이 걸린 불쏘시개였다.

"그래, 요즘은 무슨 일을 하고 있어요? 얼핏 듣자니 부동산 시행 사업 쪽 일을 한다는 것 같던데?"

역시 사전에 무슨 언질이 있었던 것이다. 강우는 다소 마음이 놓였다.

"예, 제가 직접 하는 건 아니고 전무로 자금 쪽 일을 맡고 있습니다."

"음, 그래요. 사람이 땅에 발붙이고 사는 한 그런 일은 계속

되는 법이죠. 요즘 경기가 상당히 어렵기는 하지만 그래도 되는 사업은 또 그런대로 되는 거고."

"예, 그렇습니다."

"뭐든 성실하게, 열심히 해요. 특히 우리 세대는 성실과 노력이 제일 큰 무기잖아요. 언제부턴가 과거라면 무조건 부정하려고만 드는데, 난 좀 억울하다는 생각이 들어요. 더구나 우리 아버님이나 선배 세대들은 억울하다 못해 울분을 터트릴 일이고요. 이젠 자네 생각도 그렇지 않나?"

"허허."

상임위원의 말이 민석에게로 넘어갔지만 그는 애매한 웃음만 흘렸다.

"왜? 아직도 용서가 안 돼?"

"그런 건 아니고요."

강우는 두 사람이 무슨 이야기를 나누는 것인지 알아듣지 못해 어정쩡한 표정이었다. 상임위원은 이번에는 강우를 돌아봤다.

"저 친구, 학교 때 요란했지. 위장 취업은 기본이고, 사회주의 혁명에 심취해 세상을 떠들썩하게 한 적도 있고. 누님이 공장에 다니면서 뒷바라지를 했는데 결국은 저 친구를 지키려다가……."

"아닙니다. 제가 누님을 그리 만든 거죠."

민석은 겸연쩍게 강우를 돌아본 뒤 말을 이었다.
"저는 공장에서 혹사당하는 누님을 보며 다른 세상을 꿈꿨었지요. 그래서 노동자가 주인이 되는 세상, 자본가가 따로 없는 공평한 세상을 만들겠다 꿈꿨는데 누님은 그 길을 반대했지요. 나는 혹사당하는 게 아니다. 오히려 조금이라도 더 일할 수 있으면 그편이 고맙겠다. 한 푼이라도 더 벌어서, 제가 조금이라도 더 여유 있게 공부하고 출세할 수 있도록 뒷바라지하고 싶다. 이렇게 일할 수 있는 곳이 있고, 그 덕분에 가난과 무식의 굴레에서 벗어날 수 있고 내일을 꿈꿀 수 있다는 게 어디냐. 뭐 그런 논리였죠. 누님의 뒷바라지로 공부를 하면서도 저는 그런 누님이 한심하게만 여겨졌어요. 갈등 아닌 갈등이 깊어졌지요. 결국 제가 감옥까지 가게 되자 누님은 제 생각이 틀렸다는 걸 직접 증명해 보이겠다며 더 지독스레 일하다가 한밤중 공장에서 일어난 화재로 유명을 달리했죠. 그런데도 병원에서 눈을 감기 전까지 감옥에 있는 저를 찾으며 부정하기보다는 긍정하고, 미워하기보다는 용서하고 사랑하라고 했다더군요. 세상에 배고픈 것보다 더한 설움은 없다며, 배가 고프면 도둑질도 망설이지 않는 게 사람의 본성인데, 그렇지 않게 되었으면 그걸로 모든 것을 덮고 새롭게 시작하면 된다고도 했다더군요. 얼마나 억울하고 기가 막히던지……. 그런데 결국은 그 말씀이 옳았던 것 같았어요. 착취니 박해니, 분노하며 투쟁했던 이들도 위치가 바뀌자 어느새 더한 탐욕을 드러내기 시작하더군요. 게다가 능청스러운 거짓말에 스스로 도취되는 걸 보면 과연 초심이라는 게 있었던가 싶을 정도로요. 물론 그렇지 않은 이들도 있겠지만, 가만히 생각해보면 분노와 투쟁에 취해 왜? 라는 본질을 망각했던 것 같아요. 분노는 해도 증오가 되어서는 안 되는 것이었는데, 용서하기 위해 투쟁했어야 했는데 용서를 잊어서 권력에 취한 건지, 권력에 취해 용서를 잊은 건지. 아무튼 어느 날인가 돌아보니 모든 게 부끄러웠지요."

"그래서 이제는 용서했다는 거야, 아직도 못 한다는 거야?"

상임위원은 만면에 웃음을 머금은 채 물었지만 민석은 고개를 가로저었다.

"저야 누님의 주검 앞에 무릎을 꿇었으니 용서하고 말 것도 없죠. 다만 아직도 용서를 말하지 못하는 이들의 속마음은 저도 답답합니다. 이미 자신들의 과오도 만만치 않으니, 그거라도 붙잡고 있지 않으면 이번에는 스스로를 부정하거나 부정당할 것 같아서 억지를 부리고 있는 건 아닌지? 그래서 용서를 말하지 못하는 거라면 정말 슬픈 일이니까요."

"제 발목 제가 묶은 거다? 허…… 뭐 아무튼 어떤 면에서는 과거보다도 오히려 우리나 자네들 세대가 더 부끄러운 것 같아. 왜들 이렇게 탐욕스러워진 건지. 아마도 그 탐욕의 근원은 자연이 아니라 물질에 길들여진 까닭인 것 같아."

"그래서 하 선배님도 슬슬 유기 농사를 준비하시는 겁니까?"

"그런 셈이지. 어떤 땐 섬뜩해. 만약 내가 자네를 알지 못하고, 자네 농장을 돌아보지 않았더라면 어땠을까? 어쩌면 벌써 사표 내고 필리핀이나 어디로 이주해서 죽을 날만 기다리며 소일하고 있었을지도 몰라. 골프나 치고, 가끔 카지노도 힐끔거리며 말이야, 하하."

"선배님 천성에 카지노는 해당되지 않을 겁니다."

"그래? 날 그렇게나 잘 봐줬어? 그럼 오늘 저녁 밥값은 내가 내야겠는데."

"그럼 후배들 만나시면서 밥값도 안 낼 요량이셨습니까?"

"뭐? 이런 친구하고는! 하하. 그런데 이 전무는 유기농에 관심 없어요?"

불쑥 돌아온 질문에 강우는 난처했다.

"저는 아직······."

"한번 이 친구 농장에 가봐요. 그리 크진 않지만 이게 사는 거구나 싶을 만큼 마음 편해져요. 사실 사업이라는 거, 함께 일하는 사람들 가정 꾸려가게 한다는 면에서는 아주 위대한 일이에요. 거기서 벌어서 온 가족이 먹고살고 공부시키고 그러는 거니까. 그렇지만 개인적인 욕망으로, 게다가 부정과 협잡에까지 이르면 그건 아주 천박하기 이를 데 없는 쓰레기가 되고 범죄가 되기도 하는 거죠. 그래서 기업은 작은 개인 기업까지, 피고용인이 한 사람이라도 있는 한 공공적인 성격을 갖는 거고, 그만큼 도덕적 의식을 견지해야죠. 요즘 봐요. 기업을 마치 제 주머니 속에 든 지갑처럼 여기는 사람들 때문에 세상이 얼마나 분노하고 무기력해지는지. 더구나 거기에 편승하는 권력을 가진 공직자들까지…… 부끄럽기 이를 데 없어 당장 그만두고 싶은 생각이 하루에도 몇 번씩 들지만, 그래도 할 수 있는 한 막아보고 지켜보자 버티고 있는데 참……."

이게 무슨 이야긴가! 강우는 제 부탁의 이야기는 꺼낼 수조차 없게 된 묘한 분위기에 진땀이 날 지경이었다.

"그래도 일단 기업이 살아남아야 고용도 유지될 수 있지 않겠습니까?"

"물론 그렇지요. 그런데 문제는 다른 데 기대기에 앞서 먼저 기업주가 자신을 버려야 하는데 오히려 그 반대예요. 불안하고 위험할수록 제 살길부터 찾아 숨기거나, 심지어는 공적 자금까지 끌어다 어떻게 해보려 드니 말이에요. 이 전무는 어쨌거나 자본주는 아닐 테니 언제든 바른길을 찾아요. 사실 나도 한때는 조금 가져봤어요. 그런데 그림을 좋아해 이것저것 가져보니 더 나은 것에 대한 욕심이 일어 딴마음을 품게까지 되더군요. 그래서 어느 날, 그동안 모았던 전부를 장학재단에 기증해버렸어요. 그래도 조금은 아쉬운 생각이 들 줄 알았는데, 아니에요. 아주 속 시원하고 유쾌하기까지 하더군요. 이제는 당신 그만 일하시오, 소리만 기다리고 있어요. 그게 내 평생 공직에 대한 도리이니 그다음부터는 뒤도 돌아보지 않고 여기 민석 후배 옆으로 갈 생각이오. 어차피 우리는 너무 오래 살아서 불행할 세대이기도 하잖아요. 수명이 길어지면 그만큼 할 일도 있어야 하는데, 그건 젊은 사람들 일자리 때문이라도 한참 동안은 기대할 수 없을 테니 어쩌겠소. 이제부터 새로운 인생이다 생각하고 또 배우며 시작해야죠. 그래도 이제는 보다 잘 먹고 잘 살자는 일이니 굶주림에 허덕이던 때와는 차원이 다르지 않겠소? 허허, 난 그게 우리 아버지 세대의 공이라 생각해서 항상 감사하고, 또 한편으로는 우리들 젊은 한 시절도 일조를 한 것 같아 뿌듯해하지요."

강우의 귀에는 한마디도 들어오지 않는 귀신 씻나락 까먹는 소리였다. 그래, 당신 같은 내놓아도 남는 것이 있는 사람 입장에서는 시원하고 유쾌하겠지. 더 잘 먹고 잘살려는 다른 차원의 느긋함과 고귀함도 있겠지. 그렇지만 아직도, 다시 절박해져버린 사람은 어떡하라고! …… 어떻게든 끼어들어 사정을 털어놓고 한 번만, 딱 한 번만 도와달라고, 다시 그림 몇 점 가져보라고, 애원에 비열한 협잡이라도 벌여야 하는데 두 사람은 도무지 끼어들 틈 없이 자신들의 이야기에만 몰두하고 있었다.

강우가 연신 서점 봉투를 매만지며 망설이는 동안에 상임위원은 수저를 내려놓고 자리를 일어섰다.

"저, 잠깐······."

그러나 후배 민석이 일어서려는 강우의 팔을 붙잡아 앉히고 자신이 먼저 일어섰다.

"이 선배님은 잠깐 계세요. 제가 하 선배님 배웅해드리고 올게요."

"음, 그렇게 해요. 이 친구와 이야기 나누면 재미있을 거요."

그럼 그렇지, 벌써 무슨 이야기를 나누었던 게 분명해! 아무렴, 대학교, 그것도 내로라하는 명문의 선후배 사이인데.

"그럼 이거라도."

일어서지도 앉지도 못한 어정쩡한 자세로 강우는 서점 봉투를 들려고 했지만 이번에도 민석은 손사래 치며 두 눈을 끔뻑였다. 강우는 다시 엉거주춤 주저앉아야 했다.

민석이 돌아오는 잠깐 동안에 강우는 기대와 절망 사이를 수십 번도 더 넘나들었다. 사전에 이야기가 있었고 민석이라는 후배가 창구 노릇을 하는 것이라면 일은 성사된 것이나 다름없을 테지만, 그게 아니라면······.

"박 선배님한테 이 선배님 말씀 대충 들었습니다."

돌아와 자리에 앉은 민석은 먼저 언론사 간부인 박 선배를 들먹였다.

"그래요. 회사 처지가 처지인지라, 나도 이런 일에 나서고 싶지는 않았지만 어쩔 수 없이 염치 불고하고……."

"회사보다 선배님이 많이 어려우시다더군요."

"뭐, 그것도……."

돌려 말하지 않겠다는 듯한 그의 태도에 강우는 얼굴이 뜨거웠다.

"아마 하 선배님도 대충은 말씀을 들으셨을 겁니다. 그런데 하 선배님 그런 일에 나서지 않는 분입니다."

"물론 그러실 테지만, 그래도 이렇게 발걸음을 주셨으니까……."

"제 농장이 별건 아닙니다. 어차피 그 지역은 자연녹지인 데다가 군사 지역이기까지 해서 개발 가능성은 전혀 없습니다. 땅값은 값이라고 할 것도 없다는 말씀이지요. 그래서 정말 직접 경작하지 않으면 아무런 의미가 없기에 저도 일부만 소유할 뿐 대부분은 임대받은 겁니다. 하 선배님이 퇴직하고 들어와서 농사를 지으려는 땅은 아예 전부 임대고요. 사실 도회에서 살던 사람이 사정이야 어떻든 뒤늦게 고향 언저리를 기웃거리기란 참 염치없는 일이죠. 평생을 땀 흘리며 산 그분들에게 마치 '농사나' 짓겠다는 듯이 보여서야 도리도 아니고요. 그래서 제가 그쪽에 자리 잡은 걸 알게 된 선후배님들이 뜻을 모아가고 있는데, 규칙은 첫째는 욕심부리지 않고 딱 스스로 경작할 수 있는 만큼의 땅에서만 농사를 짓는다. 둘째는 누가 언제

먹어도 아무 탈 없게 양심적인 유기농을 지키자. 셋째는 판매 대상은 질환을 앓고 있거나 병후 회복 중인 분들, 노약자분들을 우선으로 한다. 넷째는 판매는 우리 회원들이 돌아가며 직접 배달하는 걸 원칙으로 해서 줄일 수 있는 유통 마진만큼 판매가를 낮춘다는 것뿐입니다."

"아, 그거 아주 좋은 일이네. 나도 나이가 들면······."

강우는 관심도 가지 않는 이야기를 어서 중단시키고 싶어 맞장구를 쳤지만 민석은 한 손을 들어 말을 막았다.

"마저 들어보십시오."

"아, 뭐 그럼······."

"그래도 수익이 그리 많은 건 아니지만 두세 식구 밥 먹고, 한 달에 두어 번 서울 나들이 나가서 영화나 연극 보고, 짜장면에 소주 한잔하고 돌아올 만은 합니다. 집도 빈집들이 많아서 크게 공들이지 않아도 조금만 수리하면 당장 몸 눕히고 살 만은 하고요. 그래서 그간 난처한 처지에 빠진 선후배 몇 분을 모셨는데, 2, 3년 사이에 집도 제법 번듯하게 손들 보셨고······."

"이봐, 민석 후배!"

더는 들을 수 없다 여긴 강우는 목소리를 높였다.

"······."

"내가 아무리 어려운 지경이라도 벌써 그렇게까지 몰락한 건 아니야! 나, 이강우야, 이 강 우! 내가 부탁하려는 건 상임위원님이 전화 한 통 해달라는 거지 인생의 길을 바꿔달라는 게 아니었다고! 그리고 우리가 어떻게 이만큼 달려왔는데 여기서, 이만 일로 주저앉고 포기해! 그러니, 이봐요, 민석 후배. 제발 딱 한 번만…… 사례는 섭섭하지 않게 할 테니. 우선 이거. 전부 현금이오. 후배님하고 내가 기억 못 하면 그만인 거요, 그러니……."

"선배님. 하 선배님보다도 박 선배님이 먼저 그런 말씀을 하시더군요. 일반 사람들은 무심히 흘려 넘기는 것도 당신은 언론사에 있어 모두 자세히 보고 듣게 되는데, 가장 못할 짓이 선후배나 이런저런 연이 닿는 사람의 일을 세상에 널리 알리고 비판하는 일이라고요. 그래서 어차피 되지 않을 일인데 괜한 애만 쓰고 마지막 남은 추억까지 잃게 된다고, 제게 말씀을 부탁하신 겁니다."

"그런데 상임위원님은 왜?"

"선후배로 얼굴 보는 건 시간이 허락된다면 언제라도 가능한 일이지 피하는 건 아니라는 뜻입니다. 그렇지만 길이 아닌 이야기는 듣지 않겠다는 뜻이기도 하고요."

지금 이 순간, 그것은 강우에게 배려가 아니라 희롱처럼 느껴졌다.

"그렇다고 사람을 이렇게……."

"그리고 시건방지게 들리시겠지만 우리들 세대, 뭐 그렇게 '

어떻게 살아왔는데' 하며 억울해할 건 없을 것 같다는 생각이 듭니다. 그래도 우린 많이 누린 편 아닙니까? 대학 공부도 했고, 사랑이니 낭만이니 자유니 소리도 쳐봤고, 살 만큼 살아본 순간도 있었으니까요. 앞 세대의 분들이 우리를 위해 희생했던 것만큼 우리는 다음 세대들에게 희생이 아니라 보답을 해야겠죠. 그게 과오를 인정하는 용기와 정직이라고 하 선배님이 누차 말씀을 하시더군요."

잘났다, 씨발! 대부분이 나자빠지는 세상에 너희는 그래도 아직 빳빳하게 서 있다고! 흥, 웃기지 마라! 나 이강우! 기어이 다시 번듯하게 일어서고 만다! 과오를 인정하는 용기? 정직? 너희가 언제부터? 너 나 할 것 없이 우린 모두 처음부터 허위로 무장한 인생들이었는데! 더 부셔야 더 잘나 보였기에 아비마저 부정하지 않았던가! 그래, 난 내 아비도, 누이까지도 부정한 개새끼다! 그 개새끼가 이제 와서 다시 사람이 된다고? 이 비루한 모습으로……!

강우는 후들거리는 다리를 겨우 가누며 일어섰지만 서점 봉투만은 손에서 빠져나가지 않도록 온 힘껏 치켜들었다. 빌어먹을! 너무 억세게 틀어쥐었던지 손잡이 끈이 끊어지며 방바닥에 떨어진 봉투 안에서 빳빳한 황금빛 돈다발이 우르르 쏟아졌다.

36

 승용차는 병원 주차장에 그대로 두고, 버스를 타고 내려가 화물 트럭을 운전해 온 종배는 동호를 찻집으로 불러냈다. 며칠 동안의 짧은 시간이었지만 절박한 사정에 의례와 체면을 접어두고 서로의 속살을 드러내 보인 터라 종배는 이번에도 망설이지 않았다.
 "얼핏 듣자 하니 어머니와 동호 씨 간에 화물 트럭 이야기가 오가던데 무슨 연유요?"
 "별일 아닙니다. 그건 제가……."
 "어허, 동호 씨. 어머니 마음을 하루라도 빨리 안정시키려면 마음 쓰이는 일들부터 정리해야 돼요. 하루가 급해요."
 윽박지르는 듯도 했지만 그 간절함을 동호도 모르지 않는 터였다. 며칠 남짓, 그사이에 종배의 얼굴이 더욱 시커멓게 변한 것은 여름 햇볕 탓이 아니라 애간장이 탄 때문일 것이었다.

"제가 1톤짜리 조그만 화물 트럭이라도 한 대 있었으면 하고 혼잣말을 한 적이 있었습니다. 부끄럽습니다, 아직 그만한 것도 혼자 장만하지 못하고……."

"트럭은 왜요? 계획은 있는 거요?"

"시골에서 농산물을 떼다가 서울 시내 여러 곳을 돌아다니며 팔면 택시 운전보다는 낫지 않을까 생각한 정돕니다."

"장사는 해본 적이 있고요?"

"아닙니다. 그저 방송에서 보니까 중간 유통업자들 마진 때문에 농민은 싸게 팔고 소비자는 비싸게 사게 되는 것이라기에 틈새시장이 있지 않을까 생각해 본 겁니다."

생각이 기특했다. 종배는 고개를 끄덕였다.

"농산물 공급받을 곳은 있고요? 밑천이 준비된 건 아닐 것 같은데, 그러자면 아는 상인이라도 있어야 할 텐데?"

"그런 게 있으면 진작 빚을 내서라도 차는 장만했죠."

동호는 멋쩍은 듯 뒤통수를 긁적였다.

"모든 게 갖춰진다고 해도 그게 생각처럼 쉬운 일은 아닐 거요. 애써 떼어온 물건이 팔리지 않는 경우도 있을 거고. 그런 걸 대비하자면 식당이나, 하다못해 아파트 단지 한두 곳에서라도 단골이 될 만한 사람들을 잡아야 할 텐데, 아파트들 관리소는 또 관리소대로 주민 규약이 있을 거고, 식당들은 이미 기존 거래하는 상인들이 있을 테니 말이오."

"저도 대충 그런 난관에 대해서는 이야기 들었습니다. 그래도 비집고 들어가자면 아주 못하지는 않겠지요."

"체력도 여간해서는 안 될 거요. 하루에 몇백 킬로미터를 운행하는 경우도 있을 테니 쫓기는 시간에 잠이 부족한 건 말할 것도 없을 테고, 또 사람을 상대로 장사한다는 일이……."

이번에는 동호가 말을 잘랐다.

"이 나이에 무슨 체력 걱정을 하겠습니까. 설령 쓰러진다고 해도 그 순간마저 행복할 것 같습니다. 아직 한 번도 뭘 열심히 하다가 쓰러져본 적이 없습니다. 미래가 보이고 희망이 있다면 그까짓 쯤이야……."

듬직했다. 희망과 미래를 저처럼 진솔하게 말한다면 믿을 수 있는 일이었다. 종배 자신의 삶도 오직 희망과 미래에 기대온 삶이 아니던가. 영순도 결국은 누군가에게 미래와 희망을 기댔기에 어쨌거나 살아낼 수 있었던 것일 테고.

"내가 조그마하게나마 농사를 짓고 있어요. 아직 크게 실패를 본 적은 없으니 시장 흐름도 조금 아는 편이라고 할 수 있을 테고. 또 고향인 데다 세월도 오래돼서 친한 친구나 이웃도 제법 있어요. 내가 보증을 서겠다면 아마 대부분 마다하지 않을 테니 한번 시작해봐요. 거리가 좀 먼 것이 단점이기는 하지만 어쩌겠소. 새벽 일찍 오기보다는 저녁에 물건을 실어가서 도회 사람들에게 맞게 조금 다듬고 포장까지 한다면 노력한 인건비도 빠질 거요."

동호는 단박에 머리 숙여 감사했다. 염치를 잃은 게 아니라 벌써 그만큼 마음이 가까워진 때문일 것이었다.

"달리 말씀 안 드리겠습니다. 신세는 꼭 갚겠습니다."

"신세랄 건 없고 한번 열심히 살아봐요. 우린 그저 열심히 사는 것밖에는 모르는 사람들이라서."

"예, 빠른 시간 내에 트럭을 장만해서 다시 상의 드리겠습니다."

"날 따라와봐요."

자리를 일어선 종배는 또 성큼성큼 앞장서 걷기 시작했다. 동호는 그 뒤를 따르면서 설핏 웃음을 지었다. 버릇 같기도 했다. 명확하게 기억나는 것은 아니지만 처음 만나 산동네를 내려오던 날도 저처럼 묵묵히 앞장서 걸었던 것 같았다. 자신의 등을 보인다는 것이 쉽지는 않은 일인데, 더구나 앞장서 등을 보인다는 것은 자신의 걸음에 책임을 진다는 것일 텐데, 내내 그랬던 것 같았다.

조금은 굽은, 피로가 묻어 있는, 낡아 보이는, 그리 넓지도 않은 등은 뒤도 돌아보지 않은 채 병원 주차장으로 향해 말끔하게 세차된 화물 트럭 앞에서 멈춰 섰다. 그는 다시 등을 돌리고 주머니 속에서 무언가를 꺼내 동호에게 내밀었다. 자동차 열쇠였다.

"이제 나한테는 필요 없을 것 같은 차요. 3년을 탔으니 이제 잔고장이 시작될지는 몰라도 아직은 쓸 만할 거요. 이 차가 속 썩이기 전에 새 차 장만해요."

"……."

종배는 멋쩍게 웃었지만 동호는 입이 열리지 않았다. 가슴이 서늘해져서였다. 몹시 힘에 겨운 날, 찾아갈 누군가가 있었으면 했는데…….

"이런 일이 있으리라 생각했던 건 아닌데, 잠깐이라도 어머니를 태울 일이 있으면 편하게 하고 싶어서 얼마 전에 승용차를 한 대 마련했어요. 이제 어머니가 내려가신다면 당분간은 화물차가 필요할 만큼 농사를 짓지도 않을 거고, 허허."

웃음이 너무도 허전해 보였다. 아마 엄마를 곁에 두고 또 열심히 일하는 모습을 보여주고 싶었으리라. 어쩌면 그것은 '또'가 아니라 그가 꿈꿨던 다른 세상의 시작일 수도 있었을 텐데. 세월이 그 흔적을 너무 짙게 드러내고는 있었지만 젊은 한 시절에는 그 성실한 눈빛, 굳게 다문 입술만으로도 여인의, 사람의 신뢰를 한 몸에 받았으리라 생각됐다.

"조금만 있다가 올라와요. 난 병실에서 어머니를 좀 보고 누굴 찾아봐야 할 것 같아 또 나갈 거요."

동호는 자신이 너무 비겁한 것은 아닌가 부끄러운 생각이 들기도 했다. 그렇지만 그 낡은 등을 뒤따르면 어느 틈에 마음이 편해져 스치던 다른 생각들은 모두 가라앉게 되는 것이었다. 낡아서 편안한 것인가? 허, 낡아서 편안한 등이라니……

37

 오만 원권 스무 다발. 딱 일억 원이었다. 경비로 쓰라고 내놓은 돈도 천만 원이었다. 그러나 성사된 것도, 이제 성사될 것도 없었다. 모두 돌려줘야 맞고, 돌려주고 나면 아마 그마저도 자리라고 책상을 비워줘야 할 것이었다. 애초부터 너저분한 명함 따위야 관심도 없었지만 그사이 주머니를 털어 쓴 돈도 적지 않았다. 아니, 예전을 생각하면 몇 푼 되지 않는 돈이었지만 이제는 생명줄 같은 돈이었다. 자꾸 그 빌어먹을 태수 놈의 낄낄거리던 웃음소리가 귓전을 울렸다. 죽었으면 죽었지 그리 살 수는 없었다. 억울해서, 아직은 죽을 수도 없었다. 살아야 하는데 살길이 보이지 않는 것이 문제였다. 그렇다고 민석의 말을 듣느니 차라리 아내의 말대로 강원도 어딘가로 숨어드는 게 나을 테지만 그도 할 수 없었다. '배운 사람'인데, '잘난 사람'인데, 어떻게 강원도 그 골짜기로! 어떻게든 이 번쩍거리고, 번쩍거려서 허황한 도회에서 다시 일어나고 끝장을 봐야 한다. 일억. 일억이면 또 뭔가 꿈을 꿔볼 수 있으리라. 하긴, 그까짓 정도로 꿈이라 들먹이는 것도 창피한 노릇이지만 어쩌겠는가. 그런데 일억을 이대로 내 것으로 만드는 건 명백한 범죄다. 횡령이 될 수 있고 사기가 될 수도 있다. 까짓, 모두가 도둑놈인 세상에 그까짓 죄 좀 지으면 어떤가. 번듯하게 다시 일어서면 또 모두들 어쨌거나 면전에서는 머리를 숙일 것을. 문제는 시간이다. 일어서기도 전에 범죄로 거론되면 모든 것은 끝이다. 아니다, 그처럼 지레 겁먹을 건 또 무어냐. 이미 얼마나마 받아먹은 실무진 놈들이 있는데. 그놈들도 제가 살려면 어떻게든 방법을 찾아내지 않겠는가. 또 내준 놈도 제 스스로 뇌물로 쓰이게 건네줬다 말하지는 못할 테니 얼마간 시간을 벌 수는 있을 것이다. 그래, 일단 일억이라는 현금이 수중에 들어온 걸 보면 아직 행운이 완전히 돌아선 것은 아닐 테다……. 문제는 그래도 남아 있는 한 조각 양심이었다. 양심 같은 건 개나 줘버리자! 수십 번을 더 되뇌었는데도 아직도 그 쓸모라고는 없는 허울이 눈앞을 알짱거린다, 제기랄! …… 아! 길이 있다. 빛이 있잖은가. 살아오는 동안 내내 거치적거리던 그 찜찜한 빛……!

***

"미안하지만 그만 퇴원 좀 시켜줘요. 내가 아니라도 동호가, 강우가 그건 꼭 갚을 거예요."

종배가 병실로 들어서자 영순은 또 애원을 했다. 이미 모든 것을 포기한 터였다. 아무것도 제대로 한 것 없는 인생, 마지막 순간에 빚까지 더 남길 수는 없었다. 육신을 굴릴 수만 있다면, 남은 시간 뭐라도 해서 조금이라도 빚을 덜어야 한다는 마음뿐이었다. 그 마음을 알기에 종배는 더욱 안타까웠고.

"알았어요, 하루만 더 있어요. 내 어딜 잠깐 다녀와서요."

"정말 하루만 더 있는 거죠?"

"그래요, 그렇게 해요."

영순은 그나마 마음이 놓이는지 다시 지친 듯 까라지며 두 눈을 감았다.

"집에 잠깐 다녀왔어요. 봄에 심어놓은 채송화가 그새 만발했더군요. 요즘은 중국산 씨앗이 대부분인데 내가 국산 씨를 구해 심었거든요. 한 뼘도 안 되는 그것들이 마당 한쪽에 얼마나 흐드러졌는지, 숫제 동네가 다 환해요. 보면 아마 영순 씨도 입이 다 벌어질 거요. 생각나요? 우리가 벌집이라 부르던 그 허름한 동네 난간 위 나무상자에다가 영순 씨가 심어 기르던 채송화? 참 예뻤지. 난 그때부터 채송화가 세상에서 제일 예쁜 꽃이라고 믿어왔는데, 정말 그렇더라고요. 난 원래 할미꽃을 좋아했어요. 왜 그랬는지 알아요? 허허, 이름이 좋아서였어요. 할미는 늙은 여인에게 붙이는 이름인데, 늙어서 저처럼 예쁜 사람이라면 얼마나 좋을까 하면서 말이에요. 내가 좀 조숙했죠? 허허……."

영순은 힘겹게 몸을 움직여 모로 돌아누웠다. 어쩌면 감은 눈 안에 눈물이 가득 고였으리라 종배는 생각했다.

"동호는 걱정하지 마요. 잠깐 얘기를 나눠봤더니 농산물 장사를 해보고 싶다는데 속이 제법 깊어요. 이젠 걱정하지 않아도 될 것 같아요. 그래서 내가 우리가 몇 번 탔던 그 화물 트럭 가져와서 줬어요. 새 차 사준 거 아니라고 꽁하지 마시오. 대신 우리 동네 친구들이 생산하는 거 위탁 판매할 수 있도록 주선해 줄 테니까. 바보 같은 사람, 그런 일이면 진작 얘기를 하지 왜 혼자 애를 태워요. 세워 둬서 녹슬고 있는 트럭에, 생산하는 농부들은 하다못해 천 원짜리 한 장이라도 더 받을 수 있으니 서로가 좋은 일을. 아하, 아드님 잠 못 자고 고생할 게 안타까워서 그랬구나! 이런 한심한 엄마하고는! 한 살이라도 젊었을 때 열심히 살아야지. 열심히 살아본 사람이, 그게 얼마나 뿌듯한 일인지 모르지 않으면서……."

"저기……."

등 뒤의 소리에 종배는 말을 멈췄고 영순은 단번에 고개를 돌려 일어나 앉으려 애썼다. 역시 강우였다. 종배는 영순을 부축해 침대 머리에 등을 기대앉혔다.

"이, 이 사람아. 얼굴이 왜 그래……?"

금방이라도 쏟아질 것 같은 눈물을 한가득 담은 누이의 눈빛에도 강우는 담담하고 냉정해 보이기까지 했다.

"내 얼굴이 뭐 어때서요? 누님은 누님 걱정이나 해요."

"그래, 내가 뭘 할 수 있다고. 이제 걱정 마라. 내일은 퇴원하니까."

"퇴원이라니, 무슨 얘기예요?"

그래도 '퇴원'이라는 소리에는 강우도 두 눈이 휘둥그레졌다.

"그럼, 퇴원하지 않고 여기서 뭘 하게."

"도대체 왜 그래요! 그 몸으로 어떻게 퇴원을 한다고! 왜요? 내가 간이라도 내놓지 않아서 그러는 거예요? 나도 줄 수 있으면 주고 싶어요. 그런데 내가 내놔도 필요가 없데요!"

"이 사람아, 무슨 그런 끔찍한 소리를. 그런 소리 애당초 마라. 난 아무것도 필요 없어. 그냥 집에 가만히만 있어도 다 괜찮아질 테니까."

"언제까지 그러실래요? 왜 언제나 누님은 날 나쁜 놈으로 만들어요! 나도 빚진 거 알아요! 너무너무 큰 빚이라서 뭐든 마음대로 하기가 어려웠다고요! 그 빚, 내가 이제는 갚아요. 누님 가시기 전에 다 갚는다고요! 여기!"

강우는 주머니 속에서 봉투에 넣지도 않은 오만 원권 다발

두 개를 꺼내 던지듯 영순의 앞에 내려놓았다.

"우선 병원비 하세요. 앞으로도 누님 병원비는 내가 얼마든지 내놓을 테니, 그냥, 제발 그냥 가만히 계세요."

생각지 못했던 돈다발에 영순은 두 눈이 휘둥그레졌다.

"이게, 이게 무슨 돈인가? 아 아니, 이 돈을 왜 내게? 나는 괜찮아. 괜찮으니까 자네 일에 보태 써."

"왜요? 어디서 도둑질이라도 해왔을까 봐요?"

"아이구, 무슨 그런 숭악한 소리를. 자네같이 배운 사람이 어떻게……."

"그래요, 저 누님 덕분에 많이 배운 사람이에요. 그러니까 이 정도 돈은 돈도 아니라고요. 그러니 제발 나한테 보태라 어째라 마시고 그냥 받으세요. 나도 숨 좀 쉬고 싶다고요!"

영순은 얼마나 마음이 아프면 저럴까 생각했지만 종배는 아까부터 주먹을 불끈 쥐고 있었다. 결코 회한이 아니었다. 벗어나보겠다는, 지겨웠던 굴레를 벗어던지겠다는 심산인 것이었다. 사람의 탈을 쓰고 저럴 수도 있음인가 기가 다 막혔다.

"그래, 내가 미안하네. 그러니 어서 돈이나 넣고 마음 편히 가지게. 괜히 아무 도움도 안 되는 내가 오래 살아서, 흐흑……."

기어이 눈물 바람을 하고 마는 영순의 모습에 종배는 두 눈이 뒤집힐 지경이었다.

"그럼 제발 살아요! 살아서, 내가 빚을 갚도록 해달라고요!"

"야——!"

뒷덜미를 틀어쥐려는 종배에 앞서 동호의 고함이 병실을 흔들었다.

"도, 동호야……."

애원하는 엄마의 눈빛에는 동호도 더 어쩌지 못하고 주먹을 불끈 쥔 채 등을 돌려 섰다.

"네가 왜 그러니? 네 외삼촌이야, 엄마 동생. 네가 어떻게 외삼촌에게 감히……."

"에이, 씨!"

동호가 병실 문을 박차고 나가자 영순은 허둥지둥 양팔을 휘저으며 강우의 손이라도 잡아보려 했지만 그는 한 발짝도 움직이지 않았다.

대신 다가간 종배는 영순의 팔을 붙잡아 침대에 누이고 화를 삭이며 낮은 소리를 냈다.

"쉬어요, 별일 아니오. 살다가 보면 큰소리도 한 번쯤 나야 속도 풀리는 거요. 내가 동생 분 보내드리고 오리다. 자, 우린 잠깐 나갑시다."

종배는 두 다발 종이 뭉치를 한 손에 집어 들고 천장으로 고개를 치켜든 강우의 어깨를 밀었다.

38

 "당신 내가 누군 줄 알기나 해? 그래, 내가 당신 누님께서 평생을 개만도 못한 종자라고 저주한, 그 말종의 자식이야! 피 더럽기로 따지자면 나도 당신만 못하지 않다고! 하지만 당신이 어떻게 내 엄마를 원망하고 눈물 흘리게 해! 당신이나 나는 더러운 피지만 그 사람은 아니야! 우리들 누구도 그 사람에게 큰소리칠 순 없어, 알아!"
 "이봐, 하늘 아빠!"
 엄한 종배의 목소리에 동호는 그대로 입을 다물고 고개를 숙였다. '동호 씨'라는 호칭이 '하늘 아빠'로 바뀐 것도 무의식이었고, 동호가 일순 고개를 숙인 것도 무의식이었다. 그래도 거북하거나 낯설지가 않았다.

"병실에 들어가요. 들어가서 엄마 눈물 닦아주고 퇴원 준비 해요."

"지금요?"

"강우 씨 만나보고 퇴원하려던 거였어요. 이젠 가도 될 것 같아요. 가능하면 아이들하고 부인도 오도록 하고요. 인사는 나눠야지."

더 대답은 없었지만 동호는 순순히 돌아섰다.

"이거 넣어요."

동호가 멀어지자 종배는 돈다발부터 내밀었다.

"아닙니다. 그건 제가 갚는 빚입니다."

강우의 냉랭함에 종배는 더 울컥 치밀어 올랐지만 억눌러 참았다. 그러나 눈빛과 말투는 그의 평생에서 처음으로 들끓고 싸늘했다.

"맞아요, 빚. 하지만 강우 씨 빚은 이렇게 갚을 수 있는 게 아닐 거요. 이 돈이 무슨 돈인지는 모르겠소만 제자리부터 찾아요. 그렇다고 강우 씨가 누님의 인생을 망친 것도 아니오. 다만 강우 씨는 누님 인생의 희망이고 전부였소. 강우 씨가 있어서 누님이 그나마 이렇게라도 살아 있을 수 있었다는 거요. 그게 설령 강우 씨를 부담스럽게 했다 할지라도, 그건 행운이고 축복이지 원망의 대상이 될 수는 없는 거요. 물론 많이 배운 사람이니 모르지 않을 거요. 살다 보면 힘든 날도 있겠지만 그걸 다른 이의 탓으로 돌려 원망한다면 배우지 않았더라도 비겁한 짓인데 배운 사람이라면 더더구나 그렇지 않겠소? 나는 이날까지 단 한 번도 강우 씨 누님을 부끄럽게 여겨본 적이 없소. 어디서 무엇을 했든, 그래서 그게 당신들 눈에는 수치스러움이 되고 마음에서는 병이 되었다 할지라도 누님과 나는, 우리는 한 시대를 열심히, 최선을 다해 살았던 것뿐이기에 조금도 부끄럽지 않소. 내가 감히 잘 배운 당신들에게 한마디만 하자면, 그 시절 그 입장에서 살아보지 않은 사람들이 함부로 잣대를 들이밀어 욕하는 건 틀렸소. 어쩌면 그렇게 교만한 당신들보다는 우리가 훨씬 더 깨끗하고 정결하고 맑을 거요. 누님은 지금 곧바로 퇴원시켜서 내가 사는 시골로 모시고 갈 거요. 언제 어떤 행운이 찾아와 거부반응 없을 간을 이식받을 수 있게 될지는 모르지만 그때까지는 깨끗하고 맑은 곳에서 내가 붙잡고 있을 거요. 어떤 죽음의 신도, 아무리 잔혹한 악령이라도 내가 막아내고 지킬 거요. 당신 누님은 아직도 당신만을 생각해 자신을 위한 모든 것을 여태 거부했지만, 그래서 내가 강우 씨를 한 번 더 찾아보려 했는데 잘 와줬소. 부디 이제 누님은 마음에서 내려놓고 편하게 살아요. 단 한 가지, 만에 하나라도 강우 씨에게 무슨 나쁜 일이 일어나면 그건 누님의 인생 전부를 송두리째 뒤엎어 파묻는, 인간으로서 결코 할 수 없는 일이란 것만 명심해줘요. 난 그만 가겠소."

언제나 망설임 없이 돌아서는 것 같더니 지금도 그랬다. 개뿔, 무식한 것들이……!

마음은 그렇게 뒤틀리는데도 강우는 입으로는 한마디도 내뱉을 수 없었다. 다만, 웃기지 마라! 여기가 끝은 아니다! 오늘은 이래도 또 내일이 있다! 아무렴, 너희 같은 무식한 것들과는 애초부터 길이 다른데. 그렇게 깨치지 못하는 나약한 것들이니 부정당해 싸지. 우리는 무엇을 짓밟든 또 반드시 일어선다! 그렇게 짓밟고 일어서서 다시 또 으스댈 테다. 그때는 정말로 잔인하도록, 너희 모든 상처를 헤집어 철저히 무릎 꿇릴 것이다. 이를 악물었다.

"할머니……."

제 어미가 눈물을 훔치자 영문도 모르면서 아이들은 덩달아 훌쩍였다.

"응, 할미 괜찮아. 금방 다녀와."

"그래, 조금 있다가 할머니 건강해지면 너희들도 시골로 놀러 오너라."

"할아버지 집에요?"

"응, 거긴 꽃도 있고 새도 있고 냇가도 있고, 너희에게 필요한 건 다 있단다."

"와! 어떻게 가요?"

"아빠가 매일 다녀갈 테니까 때가 되면 데려다 주실 거다."

"어미야, 정말로 고맙다."

"고마운 건 저죠. 어머니가 얼른 건강해지세요. 어머니 건강해지면 아이들 시골에 데려다 놓고 저도 저 사람 따라서 장사 나갈래요."

"허튼소리는!"

불끈하는 동호를 보며 종배가 고개를 끄덕였다.

"그래요, 사내가 먹고사는 일로 제 식구를 밖으로 내보내서는 안 되지. 뭣하면 아예 시골로 내려와서 밖에서 제값 받을 수 있게 다듬는 일을 하든가요."

"아, 그것도 괜찮겠네요."

유정은 눈물 젖은 얼굴로도 금세 밝은 표정을 지었다.

"아이구, 무슨 그런 소리들을. 난 조금 기운만 차리면 올라올 거다."

내내 민망한 눈길 둘 곳을 제대로 찾지 못하던 영순이 질색을 했다.

"허, 참. 사람 하나 얻기가 평생토록 이렇게 힘들어서야."

"어이구, 또 허튼소리. 가시려거든 얼른 서두시든지요."

"그러세요. 저는 내일이라도 내려가겠습니다."

생각하지 못했던 동호의 선선함에 영순은 조금씩 마음이 놓여갔다.

  어쩌면 진작 내려놓았어야 할 희망이었는지 모른다는 생각이 들었다. 아니, 처음부터 희망이 아니었는지도 몰랐다. 그래도 희망이라고 붙잡고 있었던 건 뿌리밖에 될 수 없는 운명임을 처음부터 알았기에 그 설움을 달래려 한 것인지도 몰랐다. 결국 진작 놓아줘야 했을 사람을 놓아주지 못해 서로가 아팠던 것인가 새삼 안타까웠다. 뿌리의 운명, 거름의 운명이라 해도 스스로를 사랑했으면 그 또한 꽃이 될 수 있었는데. 사랑은 자신에게서부터 비롯될 수 있는 것임을 비로소 실감했다. 희생으로 사랑을 이룬다는 건 아무래도 거짓말인 것 같았다. 또한 사랑했으면 그것으로 당당할 일이지 주눅 들고 숨죽일 까닭은 더구나 없었던 듯싶었다. 그래도 부끄러움은 여전했다. 더구나 그 긴 세월을 오로지한 사람에게는…….

  뭐가 그리도 좋은 건지 운전대를 잡은 종배의 입가에 웃음기가 가득했다.

  "아픈 사람 데려가면서 뭐가 그리도 신이 나요?"

  "아프기는 무슨. 아무 일 없을 거요. 내 장담해요. 집에 도착하면 구들목이 시커멓게 타도록 불을 지펴줄 테니 오늘 밤 한숨 푹 자봐요. 내일 아침이면 말끔하게 일어나 산책도 할 수 있을 테니."

  "원, 이 염천에 무슨 구들목은."

"아 참, 염천인가? 이놈의 정신이 벌써, 허허허."

종배는 괜한 너털웃음을 그치려 하지 않았다. 영순은 그 바보스러운 모습에 다시 눈자위가 시려왔다.

작가의 말

 어쨌거나, 사람이 산다는, 사람 냄새가 가장 큰 위안이 되던 시절이 있었습니다. 정이 있고, 눈물이 있고, 우정과 의리에 가슴 뻐근하던 날들 말입니다. 막 사회 초년병이 되어 세상을 배워가던 그때, 수사반장 대선배께서 밤거리로 데리고 나가 쓸쓸한 눈빛, 립스틱 진한 누이들을 돌아보며 '많은 빚을 졌다'고 말해주더군요. 꽃잎 같은 붉은 청춘이, 너무 서러워 식을 수 없는 눈물로 형제에게, 부모에게, 고향에 내일을 열어줬다고요.
 맏이나 누이는 이제 그 이름이 전설이 되어버리려 합니다. 소중하지만 사라져가는 세상이니까요. 그런, 잊혀가는 이야기를 새삼스레 붙든 건 미련이 아니라 제 나름의 '예의의 기록'입니다.
 누군가의 눈물, 소중한 이의 설움이 희망의 발판이 되었던 시절이 있었습니다. 아니, 우리는 여전히 그 사랑의 고리에서 살고 있는 것인지도 모릅니다. 그리 오래된 일도 아닌데 까맣게 잊어버린 채 말이죠. 혹시 외면했던 건 아닐까요?

 그래도 그때는 훈훈했습니다. 투박했지만 속 깊은 정이 있었고, 흐르는 눈물을 돌아서서 감추기도 했지요. 나를 위해서가 아니라 너를 위해 그리움을 안고 떠나기도 했고요. 물론 남은 사람은 더 큰 그리움으로 그를 잊지 않았지요. 그런 게 사람 냄새 아닌가요?

 아, 지랄 맞은 일들도 있기는 했습니다. 하지만 잊어야 할 것들보다는 간직해야 할 일들이 훨씬 더 많지요. 그때를 되돌아보아도 원망과 증오보다는 용서와 사랑이 더 위대했으니까요. 정말입니다. 그 사랑은 위대한! 것이었습니다.

  말이 너무도 거친 세상입니다. 섬뜩하기까지 한 말과 일들이 너무도 흔합니다. 미움과 증오만 난무하는 것 같습니다. 우리의 누이와 맏이가 애쓰던 그때는, 숫제 고통과 절망의 날들이었습니다. 그래도 희망과 내일을 믿었기에 살아낼 수 있었는걸요.

  누이가 있으세요? 허허, 저는 없습니다. 살아오는 내내 가슴 한구석에 구멍이 난 듯했습니다. 그런 날이 있으면 누이를 만나 보세요. 마주 앉아 따뜻한 차라도 한잔하면서요. 미워하려 애쓰던 마음이 누그러질지 혹시 압니까.

                            2012년 초여름에, 김정현

누이

ⓒ 김정현, 2012

2012년 6월 25일 초판 1쇄 발행

지은이 | 김정현
펴낸이 | 우찬규
펴낸곳 | 도서출판 학고재

주소 | 서울시 종로구 계동 101-12번지 신영빌딩 1층
전화 | 편집 (02)745-1722 영업 (02)745-1770
팩스 | (02)764-8592
홈페이지 | www.hakgojae.com

ISBN 978-89-5625-176-9 03810

이 책에 실린 내용의 전부 또는 일부를 이용하려면
반드시 저작권자와 도서출판 학고재의 동의를 받아야 합니다.